JÖRG-UWE ALBIG

DAS STOCKHOLM-SYNDROM UND DER SADOMASOCHISTISCHE GEIST DES KAPITALISMUS

ROMAN

KLETT-COTTA

MIX
Papier aus verantwortungsvollen Quellen
FSC® C014496
FSC
www.fsc.org

Klett-Cotta
www.klett-cotta.de

Printed in Germany
Cover: ANZINGER & RASP Kommunikation GmbH, München
Unter Verwendung eines Fotos von © gettyimages
Gesetzt von C.H.Beck.Media.Solutions, Nördlingen
Gedruckt und gebunden von GGP Media GmbH, Pößneck
ISBN 978-3-608-98416-3

Und vielleicht waren sie sich darüber klar,
dass sie, wenn sie das Gefängnis schlecht ertrugen,
es auch schlecht ertragen würden, daraus entlassen zu werden,
weil sie sich schuldig fühlten.

PAULINE RÉAGE
RÜCKKEHR NACH ROISSY

Touristenfalle, brummte Herr Klein. Er war so schlecht gelaunt, dass ich mich schämte, erst für ihn und dann für mich. Er hätte die *Schwindmühle* in Trainach vorgezogen, zehn Kilometer entfernt, doch der Personalchef hatte gemahnt, von den Kosten her zu denken.

Das *Hotel Forsthaus* lag sechs Kilometer oberhalb von Bruckenschwang; ein dröhnender Bach und eine steile Auffahrt trennten uns vom Dorf. Während Herr Klein den Serviceplan durchging und telefonisch mit den Leihkräften von *Reinboth Professionals* die Modalitäten für das Housekeeping absprach, streifte ich durch den Ort. Ich starrte in die Schaufenster der Skigeschäfte. Ich stellte mir vor, ich könnte Ski laufen, braun gebrannt ins Tal gleiten, schneller als alle prüfenden Blicke. Dann lief ich keuchend, aber mit wachsender Geschwindigkeit, drei Kilometer den Wanderweg Nummer vier Richtung Schirfhorn hinauf. Ich atmete erst durch, als ich auf der Alm stand und das Dorf von oben sah.

Abends saß ich vor dem Zimmerfernseher. Die Abendschau des Bayerischen Rundfunks brachte einen Bericht über den Eröffnungsabend der *Art Alpin*. Ich hörte Ausschnitte der Auftaktrede des Regierungsrats für Erziehung, Kultur und Umweltschutz, sah das Interview mit dem Galeristen Franz Rottenegger, dem Mastermind der Messe. Mit

Sonnenbrille, lachsfarbenem, um Mund und Kinn geschlungenem Chiffonschal saß ich vor dem Gerät, trank eine kostbare Limonade aus der Minibar und klatschte großzügig. Ich genoss das Gefühl, dass es auf meinen Beifall nicht ankam.

Halb wartete ich darauf, dass Sendmühl im Bild erschiene. Natürlich erschien er nicht. Natürlich war er schon bei der Preview gewesen, beim Vorglühen für den ausgewählten Kreis. Ich folgte der Kamera zur Koje von Zoigl Contemporary, bestaunte eine Installation aus Ballonseide, Ölkanistern und einer armamputierten Gipsfigur aus dem Gartenbaumarkt, schaltete auf einen Musikkanal um und den Ton stumm.

Das lautlose Wirbeln der tanzenden Körper machte mich müde. In dieser Nacht schlief ich so gut, dass ich am nächsten Morgen das Gefühl nicht loswurde, etwas vergessen zu haben.

Am Morgen war der Himmel weiß. Er sah aus wie ausgewaschener Stoff, Menschen und Dinge wie ausgeschnitten und auf einen neutralen Hintergrund geklebt. Ich war froh, dass das Weiß mein Gefühl für den Ort auslöschte. Dieser Ort konnte irgendwo sein. Er fühlte sich an wie ein Alibi.

Auf dem Weg zur Hütte, einer der *Reinboth*-Männer saß am Steuer des Jeeps, fühlte ich mich wieder verantwortlich für das Gespräch. Herr Klein starrte nur heldisch aus dem Seitenfenster, als wollte er die Landschaft bewundern oder bezwingen. Er sah aus, als wäre für ihn jeder Eröffnungssatz das Eingeständnis einer Niederlage gewesen.

Ich gab der Reise die Schuld für sein Schweigen. Dass Herr Klein nicht gern verreiste, hatte ich von Anfang an geahnt. Sein Kleidungsstil, seine unerschütterlich cognacfarbenen Budapester, seine konsequent beigefarbenen Slacks, seine entschieden hellblauen Hemden, seine Brille, randlos bis zur Unsichtbarkeit, zeigten sein Misstrauen gegen alles, was sich veränderte. Der Weg führte jetzt steil bergauf.

Der *Reinboth*-Mann, der uns fuhr, trug eine schwarz-rotkarierte Holzfällerjacke. Herr, begann ich und sah ihn auffordernd an. Bachmayr, ergänzte der Mann fast enttäuscht. Bachmayr, wiederholte ich und fragte ihn nach seinem Sternzeichen. Als er *Fisch* sagte und dann weiter schwieg, konnte ich nur noch nicken.

Wie gefällt es Ihnen denn so da oben auf der Location, fragte ich dann. Lässt sich dort arbeiten.

Schon, sagte Bachmayr.

Unbehaglich sah ich aus dem Fenster. Endlich fand auch Herr Klein Worte. Er sprach über das Haus im Schlickinger Moos, ein Fundstück seiner Frau. Die Frau war Steuerberaterin, mit einem Händchen für Immobilien. Man bleibt ja nicht ewig vierzig, sagte Herr Klein, während der Jeep den Forstweg verließ und einer schlammigen Schneise durch den Wald folgte. Und meine Frau, sagte Herr Klein in fast menschlichem Ton, träumt schon seit Jahren von einem Stall voller Hühner.

Auf dem Handy zeigte er mir ein Bild seiner Frau. Sie hatte selbst etwas von einem Huhn; den kleinen Kopf, den spitzen Mund, der direkt in den Hals überging. Wovon sie träumte, war nicht zu erkennen. Aber es musste ein Traum sein, der in Bodenhaltung ablief.

Es gibt ein großes Zimmer mit Nordlicht da draußen, ergänzte Herr Klein. Vielleicht komm ich dort endlich mal zu meinen Aquarellen.

Der Servicemanager sah mich an, als erwarte er ein Kompliment. Enttäuscht schaute er dann wieder in den Wald, auf die Stämme. Immer enger drängten sie sich aneinander, und Herr Klein zog den Kopf ein.

▪ ▪ ▪

Als ich zum ersten Mal bei *Human Solutions* vorsprach, in Glimpflingen, eine gute Autostunde von Stuttgart entfernt, wusste ich nichts über die Firma. Ihr Online-Auftritt bestand aus nichts als dem blau-weißen Logo: die Initialen in Dauerrotation, das H, freundlich wie ein Mann in Latzhose, das neugierig fragende S. Ich fand keinen Link zur Produktpalette, keine Stellenangebote, keine Firmengeschichte, kein Wir über uns. Ich fand keine Erklärung der Mission, der Vision, der Werte. Die Seite war eine einzige Absage an das Internet, an die moderne Kommunikation.

Ich kannte die Fortschrittsskepsis dieser mittelständischen Betriebe. Ich kannte ihren Stolz auf die Tradition. Aber es war mir ohnehin egal. Für meine Arbeit war es ohne Belang, ob ein Betrieb Ölfässer reinigte oder Backteiglinge herstellte oder Finanzprodukte, die ich nicht verstand. Auch das Leben selbst kümmerte sich ja nicht darum, ob es durch einen Schornsteinfeger floss oder den Präsidenten der Ärztekammer, und ich hütete mich, allzu aufdringlich nachzufragen.

Ich kannte den Stolz der *hidden champions* auf ihre bequeme Randlage. Je kleiner die Öffentlichkeit, desto größer das Ansehen in der Branche. Das Versteck in der Nische sahen sie als Wettbewerbsvorteil, und ich wusste ja selbst, wie wichtig eine Nische war, in die niemand hineinschauen konnte.

Ich passierte die klobige Kirche, den fachwerkumkränzten Marktplatz, sprachlose Fünfziger-Jahre-Häuser mit Satteldächern und winzigen Fenstern, ein Bürgerhaus und eine Sidol-Tankstelle. Der Betrieb lag in einem *Businesspark* am Ortsrand, jenseits der Umgehungsstraße, zwischen Mais- und Sonnenblumenfeldern, Streuobstwiesen und einem Fußballplatz. Über den Flachdächern stieg die grüne Tribüne der Weinberge an, gesäumt von einem Schopf aus Wald.

Ich durchquerte den *Businesspark*, fuhr an fünf- bis sechsstöckigen Betonquadern mit horizontalen Fensterstreifen vorbei. Hinter den Fenstern standen niedrige Topfpflanzen, einmal auch eine rote Gießkanne. Ich sah eine Cafeteria mit Panoramafenstern, davor einen scharfkantigen Teich mit Schilf und Seerosen und einem Holzsteg, der auf eine kies-überhäufte Insel führte. Junge Linden säumten die Wege, bewacht von kaum älteren Ahornbäumen. Es gab die üblichen Schilder, Straße A bis Straße E, *Achtung Videoüberwachung* und *Betreten auf eigene Gefahr.*

Wie in allen diesen *Parks* fand die Arbeit unsichtbar statt. Deutlich war allein die Ruhe der Anlage, die Leere zwischen den Gebäuden. Nur von Zeit zu Zeit fuhr irgendwo ein FedEx-Lieferwagen vor, tauchte irgendwo ein kleiner Mensch auf, stand rauchend vor einer Drehtür oder schnürte geduckt und hastig über einen Parkplatz. Zwei Männer strebten, mit einer Armlänge Abstand, an mir vorbei auf die Kantine zu; einer lachte, es klang wie eine Espressomaschine.

Es gab nichts zu sehen. Nicht einmal die Vögel aus den umliegenden Feldern ließen sich auf diesen Straßen blicken. Ich sah nackte Fassaden mit heruntergelassenen Rollläden, die das spärliche Sonnenlicht von den Bildschirmen abhalten sollten, und ich dachte an die Körper hinter diesen Fassaden, zwischen diesen Hydrokulturen, den Töpfen mit Bogenhanf und Efeutute und Röhrchen für die Feuchtigkeitsanzeige, den Wasserspendern, Getränkeautomaten und

Kaffeemaschinen, ihren verzweifelten Rufen: *Bitte entkalken! Bitte entkalken!* An die Körper, beobachtet von ihren Displays, aufgelöst in Pixel, die sich jederzeit neu zusammensetzen ließen.

Ich war zehn Minuten zu früh dran, saß noch lange im Auto und starrte durch die Frontscheibe. Und ich dachte Gedanken, die wie Wolken schnell in weiche Fetzen zerrissen, auseinandergetrieben vom Wind, gehoben von thermischen Strömungen.

Human Solutions fand ich in Haus 18, zwischen *Schill Memometrics* und *Kryonic Konsult.* Frau Perger ist hier, sagte die Assistentin ins Telefon und nickte. Dann wandte sie sich wieder mir zu: Frau Seggle ist sofort bei Ihnen.

Was mir an Sabine Seggle zuerst auffiel, war ihr Laufschritt. Es war kein Gang, sondern ein Galopp, eine Art Hüpfen mit starkem Beckeneinsatz. Eine Mischung aus Kindlichkeit und Unerbittlichkeit lag darin, die sie gleichzeitig nutzen und vergessen zu wollen schien. Vielleicht lag es an diesem Laufschritt, dass ich sie am Anfang unterschätzte, vielleicht aber auch nur an dem ehrwürdigen Faxgerät, das auf einem Rollschrank hinter dem Empfangstresen thronte wie auf einem Altar.

Frau Perger, sagte sie. Ich grüße Sie. Mit ausgestreckter Hand kam sie auf mich zu, führte mich in ihr Büro und ließ mich dort stehen, unter den Dämmplatten an der Decke, im Licht der Neonkacheln. Sie selbst setzte sich auf den Drehstuhl, ordnete liebevoll drei Dokumente auf ihrem Schreibtisch, legte das unterste nach oben und das nun mittlere ganz nach unten. Dann schaute sie zu mir auf.

Ich habe Sie mir ganz anders vorgestellt, sagte Frau Seggle.

Sind Sie jetzt enttäuscht, fragte ich flau.

Ganz und gar nicht, antwortete Frau Seggle und setzte ein Strahlen auf, das ich noch fürchten lernen sollte. Ich habe nur Angst gehabt, da kommt so eine Schönheit, die nichts kann als gut aussehen.

Machen Sie Ihren Mitarbeitern auch solche Komplimente, wollte ich zurückgeben. Dann sollten Sie sofort damit aufhören.

Aber ich sagte nur: Dann kanns ja losgehen.

In dieser knappen Stunde in Sabine Seggles Büro erfuhr ich so gut wie nichts. Wie viele Menschen arbeiten bei Ihnen, fragte ich, und mit einem Grinsen sagte sie: fünfzig Prozent. Ihren Andeutungen konnte ich nicht einmal entnehmen, womit die Firma ihr Geld verdiente. Sagen wir so, sagte Frau Seggle. Wir vertreiben Waren mit hohem Servicebedarf. Wir beackern eine Nische, ergänzte sie, zugegeben. Aber in dieser Nische sind wir ganz weit vorn.

Was den eigentlichen Zweck der Firma betraf, hielt sie sich entschlossen zurück. Über die alltäglichen Arbeitsabläufe verlor sie kein Wort. Ein hochsensibler Geschäftszweig, verriet sie nur; alles beruht auf Diskretion, auf dem Vertrauen unserer Kunden. Sie werden verstehen, sagte Frau Seggle und schloss die Augen, als könnte sie damit auch meine Einblicke verhindern, meinen Blick auf das allzu deutliche Detail.

Wir wissen schon, was wir tun, sagte sie und nickte zur Bestätigung. Sie sollen uns nur sagen, *wie* wir es am besten tun.

Ich hörte die übliche Legende vom bodenständigen Familienunternehmen. Ich hörte das Märchen von Frau Seggles Großvater Konstantin, dem Firmengründer und Hobby-Archäologen, der nach dem Krieg mit einem einzigen hörgeschädigten Mitarbeiter in einer umgebauten Scheune die ersten Kunden betreut hatte. Von dem großen Jahr 1954, als er mit zwei Schulfreunden die Firma ins Leben rief, aus Liebe zum Handwerk, ohne große Technologie, aber mit viel Herzblut. Vom Jahr 1980, als ihr Vater Theodor das Geschäft übernahm, ein unzufriedener Idealist, der lieber Schriftsteller geworden wäre.

Eine Ausbildung im Betrieb, sagte Frau Seggle, kam für mich nie infrage. Als Lehrling in der eigenen Familie, sagte sie, wirst du entweder ausgebeutet oder liegst den ganzen Tag auf der faulen Haut. Stattdessen habe sie eine Banklehre absolviert, dann BWL studiert. Überhaupt sei sie *eher zahlenaffin*.

Vor elf Jahren habe sie die Firma schließlich übernommen. In letzter Minute, sagte sie. Weil sich die Branche gewandelt habe, sei der blauäugige Führungsstil des Vaters nicht mehr zu retten gewesen. Aber die Verantwortung habe der Vater nur zögerlich abgegeben. Frau Seggle wurde Assistentin der Geschäftsleitung, vier Jahre später Geschäftsführerin, zwei Jahre darauf alleinige Inhaberin des Unternehmens. Und auf Anraten eines jungen Mitarbeiters habe sie die *Seggle GmbH* dann in *Human Solutions* umbenannt.

Man hat mir gesagt, ich müsse mit der Zeit gehen, sagte Frau Seggle. Ich bin mir nicht ganz sicher, ob man da recht hatte.

Sie sah mich an, als müsste ich mich durch diese Banalität provoziert fühlen.

Aber jetzt wollen wir uns neu aufstellen, sagte sie dann und legte die Finger auf den Tisch wie auf eine Klaviertastatur.

Wollen Sie oder müssen Sie, fragte ich.

Touché, sagte sie und strahlte, als hätte sie nichts anderes erwartet.

Wie beiläufig erzählte Frau Seggle dann von dem *wichtigen Kunden*, der ihr *abgesprungen* sei. Ärgerlich, sagte sie. Keine Katastrophe, aber noch mal darf das nicht passieren.

Jetzt endlich bot sie mir einen Platz an. Vorsichtig, als könnte sie es sich gleich wieder anders überlegen, ließ ich mich auf den Stahlrohrsessel sinken. Vielleicht war ein Bewegungsmelder in diesen Sessel eingebaut, denn prompt kam eine Assistentin mit einem Tablett und stellte zwei Tassen Kaffee auf den Schreibtisch, ohne mich zu beachten. Sabine Seggle wiederum beachtete die Frau nicht, hob nicht einmal die Hände von der Tischplatte, um Platz für die Tassen zu schaffen. Offenbar hatte sie meine Irritation bemerkt, denn sie sah mich fragend an, als wäre mit mir etwas nicht in Ordnung.

Ich riss mich zusammen, zwang mich zum Lächeln und sah ihr in die blassblauen Augen. Was würden Sie an Ihrem Unternehmen ändern, fragte ich, wenn Sie zaubern könnten.

Frau Seggle überlegte. Ich hoffte jetzt doch, sie würde etwas von einer Kapitaldecke sagen, die zu strecken wäre, von einem Monopol für ihren Geschäftszweig, das sie ergattern wolle, von ihrem Management, das sich vielleicht gegen die Führungsetage von Microsoft austauschen ließe.

Stattdessen sagte sie: Ich möchte einfach nur in Ruhe meine Arbeit machen.

Wie abwesend fuhr sich Frau Seggle durch die langen, buchenholzblonden, geradezu kalifornisch gewellten Haare. Sie passten so gut zu dem blonden Kostüm, den blonden Pumps, dem blonden Schreibtisch, dass ich begann, mich wohlzufühlen in ihrem Büro. Ich war erleichtert, dass ich nicht nachbohren musste, dass ich meinem Grundsatz treu bleiben konnte: dass der Kunde nun mal König war und dass ein König eben durch das Geheimnis regierte, das Geheimnis seiner Macht.

Darauf können wir uns einigen, sagte ich.

▪ ▪ ▪

Am 23. August 1973 betritt der entflohene Häftling Jan-Erik Olsson mit einer großen braunen Perücke, einer Brille aus dem Spielzeugladen, einem Koffer und einer geladenen Maschinenpistole die Zentrale der Sveriges Kreditbank am Stockholmer Norrmalmstorg und gibt mehrere Schüsse in die Decke ab. Olsson stellt ein Transistorradio auf den Schaltertresen, dreht den Regler auf volle Lautstärke und ruft: »Jetzt geht die Party los.« (Lang 1974)

Nach einer Umfrage aus dem Jahr 2017 werden 73 Prozent der deutschen Angestellten während der Arbeitszeit regelmäßig mit Musik beschallt. 82 Prozent der Mitarbeiter schreiben den Klängen eine produktivitätssteigernde Wirkung zu. 72 Prozent sagen, dass ihnen Musik dabei hilft, motiviert zu bleiben. 40 Prozent fühlen sich kreativer, wenn sie sich musikalisch begleiten lassen. 34 Prozent geben an, die Musik erhalte die Konzentration aufrecht. Als besonders motivierend wurde der Song »Welcome to the Jungle« von Guns N' Roses empfunden, gefolgt von dem Toto-Hit »Africa« und »Wonderwall« von Oasis.

Olssons Satz »Jetzt geht die Party los« findet sein Echo im »Work hard, play hard« des individualisierten Kapitalismus. Das »Spiel« soll so »hart« sein wie die Arbeit, die es kompensieren soll, und verschmilzt so mit ihr. Es wird so allgegenwärtig wie die Tischtennisplatten und Flipperautomaten, die Billard- und Kickertische der Start-up-Kultur, die dem Angestellten seine ständige Verfügbar-

keit, seine Überstunden und Unterbezahlung als Teil eines Party-Kontinuums schmackhaft machen sollen. Die Verschmelzung in der Härte macht Spiel und Arbeit so ununterscheidbar wie Schmerz und Lust in der sadomasochistischen Interaktion.

Wie beim Überfall auf die Stockholmer Kreditbank behauptet auch im Einzelhandel Musik die Unentrinnbarkeit und Unhinterfragbarkeit eines usurpatorischen Regimes. Der mentale Raum, in dem das Individuum vom Markt unabhängige Gedanken fassen könnte, wird durch Töne ausgefüllt. »Programmed music can be said to territorialize the Mall« (Sterne 2003): Musik teilt den öffentlichen Raum in ein freundliches Innen und ein feindliches Außen. Weil böse Menschen keine Lieder haben, ist dort, wo keine Musik herrscht, das Reich des Bösen. Das vermeintlich Gute wird vom Subjekt durch längere Verweildauer und verstärkte Konsumaktivität honoriert und macht so den Konsum selbst zur guten Tat.

Auch der Bankräuber Olsson orchestriert und legitimiert seine Geiselnahme konsequent mit Musik. Bei jeder Gelegenheit bringt er das Kofferradio zum Einsatz. Oft tanzt Olsson zu den Klängen aus dem Gerät. Manchmal singt er auch selbst. Besonders gern intoniert er Roberta Flacks »Killing Me Softly with His Song«. (Lang 1974)

Die Musik, die an jenen Tagen im August 1973 durch die Schalterhalle der Sveriges Kreditbank dröhnt, macht aus dem Überfall eine Aufforderung zum Tanz. Die Unterwerfung wird zur Geselligkeit, die Entmündigung eine Lizenz zum Amüsement. Die Musik bildet das Hintergrundgeräusch für eine psychosoziale Transformation, die einst unter dem Namen »Stockholm-Syndrom« in die Kriminalgeschichte eingehen wird.

■ ■ ■

Die Hütte stand in einer grasbewachsenen Senke knapp hinter der Baumgrenze. Vor der Tür, in die ein großes Herz eingraviert war, schlug ein kleiner, aber sehniger Mann mit einer Axt auf Holzscheite ein. Die Axt wirkte zu schwer für ihn, und nach jedem Schlag ließ er sie kraftlos auspendeln. Ich bin Katrin Perger, sagte ich und streckte meine Hand aus. Mit wem habe ich das Vergnügen.

Gursky, antwortete der Mann, warf die Axt zu Boden, und sein Gesicht zeigte ein unangenehm kleinliches Strahlen. Ich komm von *Reinboth Professionals*. Erleichtert hielt er uns die Hüttentür auf. Nach Ihnen, sagte Herr Klein, und gleich noch einmal: Nach Ihnen. Dann rieb er sich, bevor er das Innere betrat, auf der Matte die kaum beschmutzten Sohlen seiner Budapester ab und nieste.

Ich sah ihn an, und mir wurde klar, dass wir gemeinsam einen neuen Lebensabschnitt beschritten. Jetzt war ich froh, dass ich ihn besser kennengelernt hatte in den vergangenen Wochen. Ich hatte mich an seinen Seitenscheitel gewöhnt und an seine Haut, beide gleichermaßen qualitätsvoll gebräunt, und an seine fliederfarbenen Pullis, die Ärmel in sorgfältiger Lässigkeit um den Hals geschlungen, eine beiläufige, aber zuverlässige Umarmung. Und ich hatte mich an seine Marotte gewöhnt, wichtige Sätze zu wiederholen.

Jetzt standen wir in einem karg möblierten Raum. Rechts, in einer Art Herrgottswinkel, gruppierten sich Eckbank, Tisch und zwei rustikal gemeinte, aber blendend polierte Stühle unter einem Kruzifix. An der Decke hing eine Petroleumlampe, und für einen Moment war ich so sentimental, es schön und authentisch zu finden, dass es keinen Strom in der Hütte gab.

Übertrieben leise schloss der *Reinboth*-Mann die stahlverstärkte Eingangstür. Er griff in ein Regal, händigte Herrn Klein und mir die Masken aus und zog sich selbst wieder vor die Hütte zu seinem Holz zurück.

Es waren Schweißermasken aus elfenbeinfarbenem Leder, mit runden, schwarz getönten Augengläsern, über das Kinn bartartig verlängert. Meine Maske roch streng nach Tier. Ich setzte sie auf und kam mir fast nützlich vor, Gesellin eines ehrbaren Handwerks. Ich sah Herrn Klein an und musste feststellen, dass er mit seiner Maske wie ein Henker aussah. Ich konnte mir vorstellen, wie ich selbst mit meiner Maske wirkte, doch was ich mir nicht vorstellen konnte, war, von einer wie mir wirklich erschreckt zu sein.

Herrn Kleins Käferaugen starrten in meine, die sich von seinen in nichts unterschieden. Nur sein Rasierwasser, beißend und didaktisch, verriet noch die Persönlichkeit, die unter der Maske lag und die sich von meiner unterschied.

Dann wollen wir mal, sagte Herr Klein. Wir wollen mal. Ich sah die Muskeln, die sein Blauhemd spannten und für die er dreimal wöchentlich die 35 Kilometer von Biesenbronn ins Stuttgarter *Gentleman's Gym* auf sich nahm, und folgte ihm ins Durchgangszimmer. Ich sah die Stockbetten für die Leihkräfte und am Ende des Raums eine Tür, die verschlossen war. Feierlich trat Herr Klein noch einen Schritt vor und schob mit penetranter Lautlosigkeit den Schlüssel ins Schloss.

Trotz meiner Maske schlug mir der Geruch ins Gesicht wie eine Ohrfeige. Es musste Sendmühls Parfum sein, das ganze maskuline Programm aus Tabak, Leder und Schrot. Jetzt, über Stunden komprimiert auf sechs Quadratmetern, explodierte es geradezu und drängte sogar Herrn Kleins angriffslustiges Rasierwasser aus dem Feld.

Frido von Sendmühl hockte auf seiner Pritsche und starrte mich finster an. Sein graues Gesicht, das seine Bartstoppeln noch grauer machten, sah aus, als hätte er keine Minute geschlafen. Er trug eins der rebellischen T-Shirts, die ich von den Fotos kannte, ich las den Aufdruck *Limbic Front*. Der metallicgraue Anzug war zerknittert, aber fast unversehrt. Nur die schlammbedeckten Hosenbeine, die verkrusteten Lackschuhe und das zerrissene linke Revers deuteten auf Missverständnisse mit den Servicekräften hin.

Herr Klein hielt es nicht für nötig, mich vorzustellen. Er nickte und verließ ohne ein Wort den Raum. Kurz darauf hörte ich von draußen auch wieder Gurskys quälend schleppende Axtschläge. Ich war mit Frido von Sendmühl sehr allein. Schweigend starrten wir uns an.

Das Schweigen war immer das Schlimmste. Aber ich hatte gelernt, es auszuhalten. Es führte kein Weg am Schweigen vorbei, ohne das Schweigen ließ sich nicht arbeiten. Ohne das Schweigen ließ niemand die Maske fallen. Im Schweigen wurde der Klient reif für den Prozess, für die Lösung.

Frau Seggle hatte mir nicht viel erzählt. Aber es war genug, um mich neugierig zu machen. Es brauchte nicht viel, um mich neugierig zu machen, und es reichte, dass sie Sendmühls Sammlung erwähnt hatte, die hochkarätigen Tildens, Bonobovskys und Martials. Sie hatte die adlige Kindheit auf der westfälischen Wasserburg erwähnt, die Schulzeit in der *International School Wittlaer* und dem Internat in den schwellenden Jurahügeln über Neuchâtel. Sie hatte von seiner Stiftung erzählt, dem *Sendmühl Endowment for the Arts*, von der Sendmühl-Akademie, der Sendmühl-

Malschule für Kinder und Jugendliche, dem Sendmühl-Kunstpreis, den Stipendien für Jungkünstler und Jungkünstlerinnen im deutschsprachigen Raum. Sie hatte von den jährlichen Treffen auf Burg Stuckrath berichtet, mit *Out-of-the-Box*-Denkern und Künstlern, mit Größen aus Wirtschaft und Politik. Sogar seine Geburt im Jahr 1971 klang aus ihrem Mund wie ein Verdienst.

Sie hatte von Sendmühls Familie erzählt, von seinem Vater Gero, dem legendären Kunsthändler, von seiner französischen Mutter Mathilde, zwölf Jahre lang Erste Liebhaberin an den Tübinger Kammerspielen, bis zu ihrem Tod Schirmherrin und Ehrenvorsitzende des *Sendmühl Endowment for the Arts*. Und von seinen Geschwistern, dem Kunsthistoriker Philipp, der Bauunternehmerin Sophie-Marie und dem Halbbruder Moritz, der mit 24 in irgendeinem Surferparadies verschollen war.

Auch ich hatte seitdem meine Hausaufgaben gemacht. Ich hatte Zeitungsberichte durchkämmt, Homestorys, Interviews. Ich hatte Videos von öffentlichen Auftritten gesehen, Art Basel, Art Miami, FIAC Paris. Ich hatte die Fotos gesehen; Sendmühls schwere, lebensmüde Lider, die festen, freundlichen Bäckchen, die hängende Unterlippe, den Hund (Bildunterschrift: *Auch Airedale-Terrier Toby genießt das Familienleben*). Sendmühl mit seiner Ehefrau Geneviève, ihre röhrenförmig um das Gesicht gefönten Haarwellen, ihr fanatisches Kinn, ihre pyramidalen Augenbrauen. Sendmühl beim Tango mit Ricarda Born-Blitzenstein beim Benefizball für *Terre des Chiens*. Sendmühl am Steuer des karmesinroten Jaguars, wie gestrandet vor dem sommerlich gesträubten Weizenfeld, am Heck in asphaltlangem, passend rotem Kleid Geneviève, die so tat, als stünde sie zu ihrem Mann und schöbe das Gefährt auf die Bahn zurück.

Vor allem ein Foto war es, das mir Zuversicht gab: Sendmühl beim Spaziergang im elterlichen Rhododendronpark mit dem Vater, vor barocker Pastellkulisse, beide in eibengrünem Janker und eierschalenfarbener Hose. Die väterliche Rechte lag wie lenkend auf der linken Schulter des Sohns. Ich sah Sendmühls Quallenlächeln, die gefrorenen Lachfalten um die Stupsnase, und ich glaubte, schon in diesem Bild Anzeichen einer Wut zu finden, die ihn offenbar antrieb wie ein Propeller, die ihn schon weit durch die Welt getragen hatte und mit der sich sicherlich arbeiten ließ.

Ich sah auf die Uhr und beschloss nach sieben Minuten, das Schweigen zu brechen.

Herr von Sendmühl, sagte ich.

Fast hätte ich meine Stimme, gedämpft vom weichen Leder, selbst nicht mehr erkannt. Ich freue mich, sagte ich, dass wir jetzt zusammenarbeiten werden. Und Sie können sich denken, dass es nicht zuletzt von Ihnen abhängt, ob unsere Arbeit erfolgreich sein wird.

Sendmühl stemmte die Hände auf die Knie. Kraftlos sah er mich an. Nur seine Finger, die sich in die Hose krallten, zeigten seine Wut. Bringen Sie mich hier raus, sagte Sendmühl tonlos, und mit gepresster Stimme fügte er hinzu: Sie werden das hier so was von bereuen.

Jedes Verhalten, das war mir klar, ist in einem bestimmten Kontext ein sinnvolles Verhalten. Es ging nun darum, dass Sendmühl erkannte, wie dieser Kontext sich verändert hatte; in welchem Kontext er jetzt saß, drohte und zeterte, die Bartstoppeln sträubte und die Halsfalten spannte. Dann erst wäre er in der Lage, sein Verhalten zu ändern.

Sie haben sich also entschieden, Dinge, die Ihnen missfallen, nicht in sich reinzufressen, sondern offen auszusprechen, sagte ich durch meine Maske. Das ist schon mal ein guter Ansatz.

Sendmühl senkte den Kopf und grunzte verdruckst. Wollen Sie mich verarschen, sagte er und tat, als bemühte er sich weiter, seine Hände ruhig zu halten.

Sie sind enttäuscht, sagte ich. Das verstehe ich. Vielleicht sehen Sie das aber mal als Chance, Herr von Sendmühl, sich zu fragen, wie wir beide zu mehr gegenseitigem Vertrauen beitragen können.

Vertrauen, schnaufte Sendmühl. Zu wem soll ich denn hier Vertrauen haben.

Haben Sie das Gefühl, wir missbrauchen Ihr Vertrauen, Herr von Sendmühl, fragte ich. Vielleicht wäre das ein Ansatz. Vielleicht möchten Sie mit mir darüber sprechen. Vielleicht möchten Sie mit mir über Missbrauch sprechen.

■ ■ ■

Gleich am ersten Tag hatte mich Frau Seggle in die gemeinsame Cafeteria des *Businessparks* geführt, Resopaltische, umstellt von schwarzen, weißen und lindgrünen Plastikstühlen in Zweier-, Vierer- und Achtergruppen. Sie nahm Tagesgericht I, Schnitzel Wiener Art mit Kartoffeln und Erbsen, dazu Möhrensalat; ich entschied mich für Tagesgericht II, Rotbarsch mit Reis. Sie sah sich um und steuerte einen Vierertisch an, in der dunkelsten Ecke des Raums, weit weg von den Panoramafenstern, vom Blick über die Felder. Ergeben folgte ich ihr, das dreieckige Tablett vor der Brust.

Ich musste staunen, wie entschlossen sie auf dem Tisch Ordnung schuf. Alles, was sie störte, Salz- und Pfefferstreuer und das laminierte Programm der Russischen Woche, das in einem Metallhalter stand, schob sie von ihrer Tischseite auf meine hinüber. Beherzt zerteilte sie das Schnitzel, und die letzte Silbe ihres abgehackten *Einen Guten* verschmolz schon mit dem ersten Bissen.

Wie sind Sie eigentlich auf mich gestoßen, begann ich vorsichtig.

Persönliche Empfehlung, antwortete sie. Sie sah kurz vom Schnitzel auf, das, wie ich befremdet feststellte, die Form eines Menschenohrs hatte. In der Mittelstandsvereinigung erzählt man sich, Sie wirken Wunder.

Ich glaubte ihr kein Wort. Sie wissen, dass ich gelernte Familientherapeutin bin, sagte ich.

Belustigt sah Frau Seggle mich an. Dann drückte sie mit betonter Langsamkeit ein Zitronenviertel über ihrem Schnitzel aus. Kreiselnd ließ sie den Saft auf die Panade tropfen, und mitten beim Pressen sagte sie: Wir sind ja auch ein Familienunternehmen.

Ganz richtig, sagte ich. Ich ignorierte ihren Versuch, witzig zu sein. Lieber nahm ich ihr Stichwort auf. Sie sagen Familienunternehmen, sagte ich. Aber Ihre Firma *gehört* nicht nur einer Familie. Sie *ist* eine Familie.

Natürlich nickte Frau Seggle, und jetzt hatte ich sie, wo ich sie haben wollte. Ich bin hier, um Ihnen eine neue Sichtweise anzubieten, sagte ich.

Ich hörte mir selber dabei zu, wie fürsorglich ich sprach, wie ruhig, wie deutlich ich meine Konsonanten artikulierte. Wir, Sie und ich, wollen in den nächsten Wochen nicht an Ihrem Produkt arbeiten und nicht am Preis, sagte ich. Wir wollen an dem gesamten großen, pulsierenden Organismus arbeiten, der sich Firma nennt.

Frau Seggle sah mich so interessiert an, dass mir klar war, dass sie nichts begriff. Aber es war mir längst egal, ob die Klienten meinen Ansatz verstanden. Ich breitete ihn nur aus, damit sie wussten, dass es einen gab. Sie fühlten sich wohler in dem Gefühl, die Krankheit ihrer Firma wäre so außergewöhnlich, dass nur die ausgefallensten Rezepte anschlugen. Sie liebten das Gefühl, sie hätten auch noch im Wettbewerb der Probleme die Konkurrenz aus dem Feld geschlagen.

Sehen Sie, fuhr ich geduldig fort und nahm jetzt erst den ersten strategischen Bissen von meinem Rotbarsch. Jede Organisation ist letztlich aufgebaut wie eine Familie. Es gibt Vater und Mutter. Es gibt das artige und das schwierige Kind. Manchmal gibt es auch das missbrauchte Kind. Es gibt den dementen Großvater, die gutmütige Tante, den neidischen Onkel. Aber es gibt keinen Schuldigen. Nie ist ein Einzelner schuld, sondern immer das Gesamtsystem. Das System Familie. Diesem System kann keiner entkommen.

Frau Seggle sezierte ihr Schnitzel und ließ mich reden. Nicht mit sich ließ sie mich reden, sondern mit meinem Rotbarsch, und sie ließ mich merken, dass ich die Frau war, die mit toten Fischen sprach.

Aber das ist nicht alles, fuhr ich geduldig fort. Die Firma ist nicht nur ein System aus Personen. Sie ist selbst eine Person. Sie ist ein lebendiges Geschöpf, ein Körper, mit Organen, einem Kreislauf, Bedürfnissen und Wünschen. Ein physisches System und ein psychisches, wenn Sie so wollen, aus Es, Ich und Über-Ich.

Ich merkte, wie es mir half, nur noch mit dem Fisch zu reden. Es ist doch seltsam, sagte ich. Es gibt Betriebspsychologen. Aber die untersuchen Mitarbeiter, keine Betriebe. Warum interessiert sich keiner für die Neurosen einer Firma, ihre Scham und ihre Schuld, ihre Verdrängungen, ihre frühkindlichen Störungen. Warum interessiert sich keiner für ihre Eifersucht, ihre Güte, ihren ewigen Trotz. Warum schaut sich keiner den zwischenmenschlichen Raum an, die Spannung zwischen Subjekt und Objekt, das Spiegelbild, das sich zwischen Betrachter und Glasscheibe spannt und immer wieder verschwimmt.

Ich sah vom Fisch hoch und suchte ihre Augen. Ihre Augen aber suchten nur nach dem Salz. Als sie es gefunden hatte, puderte sie eine kräftige Prise auf den Rest ihres Schnitzels.

Was denkt die Firma, fragte ich sie, was geht in ihr vor. Was will sie vom Leben.

Frau Seggle sah mich belustigt an. Geld, sagte sie.

Geld, gut, sagte ich, entschlossen, nicht mehr lockerzulassen. Aber wovon *träumt* sie. Wofür wäre sie gerne berühmt.

Zum ersten Mal sah ich, wie Frau Seggle, die Schnelle, die Entschiedene, tatsächlich nachdachte. Sie spitzte die Lippen und überlegte, Messer und Gabel wie ein Kind senkrecht auf den Tisch gestellt. Die Firma glaubt an Werte, sagte sie schließlich.

Was sind das für Werte, fragte ich nach. Erfolg. Qualität. Kundenzufriedenheit. Fairness. Innovation.

Der Wert an sich, sagte Frau Seggle mit leiser Ungeduld. Der Wert des Menschen.

Sehr gut, sagte ich mit verkniffener Munterkeit. Und hier greift jetzt mein ganzheitlicher Ansatz.

Mein Gott, antwortete Frau Seggle. Sie sah mich an, als suchte sie nach einem Grinsen in meinem Gesicht. Dann aß sie weiter, schob die Erbsen an den Tellerrand und sagte: Ich hasse die Dinger.

Neidisch sah ich ihrer prächtigen Mahlzeit zu, ihrem pharaonischen Säbeln, ihrem Schaufeln und Schlingen, dem Schwung, mit dem sie sich Medium-Mineralwasser ins taillierte Glas goss. Als sie *Schmeckts* fragte, hatte ich zum ersten Mal das Gefühl, dass sie mir zuhörte.

Aber im Ernst, fuhr sie fort. Die Firma ist mein Leben. Ohne sie könnte ich nicht existieren.

Sie wandte sich dem Apfel-Möhrensalat zu, pflügte ihn um, mischte die bereits gründlich gemischten Späne noch einmal, als traute sie der Mischung nicht. Spöttisch prostete sie mir mit ihrem Medium-Mineralwasser zu, als hätte sie mich durchschaut, was wahrscheinlich der Wahrheit entsprach.

Weiß Ihre Firma, was Sie für sie empfinden, fragte ich. Lassen Sie Ihre Firma das spüren, Frau Seggle.

Frau Perger, sagte sie. Ich fange morgens um sieben Uhr mit der Arbeit an. Vor acht, neun Uhr abends komme ich nicht nach Hause. Und Sie fragen mich nach meinem Verhältnis zu meiner Firma.

Trotzig starrte sie auf die zerpflückten Reste ihres Möhrensalats.

Ich möchte Sie für den Gedanken gewinnen, dass die Firma Ihr Partner ist, sagte ich schnell. Gegensätze mögen am Anfang einer Beziehung noch anziehend wirken. Aber langfristig sind sie Gift für die Partnerschaft. Letztlich sehnen wir uns nach dem Gleichen im Gegenüber. Wir sehnen uns nach uns selbst.

Frau Seggle stand auf, um Kaffee zu holen.

Ich wartete und beobachtete einen Angestellten (*Schill Memometrics? Kryonic Konsult?*), der mit seinem Tablett, das bis hin zu meinem Platz nach Tagesgericht III roch (Jägerbraten, Spirelli, grüner Salat), demonstrativ suchend durch den Raum streifte und sich dann hinsetzte, als hätte er auch keine Einladung erwartet. In einer Sechsergruppe fiel mir ein Mann mit Sonnenbrille und lachsfarben geblümtem Hemd auf, der in der Runde kein Gehör fand und sich schließlich an seinen Nebenmann wandte, der sich nicht wehren konnte. Ich sah die Frau mit den bleich geschminkten Lippen und dem entrückten Lächeln, gefangen zwischen einem gelockten Dicken und einem kahlen Hageren, die erst offenbar ergebnislos auf sie einredeten und dann einander ins Visier nahmen, mit steigender Gewaltbereitschaft. Und ich sah den Mann im hellblauen Hemd, der den Kopf auf seine Arme gelegt hatte, weggetreten zum *Power Nap*.

Als Frau Seggle mit den beiden Tassen zurückkam, nahm ich den Faden wieder auf. Sie brauchen mir nicht zuzustimmen, sagte ich und setzte ein Lächeln auf. Ich lade Sie ein, mich an meinen Resultaten zu messen. Aber behalten Sie mein Modell ruhig einmal im Kopf. Vielleicht passiert dann etwas mit Ihnen.

Oder mit dem Modell, antwortete Frau Seggle.

▪ ▪ ▪

Das Stockholm-Syndrom ist keine Krankheit. Es ist auch kein pathologischer Ausnahmefall. Nach Soskis und Ochberg (1982) entwickelt rund die Hälfte aller Opfer von Geiselnahmen das Stockholm-Syndrom. Da die Geiseln anschließend nicht immer gezielt auf das Syndrom hin befragt werden konnten, könnte der Anteil auch deutlich höher sein (Graham 1994).

Das Stockholm-Syndrom ist Normalität. Es ist die plausible Antwort auf eine Situation. Das Stockholm-Syndrom entspringt einem grundlegenden Ausstattungsmerkmal des Menschen: dem Willen zu überleben.

Das Stockholm-Syndrom reagiert auch auf die Unentrinnbarkeit eines Marktregimes, das wie die Stockholmer Bankräuber alle Fluchtwege blockiert hat. Der Markt hat die Liebe, die Freundschaft und das Abenteuer besetzt und so die Befreiungen obsolet gemacht, die Liebe, Freundschaft und Abenteuer versprechen. Er hat Lebensfunktionen wie Geburt und Tod, den Ruhm des Künstlers, die Forschungen des Wissenschaftlers und den Erfolg des Politikers unter seine Kontrolle gebracht. Von seiner Gnade, seiner Willkür von Angebot und Nachfrage, hängt die Verteilung von Lebensnotwendigkeiten wie Wasser, Luft und Erde ab. Er ist so allgegenwärtig, so selbstverständlich und natürlich, dass jede Vorstellung eines Lebens jenseits von ihm seine Insassen um ihr Leben und ihre psychische Integrität fürchten lässt.

»Ich fühlte mich oben im Haus wie in einem Aquarium«, schreibt das Entführungsopfer Natascha Kampusch über ihre Gefangenschaft. »Wie ein Fisch in einem zu kleinen Behälter, der sehnsüchtig nach draußen sieht, aber nicht aus dem Wasser springt, solange er in seinem Gefängnis noch überleben kann. Denn die Grenze zu überschreiten, bedeutet den sicheren Tod.« (Kampusch 2010)

Seit dem Ende des zwanzigsten Jahrhunderts ist auch für den Kapitalismus das Bild einer Außenwelt verschwunden. Der Verlust des Außen hat die Werte und Maßstäbe der Innenwelt zu absoluten gemacht. Die Weltsicht des Marktes gewinnt alleinige Deutungsmacht, an deren Koordinaten sich Ziele von Produzenten, Dienstleistern und Konsumenten orientieren. Die Anstrengung, die zur Erreichung dieser Ziele nötig ist, erzeugt die Illusion des freien Willens.

Wie die Bankräuber von Stockholm, die ein Gebäude mit Personenaustausch zur Außenwelt in ein homogenes Territorium verwan-

deln, in dem nur das Gesetz der Geiselnehmer gültig ist, annihiliert der Markt die öffentliche Sphäre. Er verstellt sämtliche Wege, alle realen und virtuellen Räume, alle Fluchtwege und Schlupflöcher mit Reklame. Alle potenziellen Transzendenzen und Transgressionen verklumpen zu Produkten. Noch im entlegensten Winkel der Welt liegt eine unzerstörbare Cola-Dose im Gras, ein unverweslicher Nike-Schuh. Dass die Insassen dieser ausweglosen Welt dann auch selbst Cola-Dosen und Nike-Schuhe haben wollen, ist schließlich kein Zeichen von Begehren mehr, sondern von Erschöpfung.

»Die Grenze zum Außen war so absolut, dass sie mir unüberwindbar schien. Als hätte das Haus einen anderen Aggregatzustand als die Welt außerhalb seiner biederen, gelben Mauern. Als befänden sich das Haus, der Garten, die Garage mit dem Verlies auf einer anderen Matrix. Manchmal wehte eine Ahnung von Frühling durch ein gekipptes Fenster herein. Ab und zu hörte ich entfernt ein Auto durch die ruhige Straße fahren. Sonst war von der Außenwelt nichts zu spüren.« (Kampusch 2010)

»Wodurch könnte dem Ausdehnungsprozess der Warenwelt aber noch Einhalt geboten werden«, schreiben Luc Boltanski und Ève Chiapello in Le nouvel esprit du capitalisme *(Boltanski/Chiapello 1999), »wenn der Glaube an die Möglichkeit eines ›authentischeren‹ Lebens weitab vom Kapitalismus verloren gegangen ist, wenn es zum guten Ton gehört, diejenigen zu verspotten, die immer noch daran festhalten, und wenn bezweifelt wird, dass außerhalb der Marktsphären überhaupt Güter existieren können, deren Wert sich nicht auf eine Ware reduzieren lässt und im Falle einer Markteinführung zerstört würde? Der Kapitalismus hat sich Freiräume des Handelns und der Ökonomisierung erschlossen, wie er sie in einem solchen Ausmaß noch nie zuvor besessen hatte.« So schafft*

der Markt eine der grundlegenden Voraussetzungen des Stockholm-Syndroms: die subjektiv empfundene Unmöglichkeit, ihm zu entkommen.

Natascha Kampusch berichtet, wie ihr Geiselnehmer sie einmal zur Tür ihres Gefängnisses führt und sie mit der Außenwelt konfrontiert: »Es war helllichter Tag, die Straße war menschenleer, trotzdem war sein Manöver riskant. Er öffnete die Tür und schubste mich hinaus, ohne den festen Griff an meinem Arm zu lockern. ›Jetzt lauf doch! Geh nur! Schau doch, wie weit du kommst, so wie du aussiehst!‹ Ich war starr vor Schreck und Scham.« Panisch stürzt sie ins Haus zurück. (Kampusch 2010)

Was nicht Markt heißt, kann für dessen Gefangene nur Utopie sein. Jede Alternative wird zum Wolkenkuckucksheim, nimmt die Züge einer Illusion an, verbirgt sich in geballter Unwirklichkeit. Auch Natascha Kampusch erscheint die Welt außerhalb ihres Gefängnisses als Fiktion: »Alles erschien mir zu flach, zu künstlich. Das Gras war grün und der Himmel hoch, aber man sah doch, dass es sich um Kulissen handelte! Er hatte die Hecke, das Haus dorthin gestellt, um mir etwas vorzuspiegeln. Ich war in einer Inszenierung gelandet, an einem Ort, an dem man die Außenszenen einer Fernsehserie drehte.« (Kampusch 2010)

Der Geiselnehmer ist konkret. Er ist die Evidenz. Außen lauern nur Gespenster. Der Markt ist seinen Teilnehmern nah und vertraut, die Kräfte von außen aber unbestimmt, fremd und fern, wie die unheimlichen, seltsamen, immer ein bisschen lächerlichen Figuren, die ihn in die Schranken weisen wollen.

■ ■ ■

Jetzt zog ich den dreibeinigen Hocker aus der Zimmerecke, setzte mich und sah Sendmühl an. Ich achtete auf Augenhöhe, auf den bewährten Neunzig-Grad-Winkel, wollte Gegenüber sein, nicht Bedrohung. Der Kunstfreund saß gekrümmt auf seiner Pritsche; ein erschöpfter, aber immer noch bissiger Hund. Wieder vergrub er sich in sein Schweigen.

Ich rieb mir die Schläfen. Ich spürte, wie die Kraft in mich strömte, spürte die Kraft der Routine, der Professionalität. Gerade war ich bereit, die Arbeit fortzusetzen, da knarrten hinter mir die Bodenbohlen und Bachmayr stapfte in den Raum, seemännisch in den Schultern wiegend. Er stellte einen Blecheimer vor die Pritsche. Das ist für klein, sagte er mit seinem felsigen Alpenakzent. Groß ist nur ein Mal am Tag. Morgens vor dem Frühstück. Wird dann beim Essenbringen gleich miterledigt.

Lange und versonnen starrte Sendmühl in den Eimer. Sein Blick wirkte konzentriert, fast visionär, als sähe er in diesem Eimer seine Zukunft.

Würden Sie mich bitte alleine lassen, sagte er dann. Ich kann nicht, wenn jemand zuschaut.

Es klang, als hätte der Blick in die Zukunft ihn demütig gemacht. Und vielleicht hatte er sich diesen Blick auch noch nicht oft genug gegönnt.

Ich weiß ja, dass Sie sich nur ungern vor Frauen entblößen, sagte ich und sah Sendmühl an, der beharrlich tat, als würde er die Anspielung nicht verstehen.

Und ich respektiere das natürlich, sagte ich. Respekt ist die Grundlage meiner Arbeit. Und ihr Ziel.

Ich ging zur Tür. Ich war froh, dem Raum zu entkommen und Sendmühls Parfum. An der Schwelle drehte ich mich noch einmal um und sagte: Der Kollege wird natürlich bleiben. Auf das Vertrauen, das Sie und ich miteinander aufbauen wollen, hat ja sicherlich auch Ihr Kundenbetreuer einen Anspruch.

Auf der Bank vor der Hütte rauchte ich eine Zigarette. Ich sah den Wald, sah die Berge, die aus ihm wuchsen, die Eishüte auf den Zweitausendern. Sie trösteten mich mit der Einsicht, dass es eine Welt gab, der es egal war, ob ich hier war oder nicht, der es egal war, was ich tat. Die Gipfel würden bleiben, auch wenn das Eis auf ihnen schmölze und die Polkappen dazu. Sie würden bleiben, auch wenn ich versagte.

Die Sonne stand fast schon im Zenit. Und als ich aus Versehen hineinschaute und unwillkürlich die Lider schloss, hatte ich das Gefühl, rückwärts zu kippen, ins Bodenlose, ins Nichts.

Als ich die Augen wieder öffnete, waren die Zweifel verschwunden. Ich war erleichtert. Wer selbst unsicher ist, das wusste ich, wertet zwangsläufig den Klienten ab. Der Firma aber war, wenn ich es richtig verstand, daran gelegen, den Klienten aufzuwerten. Zwanzig Millionen mussten nicht die Grenze sein. Und für einen Moment redete ich mir sogar ein, ich könnte, indem ich den Wert des Klienten mindestens verdoppelte, womöglich meinen eigenen Wert zurückgewinnen.

Mit dem Eimer in der Hand trat Bachmayr aus der Tür. Brauchen Sie mich noch, fragte er in seinem karstigen Älplerisch, und es klang fast wie eine Drohung. Ich schüttelte den Kopf und schenkte ihm die volle Summe des Lächelns, das ich mir auf der Bank zusammengespart hatte.

Als ich zu Frido von Sendmühl zurückkehrte, trug er keinen Anzug mehr, auch keine Lackschuhe. Stattdessen trug er einen mausgrauen Trainingsanzug. Auf dem Rücken stand in blassgelben Buchstaben SG FRISCHAUF BRETTNANG 1889 und in Sendmühls Augen eine kraftlose Frage.

▪ ▪ ▪

Natürlich war mir, wie jedem anständigen Menschen, mein Erfolg suspekt. Mein Psychologiestudium in Tübingen hatte ich gehasst, Statistik nicht begriffen und an Neurobiologie nicht geglaubt. Meine Diplomarbeit mit dem Arbeitstitel *Das Stockholm-Syndrom und der sado-masochistische Geist des Kapitalismus* war über Fragmente nicht hinausgekommen. Lassen Sies gut sein, hatte Professor Kretzschmar gesagt, dem ich ein paar Kostproben vorgelegt hatte, und, um das Thema zu wechseln, einen 1970er Laphroaig aus der Schublade gezogen, eigenhändig aus Schottland importiert.

Den von Geburt an zerstückelten und entstellten Kadaver meiner Arbeit begrub ich auf dem Blog *Gegenübertragung* meines Kommilitonen Mads Zastrow. Da liest das zwar keiner, hatte der Blogger mir beim Gin versichert, den ich bezahlte, aber dafür gibt dir auch keiner eine Note.

Natürlich hielt ich meinen Text damals für subversiv. Damals fühlte es sich romantisch an, subversiv zu sein. Fünf Wochen darauf brach ich das Studium ohne große Reue ab. Erst Jahre später, als ich mir meine Zeit mit ziellosen Spaziergängen durch das Internet vertrieb, stieß ich wieder auf den monströsen Text. Ich war entsetzt.

Ich erkannte darin keine Herausforderung für das akademische System mehr, sondern nur noch für meine Karriere. Wer zufällig, bei einer Suche nach Restauranttipps für Schweden vielleicht, diesen Text fand, diese großmäulige, präpotente Predigt, war für mich auf alle Zeiten als Auftraggeber verloren.

Mads Zastrow zeigte sich uneinsichtig. Im *Guernica* drehte er Bierdeckel, stapelte sie halb auf der Tischkante, halb über dem Abgrund, flappte sie mit den Fingerrücken in die Luft und fing sie wieder auf. Der Kapitalismus frisst seine Kinder, sagte er unaufmerksam. Und die ungezogenen schmecken ihm am besten.

Ich will nicht gefressen werden, gab ich zurück. Ich will nur einen Job.

Wer einen Job hat, wird auch gefressen, sagte Zastrow. Ich versuchte, in seine Augen zu sehen, die vom Spiel mit den Bierdeckeln völlig gebannt schienen. Es kann doch nicht so schwer sein, sagte ich, den Beitrag zu löschen. Einfach nur mir zuliebe.

Keine Chance, sagte Zastrow. Kompromisse machen alle ständig überall. Mein Blog nimmt sich die Freiheit, unbestechlich zu sein.

Auch nach einem dreifachen Salto landete der Bierdeckelstapel ungestört wieder zwischen Zastrows Daumen, Zeige- und Mittelfinger.

Du wirst mir noch mal dankbar sein, sagte Zastrow. Und das stimmte, denn dieses Mal übernahm er die Rechnung.

Später, als Familientherapeutin, fragte ich mich oft, warum sich Menschen von einer Frau beraten ließen, die ihre Scheidung sichtlich nicht verwunden hatte. Und als ich dann ins Businessfach wechselte, wurde ich erst recht die Sorge nicht mehr los, dass man mir den Fliesenleger ansah, der mein Vater gewesen war.

Noch immer konnte ich nicht begreifen, warum man mich engagierte. Meine Klienten lasen Bilanzen wie Weihnachtspostkarten und Jahresberichte wie Moppel-und-Paula-Comics und wollten von mir Ratschläge, wie man ein

Dax-Unternehmen führt. Und ich rückte an mit meinem Notfallkoffer aus Bindungspflaster und systemischem Aspirin, staunte dankbar, wenn meine Rezepte anschlugen, und blieb gleichgültig, wenn sie versagten. Denn keiner meiner Kunden hatte Besseres verdient als das, was er von mir kriegen konnte.

Womit diese Betriebe ihr Geld verdienten, all diese Drosselrückschlagventile, Schlauchflanschen und Achtzehnkantmuttern, hatte ich nie verstanden. Ich hatte keine Vorstellung von ihren revolutionären Bezahlsystemen, ihren bahnbrechenden Kontrastmitteln für Traktorreifen, ihren umwälzenden Apps. Ihre Businesspläne, ihre Gewinnerwartungen gingen mich nichts an. Ich verkaufte meinen Service wie ein Taxifahrer. Ich brachte meine Kunden an das Ziel, das sie sich in den Kopf gesetzt hatten. Und wie beim Taxifahrer lag es nicht in meiner Hand, ob der Kunde an diesem Ziel glücklicher sein würde als zuvor.

Einmal hatte ich im Fernsehen eine Dokumentation gesehen; einen Bericht über frei fliegende, vagabundierende Felsplaneten, die unsere Milchstraße bevölkern. Es sind einsame erdgroße Wanderer, Ausgestoßene, aus ihrem Heimatsystem geschleudert und nun allein unterwegs im All. Noch während ihrer Geburt waren sie einem massereicheren Nachbarplaneten zu nahe gekommen, oder sie waren in den Strudel eines anderen Sterns gelangt, der das Planetensystem durcheinanderwirbelte. Man sieht sie nur, wenn sie an einem weit im Hintergrund liegenden Stern vorbeiziehen und dessen Licht für einen kurzen Moment verstärken, nicht einmal für eine Dreiviertelstunde. Und manchmal kam es mir vor, als ob auch ich einer dieser Planeten war.

▪ ▪ ▪

Sendmühls Trainingsanzug war so groß, dass seine Finger kaum aus den Ärmeln ragten. Die Hosenbeine bedeckten die Füße fast komplett, und der Hals sah im weiten Raum der Kapuze verloren aus wie der einer Schildkröte in ihrem mächtigen Panzer. Ich war gerührt. Sendmühls Erscheinung schien an Zartheit gewonnen zu haben, an Unschuld und an dem, was Menschen, die an einen Gott glauben, Menschlichkeit nennen. Seine neue Uniform, letztlich nicht lächerlicher als die alte, machte ihn offen und zugänglich, fast nackt.

Das Licht aus der winzigen Fensterluke hinter ihm, nicht größer als ein DIN-A4-Blatt, fiel ihm in den Rücken und rahmte seine Gestalt. Sein Umriss sah glatt aus darin, kompakt, beinahe poliert. Das Licht ließ den Flaum seiner unrasierten Schläfen schimmern und tauchte den Rest des Gesichts in einen Schatten, der es umso fragiler erscheinen ließ.

Darf ich Sie in eine Überlegung mit hineinnehmen, sagte ich und nahm wieder auf dem Hocker Platz. Manchmal hilft es, eine Meile in den Schuhen eines anderen zu gehen. Die eigenen Grenzen öffnen sich, und man sieht die Situation sozusagen von außen. Ungewohnte Kleidung kann so ein Moment der Freiheit sein.

Als Sendmühl das Wort *Freiheit* hörte, machte er ein unfrohes Gesicht. Ich spüre eine gewisse Nervosität bei Ihnen, sagte ich. Eine schleichende Überforderung.

Ich legte den Kopf schräg und den Zeigefinger an die Lippen. Mein Lächeln sollte ermunternd wirken, aber gleichzeitig ernst. Haben Sie nicht selber schon längst mal über eine Auszeit nachgedacht, fragte ich.

Sendmühl riss die Augen auf und den Mund. Dann besann er sich offenbar darauf, dass er sich fürs Schweigen entschieden hatte. Vielleicht las er heimlich Krimis. Vielleicht hatte er dort gelernt, dass es nützlich sein konnte, die Aussage zu verweigern. Vielleicht kam ihm das hier wirklich wie ein Krimi vor.

Es muss ja nicht gleich ein Sabbatical sein, fuhr ich fort. Manchmal reichen auch ein paar Tage. Ein paar Tage weg von Handy, E-Mail und Alltagstrott.

Lassen Sie mich einen meiner Grundsätze mit Ihnen teilen, sagte ich zu Frido von Sendmühl und nahm meine ganze Freundlichkeit zusammen. Ich werde mich hier nicht hinsetzen und Ihnen erzählen, was Sie brauchen. Was Sie brauchen, wissen Sie selbst am besten. Aber vielleicht wissen Sie noch nicht, dass Sie es wissen, sagte ich.

Besorgt sah ich seine ziellose Gier, seine heillose Ergebung, seine ahnungslose Wut.

Sehen Sie, sagte ich, und dafür bin ich da.

Ich habe keine Ahnung, was Sie von mir wollen, brummte er in sich hinein, als redete er mit sich selbst. Er klärte sich auf, brachte sich auf den neuesten Stand, aber undeutlich, als wäre niemand sonst im Raum es wert, seine Worte zu hören.

Es interessiert mich auch nicht, sagte er dann und hob den Kopf. Aber noch immer sprach er mich nicht an. Er sah aus, als verständigte er sich mit seiner Vergangenheit, seinem anderen Leben, dem Geist eines Toten. Aber Sie werden damit nicht durchkommen, sagte er. Sie haben einfach nicht das Format.

Ich hatte nicht bemerkt, dass der fleißige Gursky längst hinter mir stand. Offenbar hatte er mit großer Geduld zugehört. Rückwirkend fühlte ich mich gestört. Ich hasste es, bei der Arbeit beobachtet zu werden, sobald ich Zuschauer hatte, glaubte ich, es gäbe gar nichts mehr zu sehen. Ich versuchte, Gursky zu ignorieren, doch die Servicekraft streckte die Hand aus und packte den Adligen mit kurzen Fingern am rechten Ohr.

Mir war klar, dass es an mir war, Rahmen und Strukturen zu setzen. Herr Gursky, sagte ich mild. Ihre handwerkliche Kompetenz in allen Ehren. Aber wenn wir alle etwas davon haben wollen, müssen die Regeln, nach denen wir hier arbeiten, allen Beteiligten klar sein. Für diese Regeln bin am Ende des Tages ich verantwortlich. Und wie ich schon sagte, ist die Grundlage meiner Arbeit der Respekt.

Ich glaubte, einen winzigen Funken Dankbarkeit in Sendmühls müden Augen aufleuchten zu sehen. Der Funke machte die Augen des Kunstfreunds auf seltsame Art schön. Er erlosch zwar nach einer Sekunde, aber ich hatte sofort das beflügelnde Gefühl, dass ich auf einem guten Weg war.

Das mit dem Respekt gilt übrigens auch für Sie, Herr von Sendmühl, sagte ich und festigte meine Stimme. Wenn Sie mich weiter so anstarren, kann ich für Ihren Komfort nicht garantieren. Im Unterschied zu unseren Kundenbetreuern bin ich ja nicht ständig vor Ort.

Der Sammler ließ mich nicht aus den Augen. Er hat seine Lage noch nicht begriffen, dachte ich, und ich beschloss, meine Zielvorgaben seinen Möglichkeiten anzupassen.

Das Licht in der Fensterluke flackerte im Zug schneller Wolken. Es sah aus, als wäre die Luke selbst zum Auge geworden, einem konstant wachsamen und sprechenden Auge, das nichts verbarg, das mal strahlte und sich dann wieder bewölkte wie in unerklärlichem Zorn. In diesem Fensterauge, dachte ich, hatte Sendmühl einen Gott, einen Gott auf Zeit, der mir viel Arbeit abnehmen konnte.

Dann lasse ich Sie jetzt mal alleine, sagte ich knapp.

Kommen Sie wieder, fragte Sendmühl mit einer Gleichgültigkeit, die ich ihm nicht ganz abnahm.

Vielleicht, sagte ich und ging.

Draußen hielt ich meinen Blick ins Panorama. Ich atmete den Duft kleiner Bergkiefern, hörte die ferne Gamelanmusik einer Kuhherde, spürte die Wärme der Luft. Es war noch einmal ein warmer Tag geworden, und es fühlte sich an, als stünde ich in einem Stall voller unsichtbarer, freundlicher Rinder, einem weiten, blau tapezierten Stall. Und wie ich so vor der Tür stand und nach Bachmayr Ausschau hielt, damit er mich mit dem Jeep ins Tal brächte, hörte ich von drinnen ein Klirren wie von eisernen Ketten.

▪ ▪ ▪

Eine Grundvoraussetzung des Stockholm-Syndroms ist die Isolation. In der Isolation verlieren die Gefangenen ihre Orientierung. Der Geiselnehmer wird zu ihrem einzigen Fixstern.

In der »heutigen kapitalistischen Wirtschaftsordnung« sieht Max Weber einen abgeschlossenen »Kosmos«, in den »der Einzelne hineingeboren wird und der für ihn, wenigstens als Einzelnen, als faktisch unabänderliches Gehäuse, in dem er zu leben hat, gegeben ist« (Weber 1920). Wie bei der Geiselnahme wird dieses »Gehäuse« zur Metapher für Begrenzung wie für Schutz. Auf der Ebene der Körper wiederholt sich das Gesamtgehäuse Kapitalismus in unzähligen Einzelgehäusen: dem Eigenheim, dem Auto, der Inneneinrichtung. Nichts ist für die Geisel des Markts so stark affektbesetzt wie das »Gehäuse«, das die Unentrinnbarkeit des Markts wie die des Todes im Kleinen abbildet: Es wird zum Fetisch wie zum Memento mori. *Es verstellt den Blick nach außen und wirft den Adressaten auf sich selbst zurück. Sein Modell ist das Grab.*

Isolation verursacht Störungen des Hormonhaushalts, der Wahrnehmung, der Konzentration und des Körpergefühls. Sie erzeugt Hitzewallungen und Kälteschauer, Verlust an Gefühlsstärke, aber auch euphorische Schübe. Sie generiert Fresssucht, Artikulationsprobleme, Behinderungen beim schriftlichen Ausdruck, aber auch Dankbarkeit für jede Person und für jedes Ereignis, das diese Isolation zu durchbrechen scheint, auch wenn diese Person nur der Wärter ist und das Ereignis die Kontrolle der Schließanlage.

Die Isolation, in der sich die Stockholmer Geiselnehmer mit ihren Opfern verschanzen, ist nahezu absolut. Die Tresorkammer der Bank hat doppelte Stahltüren, ist etwa 15 Meter lang, knapp vier Meter breit und etwa zweieinhalb Meter hoch, mit Teppichboden ausgelegt und durch einen Ventilator belüftet. Selbst bei angelehnter Tür ist die Kammer so gut wie schalldicht. In ihrem Inneren wird die zufällige Konstellation der Insassen zur Schicksalsgemeinschaft. Manchmal schaltet Olsson das Licht aus, und der Raum versinkt in nahtlosem Schwarz (vgl. Lang 1974). Das Tageslicht wird zu einer vagen Erinnerung mit allen Zügen einer Utopie, und mit ihm jede Idee einer lebendigen Umwelt, die nicht die vorhandene ist. Es gibt kein Außen mehr, wie auch der Markt kein Außen kennt.

Wie im modernen Arbeitsregime, das die Trennung zwischen Arbeit und leisure *abgeschafft hat, gibt es in der Stahlkammer keine Zeit mehr, keinen Tag und keine Nacht. In der Abgeschlossenheit des Stockholmer Tresorraums verwischen die Stunden, verschmelzen die Minuten ohne Zäsur, und es wird den Insassen unmöglich, die Ereignisse auf einem Zeitstrahl zu ordnen. »Wir hatten Uhren«, wird sich die Geisel Sven Säfström erinnern, »aber sie hätten auch ohne Zeiger sein können.« (Lang 1974)*

Isolation ist seit der industriellen Revolution ein strukturelles Element der kapitalistischen Wirtschaftsweise. Die Manufaktur mit ihrer weitgehenden Heimarbeit, ihrer Durchlässigkeit zwischen Arbeit, Wohnen und übrigem Leben, musste der Fabrik weichen, die alle Produktionsschritte in einem abgekapselten Gebäude zusammenfasst.

Spätestens im neunzehnten Jahrhundert hat sich die Isolation von der Produktion auf den Konsum ausgedehnt. Ladengeschäfte ersetzten die offene Anlage der Märkte. Kaufhäuser traten an die Stelle von Ladengeschäften mit dem ständigen Wechsel der Kunden zwischen Drinnen und Draußen. Die Fenster der Kleinläden, die Tageslicht und oft auch den Anblick der Straße in die Verkaufsräume ließen, wichen den Schaufenstern der grands magasins, *die keine Transparenz mehr erlaubten. 1956 entstand bei Minneapolis das Southdale Center, das weltweit erste in einem einzigen festungsartigen Gebäude integrierte Einkaufszentrum. Seitdem nähert sich die Kauferfahrung endgültig dem Prinzip der geschlossenen Anstalt an.*

1965 eröffnet in Kungens Kurva bei Stockholm das vom Guggenheim Museum in New York inspirierte größte Ikea-Warenhaus der Welt. In den Filialen des Möbelkonzerns irrt der Kunde durch einen geschlossenen, geskripteten Raum, dessen Dramaturgie er nicht entkommen kann. Dem Kunden, durch schwere Einkaufswagen oder -körbe zusätzlich in seiner Flexibilität begrenzt, steht nur eine einzige Bewegungsart zur Verfügung: vorwärts. Ändert er die Laufrichtung, riskiert er Zusammenstöße und soziale Ächtung.

In der Geiselnahme rückt die Außenwelt in unerreichbare Ferne. Ihre Werte und Maßstäbe verlieren an Gültigkeit. Stattdessen gewinnt die Weltsicht des Täters nahezu übermächtige Deutungshoheit.

Die Gedanken und Ambitionen der Geisel orientieren sich mehr und mehr an den vom Geiselnehmer vorgegebenen Koordinaten.

Seitdem das Möbelhaus auch Kinderbetreuung (Bällebad) und Nahrungsaufnahme (Köttbullar) in den Parcours integriert, wurde sein Bühnenbild zu einem vollgültigen Substitut für die Außenwelt. Die selektive, aber umfassende Rundumversorgung, die keine Initiative mehr verlangt und duldet und so der von Geiseln bei einer Geiselnahme entspricht, dehnt die in der Ikea-Filiale verbrachte Zeit und immunisiert den Kunden zugleich gegen jeden äußeren Einfluss.

Moderne Flughäfen haben das Prinzip Isolation zum Geschäftsmotor erhoben. Die Passagiere, oft über Stunden im Flughafengebäude eingesperrt, sehen sich mangels Alternativen so lange und ungeschützt den aggressiven Attacken des Konsumangebots ausgesetzt, bis ihr Widerstand zusammenbricht. Der Inbegriff des kapitalistischen »Gehäuses« aber ist das Kreuzfahrtschiff. Hier sind Arbeit, Wohnen, Freizeit und Konsum zum Isolationskontinuum zusammengefasst und nicht nur durch die Architektur, sondern vor allem durch die Unbewohnbarkeit der sie umgebenden Natur gegen das Außen abgeschottet.

Selbst Landgänge dienen nur dazu, die Routine des betreuten Wohnens und Konsumierens in den starren Grenzen des Schiffs umso natürlicher und selbstverständlicher erscheinen zu lassen. Die Skala der menschlichen Aktivitäten innerhalb dieses Kosmos lässt keine Abweichung von den Erfordernissen des Marktes zu. Das Drinnen ist die ganze Welt, das Draußen verblasst Seemeile um Seemeile. Schließlich hat es nicht mehr die geringste Bedeutung.

■ ■ ■

Jeden Morgen holte Bachmayr mich jetzt mit dem Jeep vom Hotel ab und brachte mich zur Hütte. Ich verfolgte die Veränderungen des Wetters, so wie ich die Entwicklung meines Klienten verfolgte. Beide waren dort oben, im freien Spiel der Winde und der Gedanken, kaum vorherzusagen. Ich fuhr durch Frühnebel oder durch glänzenden Dunst, kreuzte durch verregnete, windstille Morgen, sah das Tetris der Regentropfen, die in senkrechtem Sturz das Schwarzgrün des Waldes schraffierten. Ich fuhr durch klamme Tage, an denen Wolken aus den Tälern quollen und sanft von links nach rechts wanderten wie der Rauch aus Lokomotiven, die sich lautlos selbst verschwenden. Dann klarte es wieder auf, und ich freute mich, wenn sich die ersten Bergspitzen aus dem Nebel kämpften und bald der ganze Himmel sich blau aufspannte und die Gipfel nach vorne schob.

Eines Morgens saß Herr Klein in seinem hellblauen Hemd vor der Eingangstür und rauchte mit heftigen Rucken eine Filterlose. Offenbar war er mit Gursky gekommen. Als ich ausstieg, starrte er grimmig an mir vorbei, spähte über die Wiese, auf das Kiefernspalier, das sich an deren Rand Zentimeter um Zentimeter aus der Tiefe schob, und kniff die Augen zusammen.

Längst kannte ich dieses grimmige Gesicht auswendig, und noch immer wusste ich nicht, ob ihn etwas wütend machte oder ob seine Wut etwas Kosmetisches war, etwas, das er sich morgens mit der Faltencreme ins Gesicht massierte, mit zart gekrümmten Fingerspitzen. An diesem Morgen aber hatte ich den Verdacht, dass etwas vorgefallen war.

Entschlossen stapfte ich in die Hütte, nahm die Maske aus dem Regal, öffnete Sendmühls Zimmertür und prallte zurück. Herr Klein, rief ich nach draußen, könnten Sie mal kurz. Niels Klein seufzte. Er warf die Zigarette Richtung Wald, kam in die Hütte gepoltert, und gemeinsam mit ihm drang ich von Neuem in den Gestank vor.

Es war ein großer, ein majestätischer Gestank. Es war ein Gestank voller Pathos, voll pastoraler Wucht und deutlich mächtiger als Sendmühls üblicher Männerduft.

Ich stellte mir vor, wie viel monumentaler der Geruch noch sein könnte, hätte ich nicht die Maske auf dem Kopf. Die Vorstellung versöhnte mich für einen Moment. Das Lächeln kam dann von selbst, und es tat mir gut, obwohl es natürlich durch die Maske nicht zu sehen war.

Wo sind die Servicekräfte, schimpfte Herr Klein ins Leere, als wollte er mir seine ungebrochene Autorität vorspielen. Die Servicekräfte. Wo sind sie schon wieder.

Dass ich den Eimer nicht sah, ließ den Geruch noch grandioser wirken. Offenbar hatte Frido von Sendmühl es nicht geschafft, das Gefäß rechtzeitig vor der morgendlichen Abholung zu füllen. Der Reißverschluss seiner Trainingsjacke stand offen, graues Brusthaar quoll aus dem Kragen, und er setzte auf die Flucht nach vorn. Er wolle sofort sein Handy zurück, forderte Sendmühl mit einer Ruhe, die vielleicht gefährlich wirken sollte. Wenigstens, sagte er, für zwei, drei Gespräche.

Herr Klein antwortete mit keinem Wort. Stattdessen überprüfte er eigenhändig den Sitz der eisernen Kette. Dann streifte er dem Kunstfreund die Patek Philippe vom Handgelenk und befreite ihn so von der Tyrannei der Zeit. Die brauchen Sie hier nicht, sagte er. Wenn Sie wissen wollen, wie spät es ist, fragen Sie einfach unser Personal.

Bringt vielleicht mal jemand den Eimer raus, sagte der Schöngeist tonlos.

Was können wir denn für Ihren Eimer, brauste Herr Klein auf und legte dafür die Stimme tief. Haben wir den Eimer etwa vollgemacht, fragte er und begann zu fuchteln.

Ich kannte dieses Fuchteln schon. Wahrscheinlich brachte er sich damit selbst in Schwung, signalisierte sich Temperament, körperlichen Einsatz, Leidenschaft für seinen Beruf. Manchmal sah es auch aus, als wollte er sich niederringen oder sich abschütteln, so wie man Teig von den Händen schüttelt.

Wer hat denn den Eimer vollgemacht, sagte Herr Klein und legte die Stimme noch tiefer. Wir etwa.

Ich ignorierte Herrn Kleins Intervention und wandte mich direkt an den Kunstfreund. Lieber Herr von Sendmühl, sagte ich. Wenn wir uns bei unserer Zusammenarbeit nicht an gewisse Regeln halten, wenn wir nicht Rahmen und Strukturen gestalten, werden wir keinen Erfolg haben. Mein Job ist es nun mal, und ich möchte sagen, auch meine Kompetenz, auf diese Regeln, Rahmen und Strukturen zu achten. Der Kollege vom Kundenservice hat sich da eingangs deutlich ausgedrückt, wenn ich mich richtig erinnere. Einmal am Tag. Vor dem Frühstück.

Ich sah den fruchtbaren Reflexionsprozess im Gesicht Sendmühls, der wieder auf seine Pritsche gesunken war.

Mit Wunschdenken kommen Sie in Ihrer Lage nicht weiter, Herr von Sendmühl, sagte ich. Das Einzige, was Ihnen helfen kann, ist die schonungslose Analyse Ihrer Situation. Ich bin gerne bereit, Ihnen dabei unter die Arme zu greifen. Das ist schließlich meine Aufgabe hier, setzte ich nach.

Umso finsterer wurde Sendmühls Gesicht. Ich verstand seine Wut, die mit der Einsicht kämpfte, dass diese Wut ihm hier nichts nützte. Und ich tröstete mich, weil ich wusste, dass widersprüchliche Gefühle nichts Schlechtes waren. Wie Feuersteine konnten sie Reibung erzeugen und die Glut neuen Denkens anfachen.

Sie möchten telefonieren, fasste ich zusammen. Das heißt, Sie wünschen sich Feedback von Ihrer Umwelt. Lassen Sie uns gemeinsam überlegen, wie wir dieses Feedback am effizientesten bekommen können.

Wenn Sie mich nicht sofort telefonieren lassen, fliegt Ihnen Ihr Feedback um die Ohren, bellte Sendmühl. Meine Familie hat längst die Polizei verständigt. Meine Stiftung beschäftigt private Sicherheitsdienste. Die stehen hier in Nullkommanichts vor der Tür.

Er dröhnte jetzt, als hätte er vergessen, wo er war. Er saß ja nicht nur in einem geschlossenen Raum, sondern auch in einem Naturschutzgebiet, womöglich in Hörweite von Gämse, Murmeltier und Alpenschneehuhn. Er saß, in nicht sehr würdevoller Haltung, inmitten der erhabenen Kathedrale der oberbayerischen Bergwelt, deren Majestät nur dadurch gemindert war, dass es in Sendmühls engstem Radius geradezu dolomitisch stank.

Er dröhnte, und ich muss zugeben, dass das Dröhnen mich für einen Augenblick aus dem Gleichgewicht brachte. Es war eine dieser Stimmen, die über Jahrhunderte anschwellen und von Generation zu Generation an Lautstärke zulegen; die an Stammbäumen wachsen, die wie jeder Baum an jeder Verzweigung der Äste mehr Blätter austreiben. Es war eine gezüchtete Stimme, von Kindheit an mit den richtigen Stimmen gekreuzt und in den Bootcamps der Internate vierundzwanzig Stunden am Tag auf das Überleben inmitten anderer solcher Stimmen gedrillt. Ich kannte diese Stimmen aus meiner eigenen Schulzeit. Wenn mich eine solche Stimme zum Schweigen brachte, war es, als hätte ich überhaupt nie den Mund aufgemacht.

Ich glaube, Sie missverstehen meine Rolle, sagte ich. Ich sprach jetzt absichtlich so leise, dass der Adlige hinhören musste. Ich bin nicht die Firma, sagte ich. Ich bin nur zuständig für den Prozess. Und ich lade Sie ganz herzlich ein, dabei mit mir zusammenzuarbeiten.

Trotzig stierte Sendmühl auf die Bohlen. Vielleicht dachte er an sein vieles Geld, das jetzt außerhalb seiner Reichweite lag. Vielleicht verfluchte er es aber auch schon, weil es ihn lebensuntüchtig gemacht hatte, weil es ihm nur die Aufgabe übrig gelassen hatte, seine Zeit ohne Gesichtsverlust über die Runden zu bringen. Vielleicht verfluchte er es auch, weil es immer den Anschein erzeugt hatte, alle Probleme zu lösen, und nun anscheinend nicht in der Lage war, auch dieses Problem zu lösen.

Wer ist denn überhaupt der Chef in dieser Hütte, fragte Sendmühl, schon ruhiger geworden. Sie sind es nicht. Er ist es nicht. Ich will mich beschweren.

Niemand von uns, Herr Sendmühl, sagte ich, ist Herr im eigenen Haus, und das wissen wir nicht erst seit Freud.

Frido von Sendmühl stützte sich auf die Pritsche und schob den massigen Leib in die Höhe. Die weißen Flusen an seinem Hinterkopf sahen gesträubt aus, die Augen flackerten, und eine Art Stöhnen entkam seinem Mund.

Er tat einen Schritt auf mich zu. Es sah nicht aus wie eine Entscheidung, sondern wie ein haltloser Impuls. Ich hatte keine Zeit mehr, aufzustehen von meinem Hocker und ihm ins Auge zu sehen, von Frau zu Mann. Doch in diesem Moment kam Bachmayr mit rollenden Schultern in den Raum gestapft und älplerte mit gutmütiger Stimme: Bin ich der Einzige, der hier keinen Empfang hat.

Sehen Sie, sagte ich und entspannte mich wieder. Sie sind mit Ihrem Feedback-Problem nicht allein.

Routiniert förderte Bachmayr den Eimer hinter der Pritsche hervor und trug ihn aus dem Raum. Ich atmete durch. Dann genoss ich endlich wieder den Holzduft der Hütte, das saure Stroharoma, den Geruch des Ofens, den Bachmayr gleich darauf anfachte, zeitig, denn die Nächte waren jetzt doch schon recht kalt.

■ ■ ■

Nach dem Start meiner Arbeit für *Human Solutions* hatte ich bald das Gefühl, dass Frau Seggles Vertrauen in mich wuchs. Manchmal rief sie mich aus heiterem Himmel an, einmal sogar am verkaufsoffenen Sonntag, während ich gerade in Stuttgart auf der Suche nach einer neuen Computermaus durch das ROSENHOF CENTER lief. Ich irrte durch ein Reich des Todestriebs, durch eine Architektur wie die eines Krematoriums, durch eine Luft wie im Bauch eines Kernspintomografen, durch eine Musik, die klang wie für die Palliativmedizin erfunden, und Frau Seggle erzählte von ihrem Vater, dem eigensinnigen Patriarchen, dem Bauchmenschen, dem Vollblutunternehmer.

Ich kämpfte gegen Drehtürenflügel und studierte Übersichtspläne, fuhr auf Rolltreppen vom ersten über den zweiten in den dritten Kreis der Hölle, vielleicht auch noch in den vierten, taumelte an SMOOTHISSIMO, GÜRTLER'S GIFTS und McWURST entlang, während in meinem Ohr Frau Seggle sich über den Fachkräftemangel beschwerte, die mittelstandsfeindliche Politik, das starre Korsett der Regelungen und Einschränkungen. Ich fand den MEDIMONSTERMART nicht und kaufte stattdessen bei GÜRTLER'S GIFTS einen beschämenden Rückenkratzer aus Bambusimitat, und Frau Seggle missbilligte derweil den ausufernden Kündigungsschutz und die Hindernisse bei der Befristung von Arbeitsverträgen. Und während ich die Schaufenster von SPORTY, MITTERMEIER und CO_2 passierte, während mysteriöserweise schon zum zweiten Mal der TRANSYLVANIAN COFFEE SHOP an mir vorbeiglitt und mir eine weitere aussichtslose Runde mit CLEPTO CLASSICS, GRAEBER OPTIK und CHICKEN DEN bevorstand, eine weitere Runde ohne den MEDIMONSTERMART, beschwerte sie sich über Grete Yildiz, die Leiterin ihrer Buchhaltung, die jedes Jahr im Spätherbst, zuverlässig sechs Wochen vor Weihnachten, auf die wahnwitzige Idee kam, einen Betriebsrat ins Leben zu rufen.

Während ich erschöpft vor dem TRANSYLVANIAN COFFEE SHOP stehen blieb und die Menschen beobachtete, die vor Kaffeetassen saßen, die nicht ihnen gehörten, die nicht merkten, dass auch sie hier nicht hingehörten und die ganz offenbar jede Hoffnung aufgegeben hatten, diesen Ort jemals zu verlassen, beklagte Frau Seggle den schleppenden Ausbau der Verkehrsinfrastruktur. Ich will Sie nicht mit Details langweilen, sagte sie, aber die Transportwege sind für uns natürlich schon von entscheidender Bedeutung.

Einmal ließ sie sich sogar zu einer Betriebsführung herab. Sie stellte mir Barbara Pfau vor, Assistentin der Geschäftsführung, und deren Gartenzwergin Mandy, die mit klaffendem Ausschnitt am Fuß des Philodendrons ruhte. Während sie die Pflanze mit einer Gartenschere beschnitt, erzählte Frau Pfau von der Qualitätssicherung, von der Erfassung der Arbeitsabläufe, von den Zertifizierungsstellen, die jedes Bürogerät nach der Norm ISO 9001 überprüften. Sogar mein Radio, sagte Frau Pfau. Stellen Sie sich das vor.

Sie führte mich in die Vertriebsabteilung, zum Vertriebschef Sebastian Zielinsky, zu Magnetwänden voller Informationen, und nickend betrachtete ich Schaukarten von bundesweiten Vermögensverteilungen, von europäischen Unternehmensverzweigungen, folgte Pfeilen und Schaltkreisen, die sich in Luxemburg und der Insel Guernsey bündelten, sah tiefrote Flecken auf Sylt und um den Tegernsee.

Ich besuchte das Personalbüro, hörte die Vorträge des gemütlichen Personalchefs Rolf Schnelling über Zeiterfassung und Gleitzeitüberwachung, über zielgruppenspezifische Recruiting-Strategien und den Fachkräftemangel. Herr Schnelling lobte das Arbeitsklima bei *Human Solutions*, die kurzen Wege, die Wertschätzung durch die Betriebsleitung, die familiäre Atmosphäre. Ein Hauen und Stechen wie in Großbetrieben gebe es hier nicht, sagte er. Er betonte die Werte, denen sich jeder verpflichtet fühle. Einmal im Vierteljahr sei Grillnachmittag mit Bier und Würstchen, sagte er. Alles von der Firma bezahlt. Alles während der Arbeitszeit. Und wenn man vor die Tür geht, sagte er, ist man in fünf Minuten im Wald.

Ich folgte Frau Seggle in die Buchhaltung, hörte zerstreut die Auslassungen der Finanzchefin Grete Yildiz über die Auswertung von Geschäftsberichten, über Bilanz- und GuV-Zahlen, über kurz-, mittel- und langfristigen Kapitalbedarf und alternative Finanzierungsoptionen. Ich folgte ihr zum Kundenservice, wo Herr Klein mir in seinem rauen Stakkato von schwierigen Kunden erzählte, von unerfüllbaren Erwartungen, von Kundenloyalität, die in seiner Branche schwer aufzubauen sei. In der Regel nehme ein Kunde nur ein Mal im Leben den Dienst der Firma in Anspruch, das sei wie bei Hebammen. Dann führte mich die Chefin in das Büro von Paula Liebherr, Leiterin von Logistik und IT.

Ich fühlte mich sofort schwach angesichts der Gesundheit, die aus Frau Liebherrs Knopflöchern platzte. Ihr Kleid von *Très Trique,* ochsenblutrot mit silbernem Saum, sah aus, als wäre sie schon mit ihm geboren, um dann passgenau in seine Konturen hineinzuwachsen. Sie lächelte, und ihr großes, makelloses Gebiss schob die Lippen beiseite. Ihre kleinen Augen, eisblau mit hellgrauen Wolken, leuchteten punktgenau, und dann schloss sie die Augen, lächelnd, als hätten Frau Seggle und ich sie bei etwas Schmeichelhaftem ertappt, und ich sah nur noch ihre Brauen, die dünn und scharf waren wie ein Zittern.

Während Frau Liebherr von dem neuen EDV-System sprach, starrte ich auf das Foto einer Goldmünze auf schwarzem Grund, das in einen Alurahmen gefasst an der Wand hinter ihr hing. Sie mögen Geld, konfrontierte ich sie.

Natürlich, antwortete sie strahlend. Wer nicht.

Ich meine das Bild, sagte ich und zeigte auf die Münze.

Das ist kein Geld, sagte sie so freundlich, als hätte ich mich nicht gerade komplett blamiert. Das ist die Venus.

Ich starrte den Stern an, und jetzt sah ich es auch. Die Venus, sagte ich vorsichtig. Ich sah Schlieren, die über die Oberfläche zogen, und tatsächlich den einen oder anderen Krater. Natürlich, sagte ich und strahlte, als hätte ich es immer gewusst. Sie wollen nach den Sternen greifen. Klingt, als hätten Sie eine Vision.

Allerdings, sagte Frau Liebherr, bleckte die Zähne und nahm Fahrt auf. Alle denken immer an den Mars. Natürlich, die schönen Fotos, der rote Planet. Die niedlichen Roboter. Curiosity, Rosalind Franklin, Huoxing-1. Dabei ist kein Planet schneller erreichbar als die Venus. Nur fünf Monate Flug. Zum Mars sind es neun.

Frau Seggle schaute den Stern an und spitzte nachsichtig

die Lippen. Sie kannte, sollte das wohl heißen, ihre Pappenheimer.

Natürlich kann man auch auf der Venus nicht leben, sagte Frau Liebherr, machte eine rhetorische Pause und sah mich stolz an, als wäre ich schon in Beifall ausgebrochen.

Aber in der Luft, trumpfte sie auf. Fünfzig, sechzig, siebzig Kilometer über dem Boden. Da liegt das Paradies. Angenehme Temperaturen. Stellen Sie sich vor, Städte mit Zehntausenden von Menschen. Und echte Luft, in riesigen künstlichen Wolken. Die Energie kommt von der Sonne. Die geht erst nach 117 Erdentagen unter. Und wenn man Rohstoffe benötigt, schickt man Sonden runter auf den Planeten. Da gibt es alles, was man braucht.

Frau Seggle stand schon in der Tür, und ich nutzte die Chance, um mich loszureißen.

Frau Liebherr ist unglaublich flexibel, erklärte sie mir auf dem Flur. Sie reagiert auf Veränderungen, bevor die überhaupt eintreten. Aber die Venus ist eben ihr Steckenpferd. Das, was sie antreibt. Wenn man nur will, kann man alles erreichen, auch die Venus. Ich habe da meine Zweifel.

Dann sah sie mir ernst in die Augen: Aber jetzt sind Sie ja da.

Ich war froh, dass der Zirkus vorbei war. Ich war froh, nicht mehr Publikum spielen zu müssen für das Defilee der Kunststücke, das Peitschenknallen. Und vielleicht war mir in diesem Moment schon klar, dass nicht die Kommunikation das Problem von *Human Solutions* war, nicht die Organisation der Abläufe und nicht das Team.

Das Problem war Sabine Seggle.

▪ ▪ ▪

Das Versprechen des Markts lautet: Freiheit. Ein Markt ist nur als »freier« Markt denkbar. Ein geplanter Markt ist ein Paradox. Die Freiheit des Markts ist aber ohne die Unfreiheit seiner Teilnehmer nicht zu haben. Seine Freiheit ist die (illusionäre) Unabhängigkeit des Jungen, der seine Mutter objektifiziert, um sich von ihr lösen zu können (vgl. Benjamin 1990). Nach diesem Modell, das laut Benjamin die Wurzel des männlichen Sadismus abbildet, muss der Markt, um seine »Freiheit« behalten und seine Kunden weiter als Projektionsfläche anbieten zu können, diese Kunden in Dinge verwandeln.

Auch den vier Angestellten der Sveriges Kreditbank, die im August 1973 in die Gewalt der Geiselnehmer geraten, gibt die plötzliche Gefangenschaft die Illusion der Befreiung. Die 23 Jahre alte Stenotypistin Kristin Ehnmark hasst ihren Job in der Bank so sehr, dass sie die Macht, die sie bedrückt, ohne Bedauern gegen eine andere austauscht. Als sie die Fesseln des Geiselnehmers an ihren Handgelenken spürt, wird ihr, wie sie später zu Protokoll gibt, klar, dass sie sich schon viel zu lange dem Dienstregime der Bank unterworfen hat (Lang 1974). Im Gegensatz zur alten entbindet sie die neue Gefangenschaft von aller Verpflichtung. In ihr ist sie daseinsberechtigt, ohne sich durch Leistung legitimieren zu müssen.

Auch ihre Kollegin, die 21 Jahre alte Kassiererin Elisabeth Oldgren, ist unzufrieden mit ihrer Arbeit in der Bank. Obwohl sie aus dem Süden des Landes stammt, sehnt sie sich nach den kahlen, kalten Flächen des Nordens, der Einsamkeit, der Isolation (Lang 1974). Der nicht abreißende Kundenverkehr in der Schalterhalle muss diese Sehnsucht noch verstärkt haben. Die Geiselnahme beendet nicht nur den Kundenverkehr und errichtet eine nahezu perfekte Absonderung, sondern enthebt sie auch der täglichen Sisyphusarbeit des Sozialen, der unaufhörlichen Aushandlung ihrer Position in einem Gefüge, das so unberechenbar wie unbeweglich ist. In der existenziellen Unbedingtheit der Geiselnahme schimmert ein Abglanz arktischer Klarheit. In der lichtdichten Tresorkammer verlieren selbst Tag und Nacht ihre gewohnten Konturen und nähern sich so den endlosen Winternächten und Sommertagen nördlich des Polarkreises an.

Die dritte Geisel, eine Angestellte namens Birgitta Lundblad, ist zum Zeitpunkt des Überfalls bereits lückenlos mit dem hierarchischen System der Bank verschmolzen. Ein Wechsel in der Befehlsgewalt bedeutet für sie nicht mehr als der Wechsel der Haut für eine Schlange. Solange die Hierarchie intakt bleibt, gibt es keine Irritation, keinen inneren Widerstand. Sie hat gelernt, ihre Aufgaben automatisch zu erledigen, so wie man verdaut, hat Arbeitsrhythmus und Blutkreislauf synchronisiert und in den zehn Jahren ihrer Betriebszugehörigkeit kaum einen Tag gefehlt (Lang 1974). Ihre Loyalität ist absolut geworden, hat sich von dem Objekt abgelöst, dem sie gilt. Auf die Person kommt es dabei längst nicht mehr an.

Die vierte Geisel, der 25 Jahre alte Sven Säfström, gelangt nur aus Versehen in die Gewalt der Geiselnehmer. Clark Olofsson, ein ehemaliger Mithäftling Olssons, der sich dem Kollegen nach seiner Freipressung angeschlossen hat, durchsucht das Gebäude nach versteckten Polizeikräften und entdeckt dabei den Angestellten in einem Lagerraum für Scheckbücher und Büroartikel.

In dem Augenblick, in dem Säfström gefesselt wird, muss er, wie er später angeben wird, an seine Mutter denken. Er erinnert sich, wie sie den ziellos umherschweifenden jungen Mann in die Regelmäßigkeit des Angestelltenlebens gedrängt und ihm schließlich die Stelle bei der Kreditbank verschafft hat. Alle Wechselfälle des Lebens habe er seitdem auf eine Entscheidung schieben können, die nicht seine eigene gewesen ist (Lang 1974). So ist es ihm möglich, auch die Geiselnahme, die diesen bequemen Zustand jetzt institutionalisiert, als Fortsetzung der mütterlichen Fürsorge zu erleben.

Die Freiheit, mit der der Markt über seine Geiseln verfügt, wird diesen zur Halluzination ihrer eigenen Freiheit. Aus dem Wissen des Marktes, dass er seinen Geiseln gegenüber keine Schonung zu üben und keine Grenzen einzuhalten braucht, leiten sie ihre eigene Schonungs- und Grenzenlosigkeit ab (vgl. Réage 1967).

So empfindet das Marktsubjekt die Entfremdung, die es überfällt, in einer wirksamen Verkehrung tatsächlich als Freiheit. Persönliche, traditionelle und moralische Bindungen lösen sich auf. Das Individuum treibt, vom sozialen Festland entbunden, auf den Wogen der Konjunktur, beherrscht allein von den Gezeiten namens Angebot und Nachfrage.

Auch das Entführungsopfer Natascha Kampusch berichtet von den »Freiräumen«, die ihr »der Raub meiner Identität eröffnet« habe. »Wenn ich heute rückblickend an dieses Gefühl denke, erscheint es mir angesichts der totalen Freiheitsberaubung, in der ich mich befand, unverständlich und paradox. Doch damals fühlte ich mich zum ersten Mal in meinem Leben von Vorurteilen unbelastet. Ich war nicht mehr nur ein kleines Rädchen in einer Familie, in der die Rollen längst verteilt waren … Wenn ich meine Geschichte abstreifte und mich dem Täter fügte, war ich erwünscht – zum ersten Mal seit langem.« (Kampusch 2010)

Im Markt findet das von seiner Natur entkoppelte Subjekt eine neue Natur. Deren Zyklen regiert aber ein Mond, der dem Subjekt zu seiner Erleichterung verborgen bleibt. Nach Adam Smith ist der Markt die unsichtbare Hand, die ungewollt das Gemeinwohl för-

dert. Dass Unsichtbarkeit ein klassisches Motiv des Horrorfilms ist (vgl. James Whales Der Unsichtbare *(1933) bis Paul Verhoevens* Hollow Man *(2000)), macht diese Eigenschaft auf perverse Weise attraktiv.*

■ ■ ■

Natürlich hatte ich mir längst ein Bild von dem Kunstsammler Sendmühl verschafft. Ich hatte ja fast vergessen gehabt, dass es das Sammeln noch gab. Für mich war das Sammeln wie das Jagen immer eine Regression in die Urzeit gewesen, ein Rückfall hinter die neolithische Revolution, hinter die Sesshaftwerdung des Menschen durch Ackerbau und Viehzucht. Sammeln war etwas für die, die zum Jagen zu klug oder zu schlecht zu Fuß waren. Erst später begriff ich, dass für Frido von Sendmühl Sammeln und Jagen zusammengehörten.

Meine Freundin Henriette Bormann, Geschäftsführerin der Galerie Sonderborg, hatte mich zur Neueröffnung der Sammlung Sendmühl ins Greifenpalais mitgenommen. Der Garderobier nahm uns die Mäntel ab. Eine Servierkraft bot uns Crémant und Orangensaft an, eine andere Lachspastetchen und Spargelröllchen. Dann erschien Geneviève von Sendmühl im malvenfarbenen Hosenanzug, fragte sich offensichtlich nicht einmal, wer wir waren, grüßte uns knapp und spähte dabei schon nach dem nächsten Gast.

Wie aus dem Nichts stand Frido von Sendmühl im Vestibül. Er stand unter einer der Zeichnungen von Bertram Meyerding, die so filigran waren, so gehaucht, dass Sendmühls dünne weiße Haarkrone im Vergleich dazu fast üppig aussah. Und sie hingen so niedrig, dass der kleine Sendmühl darunter nicht wie ein Zwerg wirkte.

Jetzt hörte ich zum ersten Mal seine Stimme. Es war eine Stimme wie aus der Whiskywerbung. Es war eine von den Stimmen, die auf dem einzigen, echten Bourbon beharren, mit dem sie nun mal aufgewachsen sind. Er sprach von der Erotik des Sammelns, dem Reiz des Findens, Entdeckens und Erringens. Sammeln sei wie Verführen, sagte er, man brauche Tricks und Schmeicheleien und den Mut zur Zeitverschwendung. Auch hier komme es auf die Macht des Zufalls an, auf das Timing, den richtigen Augenblick. Auch der Sammler habe mit Herausforderungen zu kämpfen, mit Rivalität und mit Eifersucht. Und wenn Don Juan bei der Nummer tausendunddrei noch nicht genug gehabt habe, könne er, Sendmühl, das verstehen wie kein anderer. Auch für ihn sei bei tausendunddrei noch lange nicht Schluss. Und er sei schließlich auch nicht mehr zwanzig.

Das Publikum war sichtlich zu ehrfürchtig, um zu lachen. Sendmühl ließ sich nicht beirren, sprach vom Eindringen in eine fremde Seele, von der Verschmelzung, vom geradezu körperlichen Austausch. Es ist ein Trieb, röhrte er, ein unbewusster und unbezähmbarer Drang, eine wilde Jagd der Hormone. Und seine Hormone verzehrten sich nun einmal nach der Kunst.

Verstohlen schaute ich nach Henriette. Sie sah konzentriert aus, wie gebannt von den vielen bunten Hormonen, mit denen der Gastgeber da jonglierte. Die Schar der Zuhörer hatte sich jetzt so verkeilt, dass von Sendmühl nichts mehr zu sehen war. Seine Stimme kam aus dem Nichts oder aus einem im Boden eingelassenen Lautsprecher, den das Publikum umstand wie ein Grab.

Dann erklärte er die Hängung. Sein alter Freund Doktor Thies Mauler – natürlich hat Thies es sich nicht nehmen lassen, seine *New World Order* heute mit uns zu feiern, hallo

Thies, fügte er ein – habe ihn dabei beraten: mehr Zug, mehr Drive und zugleich diese Spannung, ja, man könne sagen, diese *Sexyness*, die einem Sinnesmenschen wie ihm das Blut in Wallung bringe.

Als er fertig war, warf ich Henriette ein faules Grinsen zu. Sie gab es mir nicht zurück. Ich wünsche allerseits einen lustvollen Abend, rief Sendmühl, auf Zehenspitzen gereckt, und öffnete eigenhändig die Flügeltüren.

Die Gäste setzten sich in Bewegung. Drinnen folgte die Traube im Uhrzeigersinn seinem Parcours. Besonders brünstig klang seine Stimme, als er die Blicke auf seine Neuerwerbungen lenkte; einen matten Rosario, einen gekonnt lückenhaften Dickinson mit einer unerwartet penibel konturierten karmesinroten Raute, eine aus dem Keilrahmen platzende Anita Sönderström in mehrlagig aufgetragenen Tarnfarben.

Aus den Augenwinkeln beobachtete ich Henriette. Es kam mir vor, als ob sie sich für die Bilder gar nicht interessierte. Ihr Blick wanderte über die Decke, das diagonale Oberlicht, glitt die schmalen Fensterschlitze auf und ab, schweifte über die Empore, die weichen Rundungen, die scharfen Kanten, und sie sah selbst weich und scharf aus in diesem Moment.

Anschließend trafen wir Sendmühl zwischen einem wuchtigen Chesterton und einer verspielten Zara Musharraf. Fantastische Räume, sagte Henriette, und Sendmühl nickte.

Kunstverstand kann man lernen, sagte er. Der Sinn für Architektur ist angeboren.

Sie haben einen Sinn für den Raum, sagte Henriette mit schräggelegtem Kopf. Das merkt man an jedem Detail.

Wissen Sie, sagte Sendmühl mit jovialer Bärbeißigkeit.

Wer wie ich an einem Ort wie Schloss Stößenstein aufgewachsen ist, mit 42 Räumen plus Fluren, Erkern und Freitreppen, mit sieben Meter hohen Decken und Blickfluchten, die dem Menschen seinen Platz im All zuweisen, der schafft es schon rein körperlich gar nicht mehr, einen Saal wie eine Wüstenrot-Parzelle einzurichten. Deshalb lebe ich ja auch fast nur in Hotels. Mit mindestens zweihundert Zimmern.

Der Raum ist das Entscheidende, sagte Henriette und lächelte.

Ich dachte an das Einfamilienhaus meiner Eltern in Beringen-Nord. Das Haus war komplett ohne Architektur aus dem Boden gewachsen. Offenbar hatte es sich selbst gebaut und, leicht zurückgeblieben wie es war, mit Schränkchen und Treppenläufern und Tapeten vollgestopft. So bewusstlos lag das Haus in seinem Fresskoma, dass mir dort noch nicht einmal Begriffe gewachsen waren, geschweige denn Gefühle für Raum, Material, Proportion, Transparenz. Der Mangel an Architektur war mein Geburtsfehler.

Zauberhafte Sammlung, sagte ich, um mich wenigstens für die Häppchen erkenntlich zu zeigen. Sendmühl schien mich gar nicht zu sehen. Ich starrte auf seine Ringe, seine glänzenden Erkennungszeichen, die er in jedes Foto hielt. Sie kosteten weniger als ein Bild, aber wiesen ihn als Seelenverwandten der Leute aus, die er *seine Künstler* nannte.

Wissen Sie, sagte der Sammler und sah Henriette tief in die Augen. Was ich an Kreativität brauche, das hole ich mir von der Kunst. Ich wüsste nichts, was die Batterien so gründlich auflädt wie Schönheit, sagte er, und sein Blick sank nach unten, um sich wie ein Jojo am äußersten Wirkpunkt der Schwerkraft wieder aufwärts zu spulen.

Warten Sie – Sarah, schrie er und sah sich energisch um.

Schon preschte eine blonde Serviererin mit ihrem Tablett auf uns los. Darauf müssen wir anstoßen, sagte Sendmühl, nahm sich ein Weinglas und schien nur kurz irritiert, als Henriette zum Orangensaft griff.

Sendmühl hob cäsarisch die Hand und starrte dabei Henriette an. Eine zweite Assistentin mit schmalen Augen, Lehrerinnendutt und ergreifend breiter Nase trat heran und reichte dem Kunstfreund eine Bratwurst auf einem Tablett. Sendmühl musterte das Objekt wie ein Missgeschick. Das soll eine Wurst sein, sagte er und sah die Assistentin an mit einer Gier, vor der die Frau in ein Lächeln floh. Das soll eine Wurst sein, wiederholte er. Das ist eine Nudel.

Der Sammler legte ihr die beringten Finger auf den Arm. Ist ja nicht schlimm, sagte er und schaute ihr in die Augen. Deutsche Sprache schwere Sprache. Wurst, Nudel, alles dicke runde Dinger, kann man schon mal verwechseln. Aber wenn Sie wollen, gebe ich Ihnen gerne mal Nachhilfeunterricht.

Verzeihen Sie, sagte sie eisig und drehte ab. Sendmühl schaute ihr hinterher und sagte dann wie zu sich selbst: Sagen Sie Wurst, sagen Sie Nudel. Sagen Sie Gurke. Damit machen Sie jede Frau nervös. Und wenn sie nervös ist, haben Sie so gut wie gewonnen. Entschuldigen Sie, sagte er dann mit gefletschten Zähnen und einer angedeuteten Verbeugung zu Henriette. Ich muss jetzt die Meute füttern. Anwesende natürlich nicht mitgemeint, sagte er mit einem Blick in ihre Augen und einem knappen Seitenblick auf mich. Und dann schlenderte er mit erhobenem Kopf in die Manege.

Jetzt beschränkten sich Sendmühls Blickfluchten auf zwei mal drei Meter. Die Verwirrung vom Schloss seiner Kindheit, das Labyrinth aus 42 Räumen plus Fluren, Erkern und Freitreppen, die sieben Meter hohen Decken, aber auch die endlosen Flure, die Alleen aus Türen in den Zweihundert-Zimmer-Hotels lagen weit jenseits aller Horizonte.

Dafür wohnte er jetzt in 1500 Metern Höhe, deutlich näher an dem All, das ihm so am Herzen lag. Und die bescheideneren Dimensionen seines Blickfelds konnten ihm helfen bei der Besinnung auf die Dinge, auf die es im Leben ankommt.

Kunst ist etwas sehr Schönes, sagte ich jetzt zu Frido von Sendmühl. Wie sind Sie denn auf diese schöne Idee gekommen. Ich nickte ihm aufmunternd zu, wie einem Kind, das einen Stern aus Wäscheklammern gebastelt hat.

Ich war nicht sehr überrascht, dass er tatsächlich begann, von seiner Kindheit zu sprechen. Natürlich war es die alte Legende, die ich längst kannte; eine Erzählung, die er schon Dutzende Male abgeliefert hatte, um die Geschichte seines Lebens plausibel zu machen, um sich vielleicht überhaupt erst eine Geschichte zuzulegen.

Aber diese Geschichte war ein Anfang, der Punkt, an dem seine Festung die ersten Risse bekam. Schon jetzt wurde seine Stimme so brüchig und weich, als müsste er sich mit dieser Kindheit versöhnen; als müsste er diese Kindheit besänftigen, damit sie endlich Ruhe gäbe, damit sie endlich aufhörte, immer recht haben zu wollen.

Wie Sie durchaus wissen könnten, war schon mein Vater ein großer Freund der bildenden Kunst, sagte er. Seine Sammlung war europaweit bekannt. Manchmal kamen sogar Kunstliebhaber aus Texas, sogar aus Hongkong. Geniale Künstler gingen bei uns ein und aus. Manche waren richtige Verrückte. Auf den Knien von Marcel Emmerbach habe ich meine ersten Legosteine zusammengestöpselt. Einmal hat Marcel dann zu meinem Vater gesagt: Das ist ja eine richtige Skulptur!

Ich nickte. Dann haben Sie also sogar Ihr Hobby von den Eltern geerbt, sagte ich dann mit großer Ruhe. Sie sind ja geradezu ein Vollbluterbe. Mehr Erbe geht ja wohl kaum.

Sendmühl grunzte, sprang auf und stapfte zur Tür. Er riss sie auf und stand vor Gursky, dessen Bauch nicht kleiner, aber deutlich muskulöser als der des Kunstfreunds war. Die Servicekraft knallte die Tür zu, und im Nu saß Sendmühl wieder auf der Pritsche und schnappte nach Luft.

Es war entscheidend, solche intensiven Reaktionen des Klienten, ob mimisch, gestisch oder verbal, nicht zu verurteilen. Sie waren wertvoll, auch wenn sie womöglich den Prozess erschwerten, den roten Faden des Gesprächs zerrissen. Aber es galt, den Widerstand ernst zu nehmen, die Wertekonflikte zu erkennen, die darin verborgen lagen, die unerfüllten Bedürfnisse. In dieser Erkenntnis lag die Chance, den verlorenen Faden an der richtigen Stelle aufzugreifen und ihn gemeinsam mit dem Klienten aufzurollen, bis die Spule erreicht war.

Trotzdem beschloss ich, den Fortgang der Sitzung zu verschieben. Am folgenden Tag war Sonntag. Also war Montag der nächstmögliche Termin.

■ ■ ■

Der Parcours der Supermärkte und Einkaufszentren folgt dem historischen Modell des Labyrinths. Das Labyrinth, etwa in der Kathedrale von Chartres oder in Le Nôtres Lustgarten von Versailles, führt auf möglichst langem und verwirrendem Weg zum vorgegebenen Ziel. Zweck der inszenierten Odyssee ist ein planmäßiger Verlust der Selbstkontrolle. Der Kontrollverlust wird wie jeder Ge-

wichtsverlust als erleichternd empfunden und der Großmut und Umsicht des Unternehmens zugeschrieben.

Nach Symonds (1982) kommt es im Verlauf einer Geiselnahme häufig zu einem Phänomen namens traumatic infantilism. *In der Gefangenschaft wird die Geisel zum Kind. Sie erlebt die Abhängigkeit vom Geiselnehmer wie diejenige, die sie einmal mit ihren Eltern verband. In der Folge reproduziert sie nicht nur diese Abhängigkeit, sondern auch die damit verbundene Rollenverteilung. Sie vertraut dem Täter, fürchtet sich in seiner Abwesenheit, lotet Grenzen aus und kommt wieder zur Vernunft.*

Auch im labyrinthischen Einkaufsparcours genießt das Subjekt den Kontrollverlust als Erlösung von der eigenen Verantwortung. Unbewusst fühlt es sich rückgeführt in die Erfahrung des Laufstalls und den Prozess des Gehenlernens. Als Folge dieser Infantilisierung kann es auch die angebotenen Waren mit der differenzlosen Gier und Neugier des Kleinkinds wahrnehmen.

Die Kinder, in die der Markt oder der Geiselnehmer seine Opfer verwandelt, fühlen sich hilflos ohne ihn. Die Wertschätzung, die er ihnen verschafft, ihrem Einsatz als Produzent oder Konsument, gibt ihnen Orientierung. Wie die Eltern will der Markt nur ihr Bestes. Um diese Eltern zu behalten, werden auch die Kinder des Markts wieder zu Kindern, klammern sich an ihre Quads, an ihre E-Roller, ihre Skates und Powerboards. Manchmal probieren auch sie aus, wie weit sie gehen können in der Missachtung seiner Anforderungen. Dass sie im Voraus wissen, dass sie nicht weit kommen werden, ist nur ein Teil des Spiels, das sie zu spielen glauben.

Um nicht zusammenzubrechen, sinkt die Geisel in den Zustand eines vierjährigen Kindes zurück, das die Welt um sich herum als gegeben annehmen darf. Diese Regression macht die Situation der Geisel ihr selbst plausibel. Mit ihrer Hilfe begibt sie sich in den Bewusstseinsstand eines Kindes, um wie ein Kind darauf vertrauen zu dürfen, dass die Eltern schon das Richtige tun.

Nicht die Realität, sondern Rituale sind es, die die Geisel jetzt braucht, um Normalität zu simulieren: der Urlaub, das Wochenende, der Schlussverkauf. In diesen Ritualen läuft alles so beruhigend ab, wie die Geisel es von Kind auf gewohnt ist: die Hand der Mutter auf der Bettdecke, die Gutenachtgeschichte, der Gutenachtkuss, das kleine Licht, das sie brennen lässt, wenn sie aus dem Zimmer schleicht und leise die Tür hinter sich zuzieht (vgl. Kampusch 2010).

Kindern eine Freiheit zu nehmen, ist nichts, was außerhalb der Normalität erscheint. Eltern verweigern Kindern ständig etwas, das sie haben wollen. Es wird gegessen, was auf den Tisch kommt. Selbst in prügelnden Eltern sehen Kinder noch den liebenden Anteil und in der schimmligen Hütte das Zuhause (vgl. Kampusch 2010). Und nach den Ohrfeigen gibt es Geschenke, Ausflüge und schöne Kleider.

▪ ▪ ▪

Am Sonntagnachmittag ging ich mit Herrn Klein zum Update in den Berggasthof Bronfenblick. Wanderer hielten mit zusammengekniffenen Augen die Nasen ins Sonnenlicht, und von den Almen unter uns läutete das Bimmeln der Kuhglocken herauf. Ich nahm eine Limonade, in der sofort eine Wespe ertrank. Herr Klein blieb bei Kaffee und äußerte den Wunsch nach Schwarzwälder Kirsch. Schwarzwälder Kirsch war aus, und so gönnte der Servicemanager sich ein großes Stück Bienenstich.

Meine Eltern hätten das geliebt hier, sagte Herr Klein in einem Anfall von Offenheit. Schwarzwälder Kirsch war ihr Höchstes. Fest oder flüssig, egal. Aber nur, wenn keine Schüler in der Nähe waren. Sie waren ja Lehrer, beide.

Er presste die Lippen zusammen, als hätte er schon zu viel gesagt. Dann grub er die Hände in die Hosentaschen, mit einem Trotz, als hätten diese Eltern ihm einmal verboten, die Hände in die Hosentaschen zu stecken. Ich vermutete, dass er es tat, damit die Zeit stillstand, und dass er es außerdem tat, um nicht fuchteln zu müssen. Dann stand Herr Klein auf und machte sich auf den Weg zum Klo.

Als er zurückkam, hatte er sich beruhigt. Aus Glimpflingen habe Herr Zielinsky angerufen, berichtete er sachlich in seinem gewohnten, tiefer gelegten Sound. Der Verkauf laufe an. Die Angebote seien auf dem Markt, die Käufer kontaktiert, Rückmeldungen bisher von zwei potenziellen Investoren, keiner davon aus dem familiären Umfeld. Erste Verhandlungen mit der Stiftung zeigten vorsichtige Resonanz. Die üblichen Vorbehalte, aber nichts, was sich nicht ausräumen ließe. Frau Seggle sei noch immer nicht zurück. Sie ist nicht zurück, wiederholte er und tat, als genösse er die Aussicht.

Ich zahlte meine Limonade selbst. Herr Klein sah mich an, als stimmte etwas nicht mit mir. Er dagegen bestellte noch einen Veltliner, eine Käseplatte, die er nur halb aufaß, dann einen Cynar für die Verdauung. Er ließ sich die Rechnung bringen, schickte die Bedienung wieder weg, bat um einen fiskalisch korrekten Beleg. Die Buchhaltung ist da sehr streng, wie wir beide wissen, sagte er zwinkernd zu mir. Da bleibt man glatt schon mal auf seinen Auslagen sitzen. Das nächste Mal lade ich Sie aber wirklich ein, sagte er jovial. Sie geben einem ja bisher keine Gelegenheit.

Dann fragte er: Kommen Sie mit ins Hotel.

Nein danke, sagte ich und überlegte im selben Moment, wofür ich mich hier eigentlich bedankte. Für eine Sekunde spielte ich mit der Idee, auf eigene Faust hochzusteigen zur Hütte, mal nach dem Rechten zu sehen, mal zu sehen, was dort vor sich ging. Ich war sicher, dass Sendmühl das Abholen des Eimers kein zweites Mal verpasst hatte.

Ich sah auf die Uhr. Ich stellte mir Sendmühls Trotz vor, seine Resignation, sein Aufbegehren und seine Reue. Ich stellte mir den Wechsel des Lichts in dem winzigen Fenster vor, das monotone Klicken der Schachfiguren aus dem Durchgangszimmer, in dem die Kundenbetreuer wohnten. Dann drückte ich das Rückgrat durch und kam zur Ruhe. Ungeduld war genauso schädlich wie endloses Warten.

Von den Almen am Hang unter uns stieg noch immer das Läuten der Kuhglocken auf. Dass die Viecher nicht rammdösig werden, sagte ich. Dieses Gebimmel den ganzen Tag, bei der kleinsten Bewegung. Das macht doch den stärksten Bullen schlachtreif.

Herr Klein gab keinen Kommentar mehr. Er sah aus wie eingeschlossen in der klaren Alpenluft. Er tippte nur ein Memo in sein Telefon.

■ ■ ■

Dass ich an der Feier zum 28. Geburtstag von *Human Solutions* teilnehmen durfte, ausgerichtet im *Due Padroni*, hatte ich als Kompliment genommen. Mir entging nicht, dass die Stimmung einen Unterton von Verzweiflung hatte. Frau Seggle schlug die Gabel gegen das Weinglas und begann ihre Rede, bevor auch nur die Hälfte des Managements erschienen war. Und als endlich auch Niels Klein das Lokal betrat, glaubte ich, in ihren Mundwinkeln das Häkchen sehen zu können, mit dem sie die Verspätung in ihrer inneren Personalakte notierte.

Einige Mitarbeiter hatten schon frühzeitig angefangen, sich zu betrinken. Während der Tischwein in Weiß und Rot noch verkorkt in den Kübeln auf die Vorspeise wartete, waren sie bereits beim zweiten Screwdriver. Die Orangenscheiben warfen sie hinter sich in die Hydrokulturen, während Frau Seggle auf die Bilanzen zu sprechen kam. Sie versprächen in diesem Jahr leider kaum Anlass zur Freude.

Der Personalchef schob die randlose Brille auf die Stirn und flüsterte der Leiterin der Buchhaltung etwas ins Ohr. Sie spitzte den Mund wie empört, dann lächelte sie still. Sabine Seggle warf ihr einen strengen Blick zu, dann sprach sie von Investitionen, die nicht mehr ausgebremst werden dürften, von Anstrengungen, die erhöht, und von Kosten, die unter Kontrolle gebracht werden müssten.

Was macht ein Unternehmen attraktiv, fragte sie und malte mit den Händen Figuren in die Luft, vielleicht Umsatzkurven oder ein Herz für die Fleißigen. Wirtschaftlicher Erfolg, sagte sie, faire Arbeitsbedingungen, die Möglichkeit zur persönlichen Weiterentwicklung. Das ist alles wichtig. Aber ich glaube, das reicht nicht mehr. Nicht in einer Zeit wie dieser, die uns stark fordert, sagte sie, während die Logistikchefin sich ein paar Tropfen Extra Vergine auf den burgunderrot lackierten Zeigefinger goss und ihn ablutschte.

Human Solutions bewegt sich in viele Richtungen gleichzeitig, fuhr Frau Seggle fort. Manchmal erzeugt das Widersprüche, manchmal Spannungen. Keiner von uns kann einfach nur tun, was schon immer getan wurde. Das erfordert Mut und Offenheit. Von uns allen, sagte sie.

Ich sah mich um und stellte fest, dass mich alle anstarrten. Niemand schien Frau Seggle zuzuhören. Alle fixierten meine Frisur, meinen Nagellack, mein womöglich übertriebenes Kostüm von *Thierry Lemaire*. Und ich fragte mich, ob es Frau Seggles Absicht gewesen war, mich auf diesem Pranger zur Schau zu stellen.

Jedes Unternehmen hat einen eigenen Herzschlag, fuhr Frau Seggle fort. Damit wir selbstbewusst Entscheidungen treffen können, brauchen wir Klarheit darüber, wer wir sind. Um gemeinsam erfolgreich zu sein, müssen wir unsere Haltung kennen, zur Welt, zum Wettbewerb und nicht zuletzt zueinander. Wirtschaftlicher Erfolg ist die Grundlage unserer Existenz. Natürlich. Aber wir tun die Dinge nicht nur, um erfolgreich zu sein.

Sie machte eine Pause.

Und wir machen auch nicht alles, was erfolgreich ist.

Ich sah das Runzeln auf der hohen Stirn der Customer Relations, die verschränkten Arme der Buchhaltung, den skeptisch aufgeworfenen Mund der IT. Ich sah den nachdenklich gekraulten Bart der Personalabteilung und die zum Knacken vorgestreckten Finger des Vertriebs. Und ich konnte nicht sagen, ob in diesen Blicken Hoffnung lag oder Angst.

Einen positiven Aspekt hat das alte Jahr für unser Unternehmen aber hervorgebracht, verkündete Frau Seggle dann mit lauterer Stimme. Wir haben nämlich jetzt die Frau Perger an unserer Seite, die uns in dieser Durststrecke zu Hilfe eilt.

Sie sah mich an. Ich stand auf. Ich werde tun, was ich kann, sagte ich.

Erleichtert stellte ich fest, dass ich im weiteren Verlauf des Abends, als Logistik und Finanzabteilung zu den Klängen von *I Will Survive* den Personalchef umtanzten, als Service und Vertrieb den Trebbiano abarbeiteten und die Finanzchefin nach ein paar Schritten auf dem Parkett dazu überging, systematisch Papierservietten zu zerknüllen, keine Rolle mehr spielte.

Und fast hatte ich Frau Seggle vergessen, bis sie sich auf den Platz neben mir fallen ließ, mir Raffaellos auf einem winzigen Glasteller anbot und ihr schwankendes Team beobachtete.

Ein gelungenes Fest, sagte sie, ohne mich anzusehen. Das reicht für mindestens drei Abmahnungen.

Dann lächelte sie in mein entsetztes Gesicht: Scherz.

▪ ▪ ▪

Am Montagmorgen lag Nebel im Tal. Die Alpen schienen unter der Last der Wolken zum Mittelgebirge gequetscht. Erst hinter dem stillgelegten Sägewerk gelang es unserem Jeep, aus der Suppe aufzutauchen. Vor der Hütte saß dann schon Herr Klein mit seiner Filterlosen und einem Trotz im Gesicht, als hätte jemand von ihm verlangt, sich für etwas zu rechtfertigen.

Sendmühl lag noch auf seiner Pritsche, auf der rechten Seite, den Kopf in die Armbeuge geklemmt. Er sah mich aus dem Augenwinkel an, und ein Vorwurf lag in seinem Blick, als hätte ich ihn in diese Pose gezwungen, die ihm nicht stand. Dann hob er mühsam den schweren Kopf, und das Läuten füllte den Raum.

Die Kuhglocke hing am Hals des Sammlers, an einer soliden, mit einem Vorhängeschloss versehenen Kette. Die Glocke war ein Souvenirartikel, offensichtlich aus einem der Andenkenläden im Dorf. Zwischen Bildern von Enzian und Edelweiß trug sie eine Aufschrift in verschnörkelter Fraktur: *Wenns Arscherl brummt, ists Herzerl gsund. Grüße aus Bruckenschwang.*

Ich dachte sofort an Herrn Kleins Notizen, sein Tippen bei unserem Update im Berggasthof Bronfenblick. Ich dachte auch an seine Strenge, sein impulsives Wesen. Aber für die physische Betreuung war nun mal die Abteilung Kundendienst zuständig: Alles, was am Hals des Klienten hing, fiel in Herrn Kleins Beritt.

Ich muss achtgeben, sagte ich mir, die Kompetenzen in diesem Prozess nicht zu verwischen. Es ging um eine Transformation, die es erforderte, dass alle Beteiligten ihre Rollen fanden und einhielten. Wie geht es Ihnen, fragte ich den Sammler mit professioneller Unverbindlichkeit.

Bimmelnd setzte Sendmühl sich auf. Bimmelnd sah er mich an, aus finster brütenden Augen, schweigend, als spräche die Glocke für sich, wäre schon Problematisierung, wäre schon Zieldefinition genug. Doch auch ich schwieg nun, und als der Sammler es offenbar aufgegeben hatte, einer Schweißermaske eine Regung entlocken zu wollen, wandte er sich dem Fußboden zu.

Das ist Barbarei, klagte er den Bohlen. Das ist hier die nackte Barbarei.

Der Klient hatte, so hatte ich es gelernt, grundsätzlich das erste Wort. Solange sein Ideenreservoir nicht ausgeschöpft war, hatte es keinen Sinn, selbst mit Vorschlägen zu kommen. Durch Ziehen wuchs das Gras nicht schneller, und eine Erkenntnis, auf die der Klient von selbst kam, wirkte nachhaltiger als jeder gute Rat. Haben Sie eine Erklärung für Ihre Situation, fragte ich und hielt für einen Moment die Glocke fest, um seine Antwort zu hören.

Erklärung, prustete der Adlige. Ein Schaumbläschen

platzte in seinem linken Mundwinkel. Sie haben mich doch hierher verschleppt, sagte er. Sie sind mir doch hier die Erklärung schuldig.

Ich kann mir gut vorstellen, wie Sie sich fühlen, sagte ich. Ich setzte mich auf den Hocker und beugte mich vor, um seine Haltung zu spiegeln. Wer sich gespiegelt sieht, das wusste ich, fühlt sich leichter verstanden.

Wenn ich mir vorstelle, wie es Ihnen geht, sagte ich, werde ich selbst immer angespannter. Geht es Ihnen nicht auch so dabei.

Angespannt ist gar kein Ausdruck, sagte der Sammler bimmelnd und schien im selben Moment schon zu fürchten, zu viel preisgegeben zu haben. Dann riss er sich wieder zusammen und stieß grimmig hervor: Aber auch kein Vergleich mit Ihnen, wenn Sie endlich dort sind, wohin Sie gehören.

Ich sehe, dass Sie diese Frage innerlich bewegt, sagte ich. Ich bekomme den Eindruck, dass Sie von unseren gemeinsamen Zielen nicht völlig überzeugt sind. Habe ich recht.

Der Adlige presste die schmalen Lippen noch fester zusammen und zog die Knie an die Brust. Für einen Moment verstummte das Bimmeln. Aber ich spürte noch immer den Widerstand, den Zielkonflikt, die Beziehungslücke. Ich ging mit gutem Beispiel voran und öffnete die Knie in einem Winkel von dreißig Grad. Dann beugte ich mich wieder leicht vor.

Ich möchte gern, dass wir uns in der Definition unserer Ziele einig sind, sagte ich. Ich finde es wichtig, dass Sie es sofort ansprechen, falls Sie sich nicht verstanden fühlen sollten.

Sendmühl schloss die Augen. Im Fensterloch über ihm war der Himmel jetzt scharf ausgestanzt, kalt und blau. Ich musste auf seine nackten Füße starren, deren Knöchel über die Fußschellen ragten. Obwohl sie zweifellos Zehen hatten, sahen sie kompakt und undifferenziert aus wie die eines Teddybären. Die Glocke läutete nur noch leise. Ich dachte an Pawlows Hund, und ich fragte mich, was das Glöckchen wohl bei Sendmühl auslösen mochte, vermehrten Speichelfluss, Scham, lange verkapselte, plötzlich befreite Wut.

Noch hatte der Klient nicht viel zum Prozess beigetragen. Vielleicht war es noch zu früh für eine Intervention. Trotzdem entschied ich mich, den Sammler nicht allein zu lassen mit seinem Trotz.

Darf ich Ihnen eine Hypothese anbieten, fragte ich. Vielleicht deute ich Ihre Körpersprache falsch. Aber kann es sein, dass diese Glocke Sie an etwas erinnert.

Ich wartete ein paar Minuten auf Sendmühls Antwort. Dann sah ich, wie der Brustkorb des Sammlers krampfte, sich heftig hob und senkte wie ein Schiff. Das Bimmeln wurde lauter, und in den Zwischenräumen hörte ich seinen Atem, ein Schnaufen, schwer wie bewegte See. Ich stand auf, schritt um die Pritsche herum und sah in die Augen des Adligen, die aufgerissen waren, als hätte er soeben etwas Furchtbares gesehen.

Ich hörte Schritte im Durchgangszimmer, vielleicht Herr Klein, der die Kojen der Servicekräfte inspizierte. Ich sah Sendmühl an, der jetzt wieder die Augen geschlossen hielt. Es sah aus, als schliefe er oder versuchte es wenigstens. Und ich rief mir ins Gedächtnis, dass die Aufmerksamkeit eines Klienten ein knappes Gut war.

■ ■ ■

In der Ökologie, in die der Geist des Kapitalismus die Welt organisiert, sind Opfer und Täter nicht mehr leicht zu unterscheiden. Wer gehorsam sein will, muss andere unterwerfen. Erst die Überwindung des anderen hilft dabei, das eigene Opfersein nicht mehr zu spüren. Diese Konstellation nennt man Konkurrenz. Ihre libidinöse Grundlage ist der Sadomasochismus.

Masochismus, schreibt der 1938 in die USA emigrierte Psychoanalytiker Theodor Reik (1941), sei der Sadismus des Ohnmächtigen. Je stärker der Machtwille des Einzelnen, desto hingebungsvoller wird er sich unterwerfen.

Der Fortschritt, den der Markt auf seine Fahnen schreibt, ist ohne den sadomasochistischen Geist nicht zu haben. Leiden sei der Preis des Fortschritts, betont Reik. Die Entwicklung von der Molluske zum Menschen gehe einher mit der Steigerung des Schmerzempfindens. Leiden sei Luxus, auf niederer Kulturstufe sei das Leid nicht zu genießen. Alle großen Geister seien große Masochisten gewesen, von Goethe über Beethoven zu Dostojewski. Das Leiden helfe dem Leidenden, die Welt zu durchschauen. Wer nicht leide, könne nichts leisten. So wird die Größe des Leids zum Maßstab für die Größe der Leistung.

Der sadomasochistische Geist des Kapitalismus braucht keine Sadisten. Seine Vertreter haben keinen Spaß am Quälen, sie tun nur ihre Pflicht. Auch die Geiseln wissen nicht, wie sie in ihre Lage gekommen sind; sie erinnern sich nur an eine Art Taxi, das im Herbst neben ihnen angehalten hat, an einer Ecke des Parc Montsouris, an den Mann, den sie liebten, der neben ihnen saß und ihnen Gürtel und Slip abnahm, sodass sie das kalte Kunstleder der Sitze an den Schenkeln spürten. Niemand hat ihnen etwas befohlen oder verboten, und trotzdem wagten sie nicht, die Beine überzuschlagen oder die Knie zu schließen. Vor dem Firmentor mussten sie aussteigen und an der Tür klingeln. Seit diesem Augenblick gehören sie nicht mehr sich selbst (vgl. Réage 1967).

Der Masochismus, schreibt Theodor Reik, sei eine Flucht nach vorn. Anstatt ein grausames Schicksal passiv zu erdulden, sagen wir uns, wir hätten es so gewollt. Statt Angst zu erleiden, setzen wir uns dem Leid bewusst aus. Statt uns vor einer Demütigung zu fürchten, führen wir sie herbei. Die gewalttätigen Impulse, die uns irritieren, delegieren wir an eine äußere Instanz. Das macht uns zum Auftraggeber unseres Auftraggebers. Wir wissen also, dass uns im Grunde niemand etwas befehlen kann, und maskieren unseren Trotz als Nachgiebigkeit, unseren Aufruhr als Unterwerfung. Das Spiel der Mächtigen machen wir mit, weil wir glauben, sie so zu verhöhnen.

Der Masochist, schreibt Reik, sei Täter, Opfer und Zuschauer zugleich. Bei der Vorstellung von Grausamkeiten identifiziere er sich zu gleichen Teilen mit dem Gefolterten wie mit dem Folterknecht. Die Geiseln des Wettbewerbs identifizieren sich mit dem Markt ebenso wie mit dessen Opfern, die sie selbst verkörpern. Die Geiseln des Unternehmens halluzinieren sich in die Rollen ihrer Vorgesetzten und werden so zu Vorgesetzten ihrer selbst, die sich als Untergebene zur Arbeit antreiben.

Masochismus sei, wie Otto Kernberg betont, ein Bestandteil der polymorph perversen frühkindlichen Sexualität (Kernberg 1995). Er bezieht sich dabei auf Denise Braunschweig und Michel Fain (Braunschweig/Fain 1971, 1975), denen zufolge die erotische Erregung eine elementare Reaktion auf ein quälerisch verlockendes Objekt ist, nämlich die auf der Sinnesebene gleichermaßen stimulierende wie frustrierende Mutter.

Die Marktwirtschaft macht sich diese Konstellation zunutze. Auch der Markt lebt von dem Wechsel aus Verführung und Versagung, der Erregung von Begehren und dessen Frustration. So ist er dazu prädestiniert, nach dem Ende der Kindheit die Mutterfunktion zu übernehmen und so den Ur-Masochismus des Kindes in geldwerten Nutzen zu überführen.

▪ ▪ ▪

Im Konferenzraum im zweiten Stock von *Human Solutions*, fünfzig Quadratmeter groß, blockte ich die ersten zwei Stunden von sieben bis neun. Ich wollte noch vor Arbeitsbeginn fertig sein. Und ich wollte, dass die Mitarbeiter noch mit einem Bein in den Träumen der Nacht stünden, noch halb in der Macht ihres Unbewussten, um dessen gewaltige Kräfte für den Prozess zu nutzen.

Ich trug einen Kapuzenpulli, blassgrau wie die Wände des Konferenzraums. Bevor das Team eintraf, schob ich den vier Meter langen Buchenholztisch mit den eingebauten Steckdosen an die Wand, verhängte die Flatscreens mit einem Bettlaken. Und in der Mitte des Raums stellte ich meine goldene, fast brusthohe Winkekatze aus Plastikblech auf, ein scheußliches Stück mit riesigen Augen und leprösen Flecken abgeplatzter Farbe.

Ich sagte kein Wort zur Begrüßung. Ich stupste nur das goldene Monster an, das stupide zu winken begann. Unschlüssig saß das Leitungsteam auf Hockern aus hellem Holz und starrte auf das Ungetüm. Auch Frau Seggle, die mit verschränkten Armen auf einer Holzbank an der gegenüberliegenden Wand saß, schien nicht sicher, wie weit sie sich auf dieses Geschehen einlassen wollte.

Dies, sagte ich und zeigte auf die Katze, ist Ihre Firma.

Misstrauisch sahen die Angestellten mich an. Ich baute mich vor dem Personalchef Schnelling auf. Darf ich Sie bitten, fragte ich und streckte ihm die rechte Hand entgegen.

Herr Schnelling sah sich um. Es sah aus, als hoffte er, seine Kollegen würden ihn in letzter Sekunde zurückhalten. Dann stand er auf, zog den roten Rundausschnitt-Pullover über dem zugeknöpften Hemd straff, machte fast einen Knicks, stellte dann die Beine auseinander und neigte misstrauisch den Kopf.

Ich ließ ihn stehen und suchte den nächsten Kandidaten. Kurz erwog ich Frau Yildiz, die Leiterin der Buchhaltung, täuschte eine ausgestreckte Hand an, zog sie wieder zurück, schlenderte dann weiter und fand den Vertriebschef Sebastian Zielinsky in seinem Yves-Klein-blauen Anzug.

Herr Zielinsky, sagte ich mitleidlos. Kommen Sie gerne auch mal in die Mitte. Der Vertriebschef bleckte die Zähne unter dem Schnurrbart, schaute verlegen in die Runde, zog dann den Kopf ins Doppelkinn und arbeitete sich in den Stand. Frau Yildiz, zählte ich auf. Herr Klein. Frau Liebherr.

Es dauerte eine Weile, bis alle Mitarbeiter ihren Platz gefunden hatten. Sie verteilten sich im Raum, tarierten Schritt für Schritt ihren Abstand zueinander aus, zu der Winkekatze, die ihre Firma darstellte, und, mit oder gegen ihren Willen, auch zu Frau Seggle, die abwartend dabeisaß. Streng verfolgte die Chefin die Bewegungen des Personalchefs, der unsicher Standbein und Spielbein verschob.

Schon nach wenigen Minuten war es der IT-Managerin Paula Liebherr offenbar gelungen, hinter dem Rücken der Katze ein eigenes Zentrum im Raum zu besetzen. Sie bildete einen Brennpunkt einer Ellipse, deren Scheitelpunkt durch Frau Seggle ging, und dort stand sie, mit kokett angewinkeltem Bein, die erstaunlich große rechte Hand zur Faust geschlossen am schwarzen Rock, als trüge sie eine Handtasche. Die Bluse strahlte weiß, die Kragenecken spreizten sich triumphal, und die strammen Wangen, die hoch über den Nasenflügeln ansetzten, gaben dem Gesicht einen optimistischen Schwung.

Ich stellte fest, dass die Finanzchefin die Gelegenheit nutzte, sich am äußersten Rand der Ellipse einzurichten. Ich hörte das Flüstern, mit dem Herr Schnelling das Tasten seiner Schritte kommentierte: Na, ein halber Meter geht wohl noch. Komm.

Die Bockigkeit des Kundenservice hatte ich erwartet. Er rührte sich kaum einen halben Meter von seinem Stuhl fort, die Grimasse aufgewühlt, aber starr, die Hände tief in den Hosentaschen. Ich wunderte mich auch nicht über die Treuherzigkeit, mit der sich der Personalchef fast auf Armlänge vor die Katze stellte und ihr in die Augen blinzelte.

Niemand hatte gesehen, wie ich den Gong aus dem Aktenkoffer holte. Aus dem Hinterhalt schlug ich den Filzklöppel auf das Metall, und die Luft des Konferenzraums pulste in auf- und abschwellendem Dröhnen. Dann rückte ich die Katze von ihrem Platz, schob sie auf den verblüfften Vertriebschef zu, der in seinem blauen Anzug rückwärts taumelte und auf seinen Stuhl fiel.

Und simsalabim haben wir eine neue Situation, rief ich aufmunternd in die Runde. Herr Klein, wie geht es Ihnen damit. Möchten Sie Ihre Position vielleicht noch einmal überdenken.

Nein, sagte der Kundendienst-Manager mit einem Frosch im Hals, der seine Anspannung zeigte.

Und warum nicht, Herr Klein, fragte ich. Ich ließ keinen Vorwurf durchscheinen, nichts als reines, offenherziges Interesse.

Mir gefällts hier, antwortete Herr Klein, und an seinen krampfenden Fäusten konnte ich sehen, dass er log. Genau hier gefällts mir, bekräftigte er.

Sehr schön, gab ich zurück. Möchte sich vielleicht sonst jemand einen neuen Platz suchen.

Ein eifriges Scharren, Trappeln und Schnüren begann. Herr Zielinsky, Herr Schnelling und Frau Yildiz sortierten sich in unterschiedlichen Radien, die gemeinsam hatten, dass sie sich in Frau Liebherr schnitten. Herr Zielinsky sah Frau Yildiz an, die wiederum Frau Liebherr fixierte, und Herr Schnelling verbarg sich mit hoffnungsvoller Miene hinter dem trainierten Rücken Sebastian Zielinskys. Nur Herr Klein blieb verbissen auf seinem Platz, weit weg vom Kraftfeld Frau Liebherrs, aber noch weiter entfernt von dem Katzenmonster, das stolz und einsam und golden auf dem Parkett stand und ins Leere winkte; eine Königin ohne Volk.

In diesem Moment trat Frau Seggle in die Arena. Auf geradem Weg steuerte sie auf die Katze zu, packte wie ein Schiedsrichter im Boxring das Blechtier an der Pfote und riss ihm den Arm hoch, dass es knackte. Sie packte so fest zu, dass das Winken aufhörte, und es mag fünf oder zehn Minuten gedauert haben, bis Sabine Seggle endlich losließ. Die Winkekatze fiel zu Boden, landete mit starr angewinkeltem Arm auf der Seite, und Frau Seggle wischte sich die Hand an ihrer Jeans ab.

Ich glaube, wir alle sind Frau Perger dankbar für den Einblick, den sie uns verschafft hat, sagte sie. Und jetzt gehen wir alle mit voller Kraft an die Arbeit.

In ihren Augen war nicht die Spur eines Lächelns.

▪ ▪ ▪

Wie geht es Ihnen heute mit Ihrem Thema, Herr von Sendmühl, begrüßte ich den Klienten am Morgen in seiner Hütte. Sagen wir, auf einer Skala von eins bis zehn.

Trotzig bimmelnd starrte der Adlige mich an. Dann verzog er wie greinend den Mund. Ich musste an einen Sechsjährigen denken, dem jemand den Ton abgestellt hatte, und als der Ton wieder lief, fragte er: Welches Thema.

Ihr Thema, antwortete ich. Jeder Mensch hat ein Thema. Darum sind wir doch hier, Herr von Sendmühl, Sie und ich.

Ich wusste: Es war wieder Zeit für das Schweigen. Geduldig wartete ich, dass der Sammler zu sprechen begann. Warum *Sie* hier sind, weiß ich nicht, sagte er schließlich. Ich weiß nur, warum *ich* hier bin. Weil ihr mich verschleppt habt. Ihr seid doch schuld an der Schweinerei.

Ich möchte einen grundsätzlichen Gedanken mit Ihnen teilen, Herr von Sendmühl, sagte ich. Schuld und Unschuld haben bei dem, was wir hier vorhaben, keine Bedeutung. Ich bin auch keine Richterin, die Urteile fällt. Für mich hat erst mal niemand Schuld. Auch nicht Sie. Ich halte Sie für einen wertvollen Menschen. Ganz unabhängig von Ihrem Verhalten.

Warum lassen Sie mich nicht einfach in Ruhe, schimpfte er. Sie haben doch, was Sie wollen. Mich. Warum müssen Sie mir auch noch auf die Nerven gehen.

Ich beschloss, den Ausbruch des Sammlers einfach kommen und gehen zu lassen; ihn als Flut zu sehen, der in spätestens sechs Stunden eine Ebbe folgen würde; mich unter seinen Flutbergen hindurchzudrehen wie unsere Erde. Ich wusste, dass jetzt meine Professionalität gefragt war. Es war entscheidend, mein Mitgefühl für den Klienten mit viel Rollenklarheit zu verbinden. Mitgehen war die Devise, einfach mitgehen.

Vielleicht war dieser Ausbruch ein gutes Zeichen. Ich wusste, dass hinter jedem Konflikt, der im Laufe des Prozesses aufbrach, ein unbefriedigtes Bedürfnis stand; ein Bedürfnis nach Respekt oder nach Regeln, nach Bestätigung oder nach Bedeutung, nach Sinn, nach Unterhaltung oder nach Anerkennung der eigenen Einmaligkeit. Jeder Widerstand war ein Weg, ein Hinweis auf einen Abgrund, den es gründlich zu betrachten galt.

Das Ausmaß dieses Abgrunds hatte ich nicht erwartet. Der Sammler legte den Kopf schief, und sein Gesicht wurde zu einer Maske, rau und ledrig wie meine. Seine Hände streckten sich aus, als gehörten sie ihm nicht mehr. Er war ein Automat, spulte ein Programm ab, und dann sagte er: Ich riech doch, wie geil du bist.

Ich ließ mich nicht aus der Ruhe bringen. Es waren diese Momente, die man aushalten musste, um das Programm des Klienten neu zu konfigurieren. Was Sie riechen, ist meine Langeweile, sagte ich. Das riecht dann nach einer Weile immer etwas streng.

Für einen kurzen Moment blitzte in Sendmühls Augen wieder die Verzweiflung auf. Eine Art Gedanke schien durch seinen Kopf zu wandern, zu vage für eine Erinnerung, zu stark, um ihn zu verdrängen. Sendmühl blinzelte. Das Blinzeln wurde ein Zwinkern. Er zwinkerte mir zu, und zugleich zwinkerte er die Erinnerung fort.

Die Langeweile geht gleich ganz schnell weg, sagte er. Seine Stimme klang gleichgültig, aber das war wieder das Programm. Und nur die Eisenkette, die seine Fußknöchel mit dem rechten vorderen Bein der Pritsche verband, hinderte ihn daran, mich anzuspringen und mir die Hand auf den Hintern zu legen.

Wenn hier irgendwas weggeht, dann ich, dachte ich.

Aber ich zwang mich zum Bleiben. Ich sah in Sendmühls graue Augen; ich stellte Kontakt her. Sie sind unzufrieden mit Ihrer Situation, fasste ich zusammen. Wäre es möglich, dass Sie diese Situation an eine andere Situation in Ihrem Leben erinnert.

Was geht Sie mein Leben an, fragte Sendmühl.

▪ ▪ ▪

Ich kannte die Geschichten, die sich die Kunstwelt erzählte. Henriette Bormann hatte sie mir weitergetragen: Sendmühls nächtliche Anrufe bei seiner Pariser Kunstberaterin, den humorvollen Schwitzkasten auf dem Rücksitz des Taxis von der Banque Paris-Haute zum Lunch im *Petit Limousin*, den jagdlustig ausgestreckten Arm, als die Frau am Quai des Orfèvres eine Ampelphase nutzte, um aus dem Wagen zu springen, und den gebrochenen Zeige- und Mittelfinger, nachdem sie in Panik die Tür zugeschlagen hatte.

Ich hatte von der Physiotherapeutin im Kurhotell Frederiksborg Slott gehört, die der Sammler nach dem Wacholderaufguss in der Sauna eingeschlossen hatte. Ich war informiert, was die Überstunden mit Monica Terrazzi betraf, Assistentin in Sendmühls Mailänder Sammlung, für deren Vorbereitung er regelmäßig eine Magnumflasche Corbusier Rouge und Terrazzis Personalakte auf dem Empfangstresen platzierte, die eine zur Ermunterung, die andere zur Warnung. Und ich kannte Henriettes eigene Geschichte mit Frido von Sendmühl, seinen Ankauf der *Convulsions*-Serie von Pierport Mandelstam.

Dass Frido von Sendmühl sie im Lausanner *Stützli au Lac* empfing, hatte sie nicht überrascht. Sendmühls Nomadenleben war branchenbekannt, üblicher Einstieg in jedes einzelne dieser unterwürfigen Zeitungsporträts im *Finanzboten*, im *Economical Mirror*, in *Zoom Art*, in der *Collectors' Corner*. Der Chauffeur, der kurz vor Feierabend unangemeldet in ihrem Office erschien und sie nach Lausanne transportierte, habe, sagte Henriette Bormann, die ganze Fahrt über stumm mit den Kiefern gemalmt und sie beim Aussteigen geradezu abschätzig angestarrt.

In seiner Suite, die den gesamten dritten Stock umfasste, saß Sendmühl an seinem Schreibtisch. Den Schreibtisch ließ er in einem Lieferwagen von Hotel zu Hotel mitschleppen. Auf der Platte stapelten sich Dokumente aus Papier. Henriette klopfte, und als sie eintrat, war er noch immer in eins dieser Blätter vertieft, als hätte er ihr Klopfen gar nicht gehört.

Die Mappe, die er ihr überreichte, enthielt einen Vertrag. Henriette las das Wort Vereinbarung, sie las das Wort Schweigepflicht. Fragend sah sie ihn an, doch Sendmühl zeigte nur auf den geblümten Sessel. Während sie saß und las, trat Sendmühl hinter seinem Schreibtisch vor, umkurvte sie und ging in ihrem Rücken auf und ab. Er erzählte von seinen gemeinnützigen Stiftungen, erwähnte seine Kellermanns, seine Czyks und Boronis, als wollte er ihr beweisen, dass er auf ihre Mandelstams auch verzichten konnte.

Als Henriette auf Seite drei des Dokuments angekommen war, drehte sie sich zum ersten Mal nach ihm um. Lesen Sie weiter, herrschte Sendmühl sie an. Sie sollen ja schließlich nicht blind unterschreiben.

Als sie auf Seite sechs war, legte der Mann ihr die Hände auf die Schultern. Er knetete sanft, aber bestimmt, arbeitete sich allmählich zu ihrem Nacken vor. Henriette versuchte, aufzustehen und ihm ins Gesicht zu sehen, doch als sie den Kopf nach links drehte, trat Sendmühl einen Schritt nach rechts, sodass er in ihrem Rücken blieb, und zischte: Schhhhhh.

Konzentrieren Sie sich, sagte er dann. Ich möchte nur, dass Sie nicht abschweifen, während Sie dieses Dokument lesen. Ich möchte Ihre Seele festhalten.

Lassen Sies gut sein, Herr von Sendmühl, sagte Henriette, als sie seinen Mundwasserhauch am Ohr spürte. Das ist nicht meine Seele, sagte sie und stand auf.

Kein Problem, hatte Frido von Sendmühl damals gesagt und gelacht. Jetzt, als ich seinen Raum verließ und die Servicekräfte anwies, das nächste Frühstück bitte erst mittags zu servieren, lachte er nicht.

▪ ▪ ▪

Ich möchte Ihnen eine Hypothese kommunizieren, hatte ich oben in den Weinbergen über dem Gewerbegebiet zu Frau Seggle gesagt. Mir ist da bei unserer kleinen Aufstellung etwas aufgefallen. Sie haben ein Bindungsproblem.

Gerade ich, sagte sie und versuchte zu lachen.

Wir folgten den Traktorspuren zwischen den blauen Netzen der Weinberge, zwischen krummen, knorrigen Rebstöcken, an den noch immer warmen Natursteinmauern entlang. Wir sahen hinab auf den Glimpflinger Kirchturm im Sonnenschein, auf das treue Häufchen Fachwerkhäuser, die beleidigten Fünfziger-Jahre-Bauten, die Umgehungsstraße, die Felder und das Gewerbegebiet, in dem das wahre Leben des Orts seinen Platz gefunden hatte.

Zweite Person Plural, Frau Seggle, korrigierte ich. Sie, Ihre Mitarbeiter und Ihre Firma.

Meine Firma, wiederholte Frau Seggle und sah zur Seite.

Sie lächelte, als liefe dort ein großer, freundlicher Labrador, der versuchte Schritt zu halten, mit schräggelegtem Kopf zu uns aufschaute. Aber an ihrer Stimme, die plötzlich glatter klang, abgerundet an den Kanten, konnte ich hören, dass das Problem sie beschäftigte.

Wenn ich das richtig verstehe, sagte sie, war das doch nur so eine Art Theaterstück.

Warum sagen Sie *nur*, Frau Seggle, machte ich unbeirrt weiter.

Wir liefen jetzt durch die Streuobstwiesen am Fuß der Weinberge. Wir liefen über Teppiche aus zerquetschten Pflaumen, liefen durch den fauligsüßen Duft des Spätsommers. Im Gras, das schon gelb war vom nahenden Herbst, standen Apfel- und Birnbäume, die Kronen voll ahnungsloser Früchte. Die Stämme ragten aus Meeren von Fallobst, nach dem niemand mehr fragte.

Und, fragte Frau Seggle. Ist das jetzt meine Schuld.

Es gibt keine Schuld, Frau Seggle, sagte ich. Es gibt nur eine Geschichte. Freud nennt diese Geschichte den Familienroman.

Lautlos jagten Wespen im Tiefflug über die Wiesen, stürzten sich auf die braunfleckige Beute.

Die Emotionalität Ihrer Firma hat Wurzeln, sagte ich. Was wir tun können, Sie und ich, ist, ihr die Möglichkeit zu geben, ihre Einstellungen, Wünsche und Gefühle auszuleben, die vielleicht nicht immer zum Zug kommen. Ihr zu zeigen, dass sie auch Ärger und Aggressionen ausleben kann, ohne gleich einen Krieg auszulösen.

Das Lachen, das Frau Seggle jetzt anstimmte, klang heiser. Es war, als lachte sie länger als nötig, als hälfe sie noch ein bisschen mit der trockenen Kehle nach.

Ich weiß nicht, ob Sie sich eine Vorstellung machen, weshalb ich Sie engagiert habe, Frau Perger, gab sie dann trocken zurück. Ich hatte eigentlich gedacht, Ihre Zunft ist fürs Positive zuständig.

Ich tat, als müsste ich überlegen. In schleppenden Abständen knirschte Kies unter unseren Füßen, und weit oben in den Weinbergen holperte ein Pick-up lautlos den Fahrweg entlang.

Genau so ist es, Frau Seggle, sagte ich dann. Genau so ist es.

▪ ▪ ▪

Nach der letzten Sitzung auf der Hütte hatte ich beschlossen, die inneren Konflikte meines Klienten für eine Weile sich selbst zu überlassen. Die Gefahr von Querschlägern war nicht zu unterschätzen. Wer diese Kämpfe gewinnen würde, war nicht zu entscheiden, und es war besser, erst dann wieder ins Spiel einzugreifen, wenn der Sieger feststand. Zur Not gab es ja auch noch die Servicekräfte mit ihrer Erfahrung, ihrer übertariflich bezahlten Loyalität.

Als ich nach fünf Tagen wieder zur Hütte kam, fand ich in Sendmühls Zimmer Herrn Klein vor. Auf dem Hocker vor der Pritsche stand das Frühstückstablett, und auf dem Plastikteller lagen eine Käserinde, das madagaskarförmige Drittel einer Graubrotscheibe, Marmeladenreste im Portionsschälchen. Überall Reste, nur der Becher für den Tee, den die Kundenbetreuer täglich frisch auf dem Campingkocher aufbrühten, war leer.

Herr Klein hatte Briefpapier dabei und einen Kugelschreiber. Er beachtete mich nicht, schwenkte nur den Stift vor der Nase des Sammlers. Es sah aus, als wollte er ihn hypnotisieren. An Ihre Frau, sagte er, offenbar schon zum wiederholten Mal, mit seiner angestrengt gesenkten Bassstimme. Sie wird sich freuen, von Ihnen zu hören.

Dann wurde er noch einmal dringlicher: Freuen wird sie sich.

Gursky kam durch die Tür, um das Tablett abzuräumen. Heute Nacht war hier wieder die Hölle los, petzte er. Wie ein Sägewerk.

Sie sollen ja auch nicht schlafen, Gursky, sagte Herr Klein, ohne sich umzudrehen. Jedenfalls nicht beide gleichzeitig.

Mit Tablett und zuckendem Adamsapfel trat Gursky ab.

Herr Klein, wies ich den Kundendienstchef zurecht. Ihre Skills in allen Ehren. Aber vielleicht könnten Sie Ihre Performance sogar noch steigern, wenn Sie sich auf Ihre Kernkompetenzen konzentrieren.

Wenn einer was liegen lässt, müssen die anderen ran, sagt die Chefin immer, murrte Herr Klein. Synergie. Einer für alle, alle für einen. Er hob die Stimme: Einer für alle, alle für einen.

Frau Seggle ist nicht hier, sagte ich. Und so, wie es aussieht, kommt sie auch so schnell nicht wieder.

Herr Klein legte das Papier auf den Hocker. Dann knallte er den Kugelschreiber auf das Blatt. Okay, Herr von Sendmühl, sagte er. Wir lassen Sie mal kurz alleine. Aber wenn wir zurückkommen, will ich was lesen.

Der Servicemanager nahm mich mit vor die Tür. Draußen drehte er sich noch einmal um und kollerte: Ich will was lesen.

Aus den Augenwinkeln konnte ich sehen, dass Frido von Sendmühl mir hinterherstarrte, doch ich konnte in diesem Moment nichts für ihn tun.

Vor der Hütte atmete ich durch. Ich ließ den Blick über die Wiese schweifen, den Waldrand, den ewigen Schnee auf den Bergen am Horizont. Einer davon musste das Proschelhorn sein.

Schauen Sie sich das an, Herr Klein, sagte ich. So bald kommen wir hier nicht wieder her. Und das Wetter ist heute ein Traum. Wir kriegen Föhn.

Herr Klein tat, als hätte er mich nicht gehört. Er erzählte vom Briefing durch den Vertrieb, vom derzeitigen Stand der Verhandlungen. Der anfängliche Enthusiasmus der Käufer, berichtete er, habe nachgelassen. Sie seien misstrauisch geworden, zweifelten an Sendmühls Aufenthaltsort. Sendmühl sei schließlich ein Mensch ohne festen Wohnsitz, der mit der Karawane von Marseille nach Turin zog, von Jakarta nach Abu Dhabi, von Asiens Ostküste zu Amerikas Westküste. Wenn es keine Karawane gab, bildete er seine eigene. Dass er nicht erreichbar sei, hätten die Käufer behauptet, sei nicht die Ausnahme, sondern die Regel. Die Käufer wollten Belege. Lange sah er mich an, bevor er wiederholte: Belege wollen die.

Ich konzentrierte mich auf die Wolken am Horizont. Sie schienen massiver zu werden, quollen jetzt fett aus den Bergspitzen und Fichtenwipfeln wie Schlagsahne aus der Dose. Es gab kurzes grünes Gras und langes gelbes. Das Grün wälzte sich den Hang hinauf, wo schon hinter den Kuppen die Bäume lauerten wie Indianer im Western. Das Geschäftliche ging mich nichts an.

Und die Ehefrau ist überhaupt nicht erreichbar, sagte Herr Klein. Nicht per Mail, nicht per Telefon. Deswegen sollten wir es auf dem Postweg versuchen, auf die gute alte Art, habe Herr Zielinsky vorgeschlagen. Herr Klein hieb die Handkante durch die Luft: Auf die gute alte Art.

Was gab es Schöneres als die Bergwelt. Auf der Kuppe, die den Juxgrat fast komplett verdeckte, glaubte ich eine Bewegung zu sehen, vielleicht eine Gämse. Ich hatte noch nie eine Gämse gesehen. Ich dachte an die Kinder aus meiner Schule, die nach den Winterferien von Skiurlauben mit den Eltern erzählten, als wären die Berge mitsamt ihren Gämsen eine Geburtstagsfeier, die ihre Eltern ihnen zuliebe veranstalteten. Für mich hatten die Eltern nie so etwas wie die Berge organisiert.

Vielleicht, sagte Herr Klein plötzlich, kriegen Sie ihn ja dazu. Er sah mich jetzt nicht mehr an. Und er sah so aus, als hätte er das auch nicht vor, solange ich keine Resultate lieferte, die auch für einen Laien wie ihn als solche zu erkennen waren.

Ich dachte nach. Dann stöberte ich Gursky auf und bat ihn um den Schlüssel für die Halskette, an der Sendmühls Kuhglocke hing.

Als ich den Raum des Sammlers betrat, lag der schon wieder ausgestreckt auf der Pritsche. Das Gesicht hatte er zur Wand gedreht, die Hüttendecke über die Schultern gezurrt. Auch als ich zu sprechen begann, machte er keine Anstalten, sich umzudrehen.

Aber ich konnte spüren, dass er mich belauschte. Er musste inzwischen Meister im Belauschen sein. Er hatte sich ja lange genug selbst belauscht, vierundzwanzig Stunden am Tag, an diesem stillen Ort fern den Wirren der Welt, und es war zu vermuten, dass ihm keins seiner Geheimnisse verborgen geblieben war.

Lassen Sie uns gleich zum Thema kommen, sagte ich ohne lange Einleitung. Ich wollte zeigen, dass es mir ernst war und dass ich ihn ernst nahm.

Vielleicht versetzen Sie sich, schlug ich vor, mal in die Lage Ihrer Frau.

Sendmühl rührte sich nicht. Nur am Beben der Schultern unter der Hüttendecke konnte ich erkennen, dass er am Leben war. Umso sicherer war ich, dass er zuhörte. Wann, fragte ich also, haben Sie Ihrer Frau zuletzt einen Liebesbrief geschrieben.

Der Sammler grunzte ins Kissen, als wollte er nicht, dass ich das Grunzen hörte. Dann fing er trotzdem an zu sprechen. Es war ein unbequemes Thema, und ich verstand, dass er es erträglicher machen wollte durch das weiche Milieu, in das er es kommunizierte.

Meine Frau weiß, was sie an mir hat, murmelte er ins Kissen.

Und zwar was, fragte ich.

Sendmühl drehte sich um. Ich hatte erwartet, er würde wieder aufbrausen, aber er setzte sich nur sorgfältig hin. Er zeigte mittlerweile deutliche Zeichen einer friedlicheren Stimmung. Der weiße Flaum seiner Halbglatze, bei meinem letzten Besuch noch aggressiv gesträubt, lag jetzt willfährig auf der Haut. Sogar das graue Brusthaar, das aus der Trainingsjacke bis zum Adamsapfel stieg, schien sich weniger störrisch zu kräuseln. Geradezu weich sah Frido von Sendmühl mich an.

Dass ich geizig bin, hat mir jedenfalls noch keine meiner Frauen vorgeworfen, sagte er in fast charmantem Ton. Ich sah die offene Stelle, die er mir anbot, aber ich musste ihn jetzt aus seinen Gedankenschleifen befreien, die ihn quälten, ohne dass er es wusste.

Was müsste passieren, fragte ich, damit Ihre Ehefrau Sie verlässt.

Ich roch den Geruch nach Schweiß, der über der Pritsche

lag, die Emissionen aus Hunderttausenden Talgdrüsen, aus Sendmühls Mund. Dieser Geruch war seine letzte Waffe geworden. Der Sadismus seiner Zigarren war aufgeraucht, die Lüge seines Parfums verflogen, und jetzt war da nur noch Metall und Kompost. Dieser Geruch sagte die Wahrheit über ihn, und er schien stärker zu werden, je länger der Adlige mich anstarrte.

Was könnten Sie tun, trieb ich meine Frage produktiv auf die Spitze. Was könnten Sie tun, damit Sie von einem Tag auf den anderen ganz allein dastehen auf der Welt.

Ein Zittern verteilte Sendmühls Geruch heftiger in der Luft des Zimmers, ich konnte es jetzt fast auf der eigenen Haut spüren.

Sie sind gestresst, stellte ich fest und machte unbeirrt weiter. Sein Geruch schien sich zu verflüssigen und als Tropfen die linke Schläfe hinabzulaufen.

Wie könnten Sie Ihren Stress wirkungsvoll verstärken, fragte ich, um sich nicht mit Ihrem eigentlichen Thema auseinandersetzen zu müssen. Wie könnten Sie die Lösung Ihres Problems verhindern.

Sendmühl sackte zusammen. Er saß noch auf der Pritsche, aber die Finger berührten fast schon den Bohlenboden. Doch ich zeigte nur auf das beschämend leere Blatt Papier, das immer noch mitsamt dem Kugelschreiber auf dem Hocker lag.

Schreiben Sie den Brief, befahl ich. Ich gebe Ihnen eine halbe Stunde. Es soll ja ein guter Brief werden. Ich werde den Kundendienst entsprechend verständigen, sagte ich, zog den Schlüssel aus der Brusttasche meines Blazers und schloss wie nebenbei das Vorhängeschloss an Sendmühls Halskette auf. Ein letztes Mal läutete die Kuhglocke, bevor sie zu Boden fiel, ausrollte und verstummte.

Draußen wandte ich mich an Bachmayr. Regeln sind wichtig, sagte ich zu ihm. Aber genauso wichtig ist es, dass der Kunde nicht alles für selbstverständlich nimmt. Ich lächelte, aber zugleich gab ich dem Servicemann die Hand und sah ihm fest in die Augen; er sollte wissen, dass es mir ernst war.

▪ ▪ ▪

Der Markt besteht aus Marken. Wer eine Marke am Leib trägt, eine Marke fährt, sich zur Marke macht, ist markiert.

Auf Englisch heißt die Transformation einer Ware, eines Menschen, einer Idee in eine Marke branding. *Das Wort stammt vom altnordischen* brandr *(»brennen«) und bezeichnet ursprünglich das Brandmarken von Vieh. »The ancient Egyptians also used livestock branding in 2700 BC as a theft deterrent, as stolen animals could then be easily identified.« (Khan/Mufti 2007)*

Das Brandmal, das ein Subjekt mit einer Marke erwirbt, dringt tiefer in den Organismus ein als die bloße Tätowierung. Es durchstößt die psychische Membran. Kohls (1994) beobachtet nach dem Heißbrand von Fohlen eine signifikante Abnahme von Verhaltensweisen wie Saugen, Spielen und Lokomotion, dafür erhöhte Herz- und Atemfrequenz. Schmerz und Freude des Markiertseins sind dabei schwer zu unterscheiden. Eine erhöhte Herz- und Atemfrequenz gibt keinen Hinweis auf die positive oder negative Ladung des emotionalen Impulses.

Die Protagonistin in Pauline Réages Geschichte der O *lässt sich das Logo des Mannes, der sie gefangen hält und ohne den sie nicht sein kann, mit glühenden Eisen ins Fleisch sengen (vgl. Réage 1967).*

Auch der durch die brand / *Marke Gebrandmarkte internalisiert seine Zugehörigkeit in seinem physischen und psychischen Gewebe. Er gehört nun sichtbar, spürbar und für andere erkennbar einer Gruppe an, die sich durch ihren Konsum definiert.*

Das Subjekt, das die Marke annimmt und auf diese Weise internalisiert, kann aus deren Bann nicht mehr fliehen. Die Dominanz der kapitalistischen Marke pflanzt sich auf feudalistische Art fort: Sie ist erblich. Nach dem Tod eines MacBooks übernimmt ein neues, identisches MacBook die Herrschaft über das Subjekt. Kompatibilitätsschranken verhindern die Flucht zur Konkurrenz.

Das Wort Kompatibilität stammt vom lateinischen Verb compatior, *Mitleid haben. Mitleid ist unter dem Regime der Marke nicht vorgesehen.*

Je größer die Marke, desto größer die steigernde Wirkung auf das Größen-Selbst des Subjekts, das sich mit ihr identifiziert. Die Identifikation mit einer großen Marke spendet die Illusion eigener Bedeutung. Sie entspricht dem Versuch des Kindes, das seine Ohnmacht begreift, ersatzweise »durch Verbundenheit mit der Mutter weiterhin die Kontrolle zu behalten (›Ich bin gut und mächtig, weil ich genauso bin, wie meine gute und mächtige Mutter mich haben will.‹)« (Benjamin 1990). Auf diese Weise erleichtert die Identifikation mit der Marke den Gehorsam gegenüber der Gesamtheit des Markts, der sie hervorgebracht hat.

Seit jeher dienen körperliche Qualen der Initiation. Sie verkörpern und verkörperlichen den Eintritt in eine soziale Gruppe. So ist der Schmerz auch das ultimative Pfand der Anerkennung, die eine allmächtige Marke verspricht. Um die Jahrtausendwende war deshalb etwa der Nike-Swoosh das beliebteste Motiv in den Tattoo-

Studios der USA (Klein 2000). Erst die Folter durch die Tätowiermaschine beglaubigt die Identifikation mit der Kraft, die eine starke Marke verkörpert.

Der Motor dieser Identifikationsmaschine ist der Neid, dessen Stachel mit dem Erwerb der Marke entfernt werden soll. Die Qual des Neids ist ein Ersatz-Schmerz, der dem unerreichbaren Schmerz der Identifikation als Stellvertreter dient. Wer nicht in der Lage ist, eine mächtige Ware zu kaufen, um an deren Macht zu partizipieren, sieht sich auf den Neid zurückgeworfen. »Aus der Alltagserfahrung wissen wir, dass, wenn der Wunsch sich zu identifizieren unbeantwortet bleibt, oft Neid an seine Stelle tritt. Der Neid ist ein Zeichen misslungener Identifikation.« (Benjamin 1990)

Die Geiselnahme verwandelt den Wert des Menschen in einen Tauschwert. Nicht das menschliche Potenzial der Geisel ist für diesen Wert relevant, sondern der Preis, der sich für sie erzielen lässt. So wird der Mensch objektifiziert, aber auch objektiviert. Sein Wert wird messbar und so erst real. Er entzieht sich der schwankenden Einschätzung der Mitmenschen und macht den Menschen unabhängig in seinem Selbstwert.

Je unbedingter die Geisel des Markts unter dessen Herrschaft zur Ware wird, desto mehr wünscht sie sich, von ihm um ihrer selbst willen geliebt zu werden. Auch der Publizist und Mäzen Jan Philipp Reemtsma, der im März 1996 vor der Tür seines Hauses in Hamburg-Blankenese verschleppt und 33 Tage lang in einem Keller gefangen gehalten wird, bemüht sich verzweifelt um die Sympathie seines Entführers: »Schließlich wollte er im Kopf des Engländers gern als eine Person, nicht als bloßes Tauschobjekt vorhanden sein«, resümiert er anschließend in der dritten Person. »Das war, so dachte er sich, das Einzige, was er selbst für sein Überleben tun konnte … und darum wollte er im Gefühl des Engländers Subjektivität gewinnen.« (Reemtsma 1997) Auch auf dem übermächtigen Markt kann nur überleben, wer seine Subjektivität in die Waagschale wirft und sich mit Haut und Haar, als ganze Persönlichkeit, dessen Urteil aussetzt.

Auch der Markt ersetzt den Gebrauchswert durch den Tauschwert, an dem sich jeder Gebrauch orientieren muss. Nicht die Schönheit oder Funktionalität des Turnschuhs macht dessen Wert aus, sondern die Marke. Wie schön, klug oder liebenswert die Geisel ist, ist für ihren Wert irrelevant. Was zählt, ist ihr Kurs auf dem kollektiven Markt der Anerkennung. Das Lösegeld quantifiziert diesen Kurs. Es macht ihn berechenbar und damit erst wirklich.

■ ■ ■

Der Kälteeinbruch war eine Überraschung. Die Kälte fraß sich auch in unser Hotel, drang durch Wände und Flure und weckte mich um vier Uhr morgens in meinem Einzelbett. Ohne die Nachttischlampe einzuschalten, tappte ich die drei Meter zum Schrank und belud mich mit den beiden Wolldecken, die in den Seitenfächern lagerten. Bis zum Morgen lag ich dann unbeweglich wach, beschwert vom Gewicht der Decken und den rotierenden Gedanken an Frau Seggle, die noch immer verschollen war.

Beim Frühstück traf ich Herrn Klein. In der einen Hand hielt er ein Brötchen mit Jagdwurst, in der anderen sein Handy, und abwechselnd führte er das eine oder das andere zum Mund. Neben dem Teller lag Sendmühls Brief an seine Frau; ich erkannte die übergroßen Anfangsbuchstaben, die linkslastigen Schleifen des Narzissten. Eine einzige Wüste aus Fehlern, sagte Klein und schlug auf das Papier. Kein

Komma an der Stelle, wo es hingehört. Und unterschrieben hat er *Mit freundlichen Grüßen*.

Er wischte sich den Mund ab und knüllte die Serviette auf den Teller. Fahren Sie schon mal alleine mit Gursky hoch, sagte er. Ich muss heute ein bisschen Büroarbeit erledigen.

Als ich aus der Tür trat, fröstelte ich trotz Pullover und Funktionsjacke. Ich war froh, dass ich zur Vorsicht sogar eine Mütze mitgenommen hatte, denn Gursky hielt nichts davon, die Fenster des Jeeps zu schließen. Dann sieht man ja gar nichts mehr, sagte er. Dieser Job muss doch auch irgendwas Gutes haben.

Gleich hinter dem verlassenen Sägewerk steckten wir mitten in einer Nebelwand, die undurchdringlicher war als alle zuvor. Nach zehn weiteren Minuten Fahrt trat Gursky auf die Bremse, denn der Weg war zu Ende, die umstehenden Baumstämme nur noch schemenhaft zu sehen. Die Servicekraft stieg aus, pirschte gebeugt über den Boden und fand tatsächlich die Reifenspuren vom Vortag, die in die Waldschneise führten. Gursky, sagte ich, Sie sind ein Pfadfinder. Der Kundenbetreuer spuckte nur aus und setzte sich wieder ans Steuer.

Um überhaupt etwas sehen zu können, presste er das Gesicht fast an die Windschutzscheibe, doch an einer unbeugsamen Fichte war auch dieser Trampelpfad zu Ende. Unter Gekurbel und dramatischen Schulterblicken manövrierte Gursky den Jeep rückwärts. Wir gelangten auf einen größeren Pfad, folgten ihm eine Weile, Gurskys Kopf immer noch eng über dem Lenkrad. Der Pfad wand sich um einen Felsen und lief dann geradewegs auf einen Abgrund zu. Dieses Mal brachte der Servicemann den Jeep fünfzehn Meter vor der Kante zum Halten.

Gursky setzte von Neuem zurück. Am nächsten Abzweig

ging es wieder vorwärts. Blind kratzten wir durch den Nebel, durch Gestrüpp und hartes Gras. Dass wir immer tiefer im Wald verschwanden, merkte ich nur am schwindenden Licht und dem harzigen Duft, der ungehindert durch die offenen Fenster strömte. Gursky hielt sich bergauf, um wenigstens die Baumgrenze hinter sich zu lassen und etwas freie Sicht zu gewinnen. Als wir erneut vor einer steil abfallenden Felskante bremsten, schaute ich auf die Uhr. Es war fast Mittag.

Zehn Minuten später bestrich Sonne die grünen Flanken der Hänge. Von einem Augenblick zum anderen hatte der Nebel sich aufgelöst. Bald erreichten wir einen Querweg, der mir bekannt vorkam, und auch der Weg zur Hütte schien mir vertraut. Ich konnte kaum noch begreifen, was an der Strecke so schwierig gewesen sein konnte.

Bachmayr saß in seiner olivfarbenen Daunenjacke auf der Bank vor der Tür. Mit stockenden Fingern behaute er den Laptop auf seinen Knien. Für die Arbeitszeiterfassung, erklärte er mir auf meine Frage. Muss leider sein.

Wie geht es dem Kunden, fragte ich.

Wenigstens hat er aufgehört zu schnarchen, sagte Bachmayr. Dafür trampelt er jetzt die ganze Nacht auf und ab.

Als ich in sein Zimmer trat, hatte Sendmühl sich in ein frierendes Kind verwandelt. Die Lippen waren blau wie nach zwei Stunden im abendlich auskühlenden See. Ungesund glühte sein Gesicht. Doch als er mich sah, stand in seinen Augen ein schwaches, aber unübersehbares Leuchten, das fast aussah wie Freude.

Er rieb sich die Hände und klemmte die Schultern zusammen. Sein gestauchter Körper sah aus, als hätten sich auch die Organe darin aneinandergedrängt. Organ rieb sich an Organ, um sich gegenseitig zu wärmen.

Haben Sie nicht noch eine zweite Decke für mich, sagte er mit einer Demut, die ich von ihm noch nicht kannte.

Vielleicht fangen wir lieber an mit unserer Arbeit, Herr von Sendmühl, sagte ich mild. Wir sind uns doch einig, dass wir hier nicht ewig herumrätseln wollen. Letztlich sitzen wir doch beide im selben Boot.

Ich zog den Hocker heran und nahm Platz. Dann sah ich ihn an und spürte wieder, wie diese unerklärliche Kraft in mich floss.

Ich möchte Ihnen gern einmal spiegeln, wie Ihr Verhalten auf mich wirkt, sagte ich. Das kann Ihnen helfen, wenn Sie einmal in eine ähnliche Situation geraten.

Dass Sendmühl jetzt neugierig wurde, hatte ich erwartet. Jeder wird neugierig, wenn er erfährt, was für ein Bild er nach außen abgibt.

Für sich genommen ist jeder Ihrer Wünsche verständlich, sagte ich. Nach außen sieht das aber leider schnell nach Anspruchsdenken aus.

Im Nu war die Neugier aus seinem Gesicht verschwunden. Ich sah die scharfe Falte zwischen den Brauen des Sammlers, den gepressten Mund, die hängenden Winkel. Eben hatte er es noch kaum erwarten können, mich zu sehen. Jetzt wollte er mich am liebsten zum Teufel jagen. Aber das war in Ordnung. Da war er wieder, der produktive Widerstand, und ich wusste, dass jetzt der beste Zeitpunkt war, um den entscheidenden Punkt zu setzen.

Haben Sie eigentlich mal über Ihren Wert nachgedacht, fragte ich und beobachtete gespannt seine Reaktion.

Meinen Wert, grunzte Sendmühl tonlos.

Ganz recht. Ich habe während unserer Arbeit manchmal das Gefühl gewonnen, dass Sie Ihren Wert gar nicht kennen.

Abwartend sah ich Sendmühl an. Er reckte den Hals aus der Trainingsjacke, wölbte die Brust und schob die Schultern zurück. Es war, als wollte er sich aufblasen, wegfliegen wie ein Ballon. Und als merkte er gleichzeitig, dass die Luft hier oben, in 1500 Metern Höhe, bedeutend dünner war als in den flachen Landesteilen, in denen er seine Kunstwerke fand.

Wissen Sie überhaupt, fragte ich und legte ein leises Locken in meine Stimme, wie hoch Ihr Kurs zurzeit steht.

Das plötzliche Flackern in Sendmühls Augen gab mir recht. Auf seinen offenen, zitternden Lippen stand eine Frage, die er ganz offensichtlich nicht zu stellen wagte.

Zwanzig Millionen, Herr von Sendmühl, sagte ich.

Plötzlich war es ganz still in der Hütte. Es war, als hätte sich die Stille verdünnt wie die Luft, als hätte mit zunehmender Entfernung vom Meeresspiegel nicht nur die Masse des Sauerstoffs abgenommen, sondern auch die des Klangs. Als wären alle Geräuschmoleküle, von immer weniger Luftmasse beschwert, davongeschwebt in die Atmosphäre, wo dann in 800 Kilometern Höhe die perfekte Ruhe herrschte.

Zwanzig Millionen sind Sie wert, sagte ich. Damit lässt sich doch arbeiten, meinen Sie nicht.

Sendmühl stierte vor sich hin.

Sie kennen doch das Prinzip der Ablösesumme, legte ich nach. Ein Verein bekommt Geld, um einen Spieler gehen zu lassen. An dieser Summe erkennt der Spieler seinen Marktwert. Der sagt mehr aus als der Beifall der Fans oder die Bewertungen der Sportmagazine. So ungefähr müssen Sie sich das vorstellen.

Sendmühl schnaufte. In einem Anfall von misslungenem Sarkasmus bleckte er seine Zähne.

Zwanzig Millionen, sagte ich. So viel hat zum Beispiel

ManU für Bastian Schweinsteiger bezahlt. Ich weiß ja nicht, ob Sie sich für Fußball interessieren.

Sendmühl schwieg.

Ich habe keine Ahnung, was Sie meinen, sagte er dann flach.

Ich sah Sendmühl an in seinem Strampelanzug. Ich sah sein frostverzerrtes Gesicht, und ich hörte wieder sein Schnaufen, das Zorn sein konnte, Erschöpfung oder Scham. Und ich sah ihn an mit meiner erprobten fürsorglichen Strenge, die dem Gegenüber klare Grenzen setzt, ihm aber auch Verbindlichkeit und Sicherheit signalisiert.

Die gute Nachricht ist, Herr von Sendmühl, sagte ich, Sie haben es in der Hand. Ob Ihre Ablösesumme steigt oder sinkt, haben Sie selbst in der Hand.

▪ ▪ ▪

Ich hatte mir alle Mühe gegeben, die Partnerschaft zwischen der Firma und ihren Mitarbeitern wieder in Schwung zu bringen. Ich packte meine ganze bunte Toolbox aus, verordnete Ferien vom Alltag, ermunterte alle Beteiligten zu gemeinsamen *ersten Malen*, zu neuen Erfahrungen. Aus neuen Erfahrungen, das hatte ich schon oft in meinen Paartherapien erlebt, konnte auch neue Zuneigung wachsen.

Ich schickte das Führungsteam ins *Windhorst Hotel & Spa* in Jagelfingen, ins Casino von Rodenthal, zum Bungeesprung an den Engelssteinen. Ich nahm sie mit auf eine Entdeckungstour im Krampftal, zum Pippi-Langstrumpf-Tag auf einem Spielplatz in Susingen und auf eine Wohnmobil-Tour die Zirpach entlang. Ich machte sogar einen Termin in Madame Barlowskas Studio in Pforzheim, aber Frau Seggle war nicht in der Lage, den Aszendenten der

Firma anzugeben. Die Tarotkarten versprachen am Ende jedoch Einklang, stilles Glück und unverwüstliche körperliche Harmonie.

Im Tagungshotel Bernauer, einem Landgasthof mit angeschlossener Pferdekoppel in Zimmendingen, warf ich mit dem Beamer ein anatomisch korrektes Herz an die Wand. Sprechen Sie über Ihre Gefühle, sagte ich dann ruhig. Sprechen Sie über Ihre Bedürfnisse. Mit welchem Gefühl kommen Sie morgens in die Firma, Herr Zielinsky.

Eher gutes Gefühl, würde ich sagen, tippte Herr Zielinsky.

Und wie, Herr Zielinsky, setzte ich nach, kommunizieren Sie dieses Gefühl.

Herrn Zielinsky zuckte mit den Schultern. Keine Ahnung, sagte er. Durch meine Anwesenheit.

Keine Firma kann Gedanken lesen, Herr Zielinsky, sagte ich. Öffnen Sie sich der Firma, verkündete ich in die Runde, dann wird sie sich auch Ihnen öffnen. Teilen Sie mit ihr Ihre Gefühle, Ihre Wünsche und ja, auch Ihre Ängste. Warten Sie nicht, bis es zu spät ist. Warten Sie nicht, bis sich Enttäuschungen und Frust aufgestaut haben. Warten Sie nicht, bis Sie nur noch Problemgespräche führen oder sogar über die Trennung nachdenken.

Ich glaubte, auf Frau Seggles Stirn Ungeduld zu sehen, und ich jagte schnell das nächste Bild durch den Beamer. Es zeigte einen Kelim aus Afghanistan.

Zweite Regel: Bleiben Sie auf dem Teppich, sagte ich. Was erwarten Sie von *Human Solutions*, fragte ich dann. Für sich. Persönlich.

Frau Liebherr zuckte mit den Achseln, ergriff dann aber doch als Erste das Wort. Herausforderungen, sagte sie und vergaß das Lächeln nicht, das sie ständig bereithielt. Ich will auch mal meine Grenzen austesten.

Finanzielle Sicherheit, sagte Frau Yildiz. Ich will mir auch mal was leisten können.

Schwer zu sagen, antwortete Herr Schnelling nach einigem Zögern. Ich würde mal sagen, Hauptsache ist, man kommt mit den Kollegen gut aus.

Langweilig darf es nicht werden, mischte sich Herr Klein auf eigene Initiative ein. Wenn es langweilig wird, bin ich raus. Dann bin ich raus.

Ich nickte. Natürlich sind Träume erlaubt, sagte ich. Am Anfang jedes Unternehmens steht ein Traum. Aber je unrealistischer die Wünsche und Erwartungen an eine Firma sind, desto unrealistischer ist auch die erfüllende Beziehung zu ihr. Eine Firma ist keine *romantic comedy*, fasste ich zusammen, und ich wagte einen Seitenblick zu Frau Seggle, die mich erwartungsvoll ansah, als hätte ich noch gar nichts gesagt.

Ich riet meinen Zuhörern, die Nähe zur Firma zu genießen, aber auch die Unterschiede wertschätzen zu lernen. Ich warnte sie vor falschem Stolz und vor dem Gift des Vergleichs, mit anderen Firmen, mit anderen Beziehungen. Auf der anderen Seite ist das Gras immer grüner, sagte ich, erläuterte ihnen die Fünfer-Regel (es braucht fünfmal mehr Lob als Kritik, um ein gutes Beziehungsklima zu schaffen) und lud sie zur Feier des Alltags ein: Nicht Höhe- und Tiefpunkte machen eine Beziehung aus, sondern vor allem die Zeit dazwischen, sagte ich. Pflegen Sie Ihre Beziehung mit der Firma wie einen Garten. Jeden Tag ein bisschen.

Ich sprach über das Thema Selbsterkenntnis: Solange Sie Ihre alten Themen unbewusst mit der Firma durchmachen, sind Sie beide Gefangene der Vergangenheit. Je besser Sie aber Ihre eigenen Muster erkennen, desto eher können Sie mit ihnen fertig werden. Und sie schließlich sogar auflösen.

Und ich behandelte das Thema Fairness: Herr Schnelling, fragte ich. Fühlen Sie sich von der Firma fair behandelt.

Fair, murmelte Rolf Schnelling und strich sich den Seemannsbart. Was heißt fair.

Fair heißt, was Sie darunter verstehen, Herr Schnelling. Wir Menschen wissen meistens schon sehr gut, was fair ist. Sogar Schimpansen wissen das.

Ich sag mal, sagte Schnelling unwillig, die Firma tut, was sie muss.

Wenn wir zur Arbeit kommen, stempeln wir immer erst auf dem Büroflur, fiel ihm dann noch ein. Nicht schon am Empfang. Am Empfang verquatscht man sich ja doch immer noch. Aber wenn wir erst auf dem Büroflur stempeln, dann stempeln wir nur, was wir tatsächlich arbeiten. Das finde ich fair.

Sehr schön, Herr Schnelling, sagte ich. Und ich wusste, dass jetzt der Moment war für die Synthese, für den Finalsatz, für das Freudeschönergötterfunken. Ich klickte weiter, und auf dem Screen erschien das ernste Gesicht des knieenden Willy Brandt vor dem Denkmal für die Gefallenen des Warschauer Ghettos, zusammengesunken, aber auf stille Art aufrecht.

Versöhnung, sagte ich feierlich. Versöhnung ist stärker als Sex. Sie ist sogar stärker als Anziehung. Herr Klein. Wenn ich Sie einmal bitten darf.

Die Reaktion Herrn Kleins hatte ich nicht voraussehen können. Der Kundendienstchef schoss hoch von seinem Stuhl, reckte mir den Zeigefinger entgegen und hob prophetisch die Stimme. Wenn Sie glauben, dass ich hier vor der Chefin auf die Knie falle, posaunte er. Wenn Sie das glauben.

Haben Sie keine Angst, besänftigte ich ihn. Kommen Sie

einfach nach vorne. Ihnen passiert nichts, das verspreche ich Ihnen.

Herr Klein senkte den Kopf. Trotzdem verließ er zögernd seinen Platz. Dann stand er mit fuchtelnden Armen vor mir, wie bereit zuzuschlagen.

Sie sollen auch nicht vor Frau Seggle knien, stellte ich klar. Hier geht es einzig und allein um die Firma, sagte ich, und Herr Klein verschränkte abwartend die Finger vor dem Schritt.

Knien Sie nicht vor Frau Seggle, sagte ich. Knien Sie vor der Firma.

In Herrn Kleins Körper arbeitete es. Er drehte sich zu Frau Seggle, die das Geschehen mit zerstreuter Neugier verfolgte, als ginge es sie nichts an. Ich mach mich doch hier nicht zum Affen, schimpfte Herr Klein. Wer sind Sie denn überhaupt. Was verstehen Sie denn überhaupt von meinem Beruf. Mein Beruf. Verstehen Sie überhaupt irgendwas.

Ich spürte die gefährliche Versuchung, auf seinen Gefühlsausbruch zu stark und zu direktiv zu reagieren. Viele unglückliche Arbeitnehmer, wandte ich mich an die Runde, gehen nach einem Streit ohne Versöhnung in den Alltag über. So folgt eine Verletzung auf die andere. Keine Wunde heilt jemals aus. Und das gilt nicht nur für Ihren Beruf, sagte ich mit einer Kopfbewegung zu Herrn Klein, sondern für alle Berufe.

Ich sah das Zögern meiner Zuhörer, ihr widerwilliges Mitdenken, die Auflösung der Front, erste Überläufer. Manchmal sind es ganz kleine Schritte, bekräftigte ich, die eine Beziehung wieder ins Gleis bringen.

Frau Liebherr schenkte mir ein Lächeln aus ihrem reichen Vorrat, und ich lächelte zurück. Eine winzige Geste der Versöhnung, fuhr ich fort. Manche Wunden brauchen

Zeit, um zu heilen. Aber nichts heilt ohne den ersten Schritt. Und jetzt knien Sie sich gerne hin. Sie werden sehen, sagte ich noch, hinterher fühlen Sie sich besser.

Vergebens suchte Herr Klein nach Komplizen im Publikum. Er fand kein Echo mehr für seine Wut. Ich sah, wie es in dem drahtigen Mann kämpfte, wie seine Finger krampften und sich wieder lösten.

Dann sank er lautlos in sich zusammen.

Nach fünf Minuten sprangen Herr Schnelling und Herr Zielinsky herbei, hoben den erwachenden Niels Klein wieder auf die Beine und führten ihn aus dem Saal.

▪ ▪ ▪

In den vergangenen Jahrzehnten ist die erotische Macht von den realen Körpern in die Ökonomie abgewandert. 1997 konnte der Lufthansa-Vorstandschef Jürgen Weber die Wertpapiere seines Unternehmens bereits als »sexy Aktie« deklarieren, ohne größere Irritationen zu erzeugen. »In der freiwilligen Unterwerfung unter erotische Macht« erkennt indes Jessica Benjamin eine »paradoxe Situation«, in der »das Individuum Freiheit durch Unterjochung zu finden sucht, Erlösung durch die Unterwerfung unter die Kontrolle eines anderen«. Sie betont, »dass Unterordnung nicht nur das hilflose Schicksal der Unterworfenen ist, sondern sogar ihr Wunsch« (Benjamin 1990).

Die Herren des Schlosses in Roissy, in dem Pauline Réages »O« gefangen gehalten wird, deklarieren ihre Grausamkeiten als Wohltätigkeit. Nicht der Lust der Peiniger sollen die Leiden der »O« dienen, sondern der »Erleuchtung« der Gequälten (Benjamin 1990). Auch der Markt behauptet, nicht zum eigenen Vorteil zu existieren, sondern zu dem seiner Teilnehmer und des Gemeinwohls.

Jessica Benjamin stellt fest, dass »O« sich ihren Herren aus Sehnsucht nach Anerkennung unterwirft. Nur wer unbegrenzte Macht über sie hat, ist in der Lage, ihr eine Anerkennung zu gewähren, die den Namen verdient (Benjamin 1990). In der Konsequenz ist nur eine Ware, die eine größtmögliche Anzahl von Kunden in ihren Bann zieht, auch die Hörigkeit des einzelnen Konsumenten wert: »50 000 000 Elvis Fans Can't Be Wrong« (Presley 1958).

Die Geisel des Markts erwartet sich Trost von dem, was ihr der Markt zu bieten hat, dem sie nicht entkommen kann. Diese Komplizenschaft mit dem Markt folgt dem Muster der Identifikation mit dem Aggressor (vgl. Ferenczi 1932, A. Freud 1936). Nur wer Zwang ausübt, ist stark genug, um sich als Retter aus dem Zwang anzubieten. Der entführte Reemtsma stellt eines Tages mit Unbehagen fest, dass er sich wünscht, sein Entführer möge ihm die Hand auf die Schulter legen und ihn trösten (Reemtsma 1997). Liebe, stellt Proust fest, entspringe dem Bedürfnis, unsere Leiden von denen mildern zu lassen, die uns zum Leiden brachten (Proust 1923).

Um sich zu retten, versuchen die vom Markt Kolonisierten, mit dem Kolonisator zu verschmelzen. In dem Moment, da der Markt rückwärts den Raum verlässt und die Tür schließt, gerät die Überlebensstrategie der Geisel ins Wanken. Sie würde alles tun, damit er bleibt oder sie mitnimmt. Sie würde alles tun, um nicht allein zu sein (vgl. Kampusch 2010).

Der Markt kennt freilich keine Bevorzugung, keine Zuneigung, keine Bindung. Aber genau deshalb unterwirft sich ihm das Subjekt. Er entspricht Freuds »Urvater«, jenem Mann, »der außer sich selbst niemanden liebt; jenem Führer, der ›passiv-masochistische‹ Hingabe verlangt und seinen Durst nach Gehorsam befriedigt. Die sich unterwerfende Masse wäre also als Horde zu verstehen, die sich in ihrem narzisstischen Streben vereinigt, indem sie diesen Führer als Ich-Ideal annimmt« (Benjamin 1990).

Der Stress, mit dem der Kapitalismus seine Geiseln in beständiger Unruhe hält, hilft gleichzeitig mit, sie an ihn zu binden. Auf neurologischer Ebene kennt das Hirn keinen Unterschied zwischen Liebe und Hass. Herzklopfen und Aufgeregtheit können sowohl Angst als auch Erregung signalisieren. Die Spannung, mit der das Kind vor dem noch verschlossenen Weihnachtszimmer steht, unterscheidet sich neurologisch nicht von der, mit der es eine Strafe erwartet.

Dass Stress Menschen dazu bringt, sich in andere zu verlieben, gilt nach Zillmann (1978) als »Erregungstransfer«. Die neurologische Stimulation, die eine Geisel in der Gefahrensituation verspürt, interpretiert diese Geisel als Zuneigung zum Geiselnehmer (vgl. Walster 1971, Walster/Berscheid 1971). Je höher das Erregungsniveau in dieser Gefahrenlage, desto enger die Bindung an den Auslöser der Gefahr.

Das Marktsubjekt hat keine andere Wahl, als den Markt zu lieben. Mangelndes Verständnis für den Markt würde es dem Subjekt unmöglich machen, auf ihm zu bestehen. Für das Entführungsopfer Natascha Kampusch liegt die einzige Überlebenschance darin, sich immer wieder zu sagen, dass ihr Entführer »auch seine guten Seiten hatte. Dass er mir meine Wünsche erfüllte, mir Süßigkeiten brachte, mich versorgte. Ich denke, dies war in meiner völligen Abhängigkeit die einzige Möglichkeit, die lebenswichtige Beziehung zum Täter aufrechtzuerhalten. Wäre ich ihm ausschließlich mit Hass begegnet, hätte mich dieser Hass so zerfressen, dass ich nicht mehr die Kraft gehabt hätte zu überleben.« (Kampusch 2010)

Je mehr Angst die Geisel verspürt, desto ausschließlicher liebt sie den Geiselnehmer. So erhöht auch der Übergang von der gesicherten Hierarchie der Ständegesellschaft über das berechenbare Disziplinarregime der Industriegesellschaft zu den Unwägbarkeiten der postindustriellen Risikogesellschaft schließlich die Akzeptanz von Herrschaft. Auch autoaggressive Techniken wie Extremsportarten, Hooliganismus und ruinöser Drogenkonsum können helfen, neurologische Turbulenzen zu verstärken und so das Subjekt mit der Alltagsrealität zu versöhnen. Der Thrill des Bösen erspart die Anstrengung des Guten. Im Zweifelsfall wirkt zur Erzeugung von Verliebtheit, wie Schachter (1964) gezeigt hat, auch künstlich injiziertes Adrenalin.

■ ■ ■

An einem schwülen Spätsommertag ging ich mit Frau Seggle am Mühlenbach spazieren, am Glimpflinger Bürgerhaus vorbei, Richtung Sidol-Tankstelle. Und vielleicht war es dieser Spaziergang, der *Human Solutions* in die seltsame Krise stürzen sollte, mit der niemand hatte rechnen können.

Manchmal ist diese Firma ein richtiger Hühnerhaufen, sagte Frau Seggle. Wir sahen einem Entenpaar zu, das mit seinen Kindern auf dem Bach schwamm. Wir sahen zu, wie es die Brut verteidigte, gegen jeden Spatz, der ihr zu nahe kam.

Warum nicht eine Entenfamilie, sagte ich.

Tatsächlich benahmen sich die Enten, als hätte ich sie mir ausgedacht. Vertrauensvoll schwammen die Kleinen den Eltern hinterher, und auch die Eltern hatten das Vertrauen, dass die Brut ihnen folgte. Wussten Sie, sagte ich zu Frau Seggle, dass Enten ein Auge auf jeder Kopfseite haben, damit sie mit einem Blick die ganze Umgebung sehen können. Sie haben ein Gesichtsfeld von 360 Grad.

Frau Seggle starrte den Enten nach. Machen Sie es wie die Enten, sagte ich. Erweitern Sie Ihr Gesichtsfeld. Und haben Sie Vertrauen.

Aber es muss doch Zielvorgaben geben, sagte Frau Seggle.

Die Enten tappten an Land, eine nach der anderen. Und auch hier, Boden unter den Füßen, zweifelten die Küken keinen Augenblick an der Weisheit ihrer Eltern, die sich wiederum auf ihre Kleinen verließen, als wüssten sie, dass die nicht anders konnten.

Sprechen wir lieber von Wünschen, korrigierte ich. Ich wünsche mir, dass meine Firma mich durch eine Auftragsflaute begleitet, obwohl sie Angst um ihre Existenz hat. Aber ich darf ihr nicht böse sein, wenn sie mir den Wunsch nicht erfüllt. Notfalls gehe ich eben allein, sagte ich.

Liebevoll, mit fast madonnenhafter Milde, sah Frau Seggle die Enten an. Sie sagte kein Wort, aber ich konnte sehen, wie es in ihr arbeitete. Nie zuvor hatte ich erlebt, dass Frau Seggle sich in jemanden hineinversetzte. Aber mit dieser panoptischen Entenmutter, diesem panoptischen Entenvater schien sie fast zu verschmelzen. Und ich glaubte, die ersten Risse in ihrer Fassade zu sehen.

Vielleicht war es der Wille, der aus der Ermüdung kommt, der machte, dass ich nicht merkte, wie ich meine Prinzipien vergaß. In jedem Klienten schlummert schon die Lösung seines Problems, hatte ich gelernt. Lass ihn kommen, hatte ich gelernt, lass ihn selbst zur Erleuchtung finden, für die du bezahlt wirst. Jetzt schob ich Frau Seggle eine Erkenntnis in den Rachen, für die sie vielleicht noch nicht reif war, und vielleicht war auch ich es noch nicht.

Es geht darum, mit sich selbst im Reinen zu sein, Frau

Seggle, legte ich nach, und ich merkte, wie meine eigene Überzeugungskraft mich mit sich riss. Wenn ich mit mir im Reinen bin, sagte ich, erwarte ich nicht mehr von meinem Partner, dass er mir Selbstbewusstsein gibt. Ich liebe mich selbst. Ich gestalte mein Leben, wie ich es leben will, mit Freunden, Hobbys, meinem eigenen Lebenssinn, unabhängig vom Unternehmen. Ich sage Ihnen, die Beziehung wird dann um so vieles leichter.

Jetzt wehrte Frau Seggle sich nur noch schwach. Wenn mir mein Vater und mein Großvater etwas beigebracht haben, dann ist es Pflichtbewusstsein, sagte sie. Das Bewusstsein, dass es nicht nur um einen selber geht.

Gut auf sich achtzugeben, ist nicht egoistisch, sagte ich und merkte nicht, wie ich mich und meinen Auftrag ins Verderben ritt. Im Gegenteil. Zur Entfaltung zu bringen, was in mir steckt, ist ein Segen für meine Umwelt. Wenn ich zufriedener bin, gelassener und weniger empfindlich, wenn ich dadurch offener auf andere zugehen kann, schaffe ich es, Konflikten entspannt zu begegnen. Auch im Streit die Verbindung nicht abreißen zu lassen. Und auch nie aus dem Blick zu verlieren, dass es um eine gemeinsame Sache geht.

Noch schien Frau Seggle nicht vollständig überzeugt. Für Streit werden meine Mitarbeiter nicht bezahlt, Frau Perger, sagte sie. Und für Konflikte auch nicht. Sondern dafür, dass sie an einem Strick ziehen. Und zwar mit mir.

Liebe Frau Seggle, sagte ich, und ich merkte nicht einmal mehr, wie unangemessen pädagogisch ich wurde. Wer sich selbst nicht liebt, kann die Firma nicht lieben. Wer sich selbst hasst, wird auch die Firma hassen. Wer sich selbst nicht versteht, dem bleibt auch die Firma ein Geheimnis.

Frau Seggle kniff die Lippen zusammen und schwieg. Und in diesem Moment glaubte ich Idiotin, ich hätte irgendein Spiel gewonnen, das ich selbst nicht begriff.

▪ ▪ ▪

Bei meinen Besuchen auf der Hütte war es jetzt, als stünde Sendmühl kurz vor dem Platzen. Es war, als könnte ich regelrecht dabei zuschauen, wie die Frage nach dem eigenen Wert sich in Frido von Sendmühl ausdehnte, sich rücksichtslos Platz verschaffte in seinem allmählich immer säuerlicher riechenden Leib. Ich konnte förmlich sehen, wie die große Zahl, die große Zwei und die sieben großen Nullen, in ihm arbeitete, Vergleiche auslöste, ein Leben evaluierte, das bis jetzt eine schmerzhaft ungezählte Masse gewesen war. Wie ernst ihm die Frage war, glaubte ich an der aufrechten Haltung zu erkennen, in der er mir gegenübersaß auf seiner Pritsche. Sie hatte keine Ähnlichkeit mehr mit der Formlosigkeit der vergangenen Tage, dem schlaffen, embryonalen Lümmeln auf dem Lotterbett. Sendmühl sah nun selbst aus wie eine der strammen, bestürzend kitschigen Figuren, die er in seinem Skulpturenpark im Hunsrück versammelt hatte. Und vielleicht war das der Moment für ein paar bittere Wahrheiten.

Sie lieben die Kunst, Herr von Sendmühl, sagte ich. Aber eigentlich sind Sie enttäuscht, dass die Kunst Sie nicht zurückliebt. Sie geben der Kunst ein Zuhause, aber die Kunst fühlt sich einsam bei Ihnen. Sie verlernt das Sprechen, so ganz ohne Leute, mit denen sie reden kann. Sie wird stumm.

Es war, als hätte Sendmühl mit einem Mal begriffen, dass die Zeit der Bewegung vorbei war. Er hielt still, bereit für alles, was kam, das Gute wie das Schlechte, ganz wie die

Bewohner seines Skulpturenparks, wenn ein Taubenpaar nach dem Mittagessen über ihre Köpfe flog.

Sie veranstalten Partys für die Kunst, fuhr ich fort, aber die Kunst mischt sich nicht unter die Gäste. Sie weiß gar nicht mehr, wie man mit Menschen umgeht. Vielleicht kommen ein paar reiche Leute zu Ihren Partys. Aber auch die kommen nicht Ihretwegen. Sie kommen wegen der Künstler, die aber immer schon auf die Uhr sehen. Sie kommen nicht Ihretwegen. Sie sind überflüssig. Sie gehören nirgendwo hin. Aber wer nirgendwo hingehört, kann nicht überleben. Vielleicht ist das Ihr Thema.

Es fiel mir nicht leicht, ihm solche Dinge zu sagen. Aber mein Job war es nicht nur, dem Klienten neue Perspektiven zu öffnen, ihn für neue Wege zu gewinnen, Wege mit knorrigen Wurzeln, mit Pfützen, in denen Amöben aus Öl schwammen. Er musste auch lernen, die alten loszulassen, den Abschiedsschmerz auszuhalten, sich selbst das grüne, noch flaue Licht zum Aufbruch zu geben. Und tatsächlich glaubte ich zu sehen, wie sich in Sendmühls Schädel etwas löste, wie die Beißreflexe erschlafften und eine seltsame Art Frieden seine Pritsche einhüllte.

Wer ist schuld daran, fragte ich, dass Sie keinen Beruf haben wie alle anderen Menschen.

Er schwieg. Aber es war ein durchlässiges, flüssiges Schweigen, ein Schweigen, das Buchten bildete.

Was haben Sie dafür getan, fragte ich weiter, dass nicht Sie der Schuldige sind. Ich halte Sie nämlich nicht für schuldig, Herr von Sendmühl. Und ich möchte, dass Sie mir das glauben. Alles, was Sie bislang in Ihrem Leben getan haben, hat einen Zweck erfüllt.

Sendmühl sah jetzt aus, als hätte er vergessen, dass er fror. Er spreizte die Finger, betrachtete jede ihrer Kuppen einzeln, verschränkte sie schließlich und drückte sie knackend durch. Der rechte Mundwinkel wurde feucht, geradezu zart, dann spitzte eine lachsfarbene, erstaunlich wendige Zunge heraus, die aussah wie die Zunge eines kleinen Jungen.

Vielleicht irritiert es Sie, dass ich Sie nicht für einen Täter halte, Herr von Sendmühl. Vielleicht beruhigt es Sie aber auch. Vielleicht sind Sie in Wahrheit ein Opfer. Das Opfer einer Welt, die von morgens bis abends Leistung verlangt. Sie hatten nie die Gelegenheit, diese Leistung zu erbringen, Herr von Sendmühl. Na und. Das heißt doch nicht, dass Sie ein schlechterer Mensch sind.

Dann brauche ich ja auch nicht mehr hierzubleiben, sagte er, vorsichtig, als staunte er darüber, einen solchen Satz zu sagen. Ich kann hier doch nicht den Rest meines Lebens verbringen.

Das Wort *nicht* sollten Sie sich vielleicht abgewöhnen, ermahnte ich ihn sanft. Negative Formulierungen bewirken das Gegenteil von dem, was Sie damit erreichen wollen. Ihr Unbewusstes nimmt sie gar nicht erst wahr. Sagen Sie positiv, was Sie sich wünschen, Herr von Sendmühl. Sie bestellen im Restaurant ja auch nicht *keine* Seezunge.

Wieder kam Bewegung in das Gesicht des Adligen. Es sah aus, als ob sich seine innere Landkarte neu konfigurierte; als ob sich, je starrer er wurde, je spurloser die Landschaft um ihn verschwand, je lichtloser seine Umwelt wurde, desto deutlicher sich neue Hauptstädte, Gipfel und Stauseen in ihm ordneten, neue Straßen und Eisenbahnlinien, Sehenswürdigkeiten und Sperrgebiete.

Wenige Augenblicke später hörte ich Hammerschläge. Es mussten die Kundenbetreuer sein, die, wahrscheinlich auf Anweisung von Herrn Klein, Holzplanken vor die Fensterluke nagelten. Ich konnte zusehen, wie das Licht in Sendmühls Zimmer nun vollständig verlosch, Planke um Planke. Nur zwischen den Ritzen stand noch ein dünner Faden Helligkeit.

Das Gesicht des Sammlers sah fast sakral aus in dem schwindenden Licht, formbar und allem Neuen gegenüber offen. Dann verschwanden auch die Ritzen. Vielleicht hatten die Servicekräfte Bauschaum hineingestopft, oder Lehm, oder Gras.

Vorläufig gab es für mich hier nichts mehr zu tun. Ich stand auf und verließ den Raum. Aus den Stockbetten der Kundenbetreuer, die inzwischen Holzscheite in den Schuppen trugen, zog ich zwei Decken aus Alpakawolle. Ich öffnete noch einmal Sendmühls Tür, sah das mittlerweile völlig entrückt wirkende Gesicht des Kunstfreunds und warf die beiden Ballen wortlos ins Zimmer.

Danke, kam es von drinnen, ganz lieben Dank.

Dann gab ich Bachmayr das Zeichen zum Aufbruch.

▪ ▪ ▪

Nach unserem Spaziergang am Mühlenbach schwieg Frau Seggle achtzehn Tage lang. Achtzehn Tage lang rief sie mich nicht ein einziges Mal zu sich, kontaktierte mich nicht ein einziges Mal per Telefon. Rief ich initiativ an, ließ sie sich verleugnen. Dann aber schenkte sie mir, *als kleines Dankeschön*, wie sie sagte, einen Thermomix.

Vielleicht haben Sie recht, sagte Sabine Seggle und sah das Paket mit dem Thermomix an, als hätte sie Angst, ich könnte ihn schlecht behandeln. Vielleicht machen Sie einfach mal.

Ich konnte nicht wissen, was ich anrichtete, als ich Frau

Seggle das komplette Programm verschrieb. Natürlich verschrieb ich ihr Achtsamkeit, ich verschrieb ihr *down time* und *quality time*. Ich empfahl ihr, auf ungewollte Gedanken zu achten, die zu Taten werden, wenn man sie machen lässt. Ich lenkte ihre Aufmerksamkeit auf ihre Gefühle, auf die Botschaften ihres Körpers: Was macht Ihnen wirklich Freude, fragte ich sie, und wie, glauben Sie, können Sie die kriegen.

Ich empfahl ihr Mitgefühl mit sich selbst. Ich riet ihr zu kontrollierter Trägheit, zum Aufschieben, zum Prokrastinieren. Ich riet ihr zu Lachs für die Omega-3-Fettsäuren und zu Eiern und Sojasprossen für das L-Tryptophan. Ich lief mit ihr durch den Wald am Türnesberg, ließ sie eine halbe Stunde lang im Duft von Moos, Farn und Rinde die Seele baden, scheuchte sie in die Sonne für ein bisschen Vitamin D. Wie fühlen Sie sich, fragte ich. Merken Sie, wie Ihr Herz ruhiger schlägt, wie der Blutdruck sinkt, die Muskeln sich entspannen.

Ich weiß nicht, antwortete Sabine Seggle. Wie fühlen Sie sich denn.

Wie ein neugeborenes Baby, sagte ich.

Ich kannte Frau Seggles mittelständischen Ethos, ihr bodenständiges, traditionsliebendes Pflichtgefühl. Tatsächlich nahm sie alles, was ich ihr vorschlug, auf sich wie eine Pflicht. Pflichtbewusst gab sie sich Mühe, meine Maßnahmen zu begreifen, und zwar schneller, als ich selbst sie je begriffen hatte.

Bald brauchte sie von mir keine Empfehlungen mehr. Manchmal, wenn ich bei *Human Solutions* am Empfang stand, hörte ich durch ihre geschlossene Bürotür sanfte Kommandos: Leg die Hände auf deine Oberschenkel. Zieh das Kinn an dein Brustbein heran. Schieb deine Scheitelkrone Richtung Himmel.

Frau Pfau saß mit ihrem blondierten Igelschnitt, einem aggressiv gestärkten Top in Bordeaux und gespieltem Ärger im Vorzimmer und maulte: Ihre neue App. Wegen der hab ich jetzt glatt die Mail an die falsche Adresse geschickt. Doch ich konnte sehen, dass ihre Neugier größer war als ihr Unmut.

Krieger eins, sprach die Frauenstimme hinter der Tür. Es war eine weiche und zugleich metallische Stimme, wie geschmolzenes Kupfer, voll herrischer Sanftmut. Bring eine Hand zu deinem Herzen. Und die andere Hand zu deinem Bauch.

Noch vierzehn Minuten, flüsterte Frau Pfau. Wenn sie nicht wieder schummelt. Tonschwaden drangen durch die Tür, zerfaserten, und wieder meldete sich die Stimme: Mach dich ganz rund. Stell die Hände vor dir auf. Schlängle dich einmal in deine kleine Kobra. Heb dein Herz. Atme ein. Und beim Ausatmen schieb dich in den herabschauenden Hund.

Geht mich ja nichts an, wenn die Chefin ihre Arbeitszeit verschwendet, sagte Frau Pfau. Ist ja ihr Geld. Aber wenn ich dafür dann länger bleiben muss, dann stimmt da doch was nicht.

Sie sah auf die Uhr und verkündete: Noch zehn Minuten. Dann starrte sie demonstrativ auf ihren Bildschirm.

Ich blickte zur Tür. Ich stellte mir Sabine Seggle vor, zusammengeknickt oder ausgerollt auf ihrer kirschroten Matte, den Befehlen einer fremden Frau ausgeliefert. Einer Frau, die nicht einen Bruchteil der Macht besaß, die Frau Seggle ausübte, die vielleicht hauptberuflich Biochemie studierte oder im Waxingstudio Zuckerpaste anrührte. Ich stellte mir vor, wie die herrische Frau Seggle sich verbeugte vor dieser Stimme, wie sie ihre Arme, die sie sonst so gern festungshaft verschränkt hielt, auffaltete und gen Himmel reckte oder, vergeblich, ihren Zehen entgegen, die immer weiter zurückwichen, je tiefer sie ihren Körper einknickte, dem der aufrechte Gang doch angeboren war. Ich stellte mir ihren Eifer vor, bloß keinen Fehler zu machen, ihren roten Kopf und ihre nackten Füße, ihre heimlichen Schummeleien und ihr schlechtes Gewissen, wenn sie ihr zu Bewusstsein kamen.

Roll nach vorn wie eine Welle, sagte die Stimme. Komm zurück zur Mitte und wechsle die Seiten. Einatmen. Und beim Ausatmen spring mit den Füßen nach vorn und lande im Malasana.

Weder Frau Pfau noch ich wagten, ein weiteres Wort zu sagen. Wir schauten uns nicht einmal mehr an, als die Tür zum Büro aufging und Frau Seggle ins Vorzimmer trat, wie von den Toten auferweckt, schon wieder tadellos gekleidet in ihrem Kostüm und der lässigen Bluse. Sie stand fester, als sie je gestanden hatte, und sie strahlte eine polierte Härte aus, die von Geschmeidigkeit kaum noch zu unterscheiden war. Sie stand da, und sie *war* der Krieger, von dem die Stimme gesprochen hatte, und der Krieger verwandelte Frau Pfau augenblicklich in den herabschauenden Hund.

Gibt es einen bestimmten Grund dafür, fragte Frau Seggle, ohne eine Antwort zu erwarten, dass auf meine Rundmail zum Vorgang Bernhuber gerade mal zwei meiner Mitarbeiter geantwortet haben. In Worten zwei, bekräftigte sie drohend und sah Barbara Pfau an, als hätte sie die Assistentin bei etwas ertappt.

Ich frage sofort mal rum, sagte Frau Pfau flach, doch anstatt aufzustehen, ordnete sie erst einmal hektisch die Papiere auf ihrem Tisch.

Schon gut, sagte Frau Seggle kühl, drehte sich um und verschwand wieder in ihrem Büro. Mich hatte sie offensichtlich nicht einmal gesehen.

Bald nahm sie sogar Gesangsstunden. Einmal die Woche fuhr sie zu einer *staatlich geprüften Gesangslehrerin* namens Ilonka Thiersohn in Metzerach. Singen mache selbstbewusst, erklärte sie mir, Singen mache Mut. Schon nach dreißig Minuten Singen bilde das Gehirn mehr Beta-Endorphine und Serotonin und baue das Stresshormon Cortisol ab.

Einmal nahm sie mich mit zu Frau Thiersohn, in deren eierschalenfarbenes Haus mit dem gewitterblauen Schindeldach. Im abgedunkelten Wohnzimmer saß die Lehrerin am Flügel. Zwei Katzen umschnurrten ihre Jogginghose, stakten durch den schmalen Lichtstrahl, der durch das indische Tuch vor den Fenstern fiel. Lassen Sie einfach die Mundwinkel hängen, befahl sie Frau Seggle. Lassen Sie die Zunge fallen. Und dann atmen Sie in den Arsch.

Das Ganze war mir peinlich. Verlegen schaute ich mir die Poster an der Wand an, Ella Fitzgerald und Bessie Smith, während Frau Seggle ihren halben Tonleitern nachjagte, den Grundton erhöhte, Skalen bergauf und bergab kletterte, in blinder Begeisterung, selig wie ein Säugling. Verlegen schaute ich der Sonne hinterher, die gerade unterging, obwohl es erst früher Nachmittag war.

Tun Sie einfach gar nichts, befahl Frau Thiersohn. Ich weiß, Sie fühlen sich nackt. Aber das ist die einzige Lösung. Nicht lauter werden, ich weiß, die Versuchung ist groß. Nacken lang machen. Kinn unten lassen. Das hohe Kinn macht die Räume dicht. So. Und jetzt stellen Sie sich einen Faden vor, der Ihren Hinterkopf mit der Decke verbindet.

Nur allmählich nahm ich Details wahr im Dämmer des Zimmers; den Taschenspiegel unter dem Klavier, den Radiergummi auf dem ochsenblutfarbenen Teppichboden. Ich sah den Tabak, der aus den Enden von Frau Thiersohns frisch gedrehten Zigaretten krümelte. Wie Patronen im Patronengurt lagen sie aufgereiht auf dem Klavier.

Sie hörte auf zu spielen, hängte eine Zigarette in den Mundwinkel, ohne sie anzuzünden, und legte die Hände auf die Knie. Ihr Pferdeschwanz war zur Seite gerutscht; langsam kratzte sie sich unter dem Sweatshirt. Dann sah sie Frau Seggle an, den Mund offen, als hätte sie etwas vergessen.

Gleich noch mal, sagte Frau Thiersohn. Und jetzt Pokerface. Nur Ihr weiches, schlaffes Gesicht. Den Rest macht der Kehlkopf.

Ich sah Frau Seggle den Hals recken, sah den Schatten, der leicht über ihre Haut zuckte. Ich spürte die Hitze im Haus, hörte wütende Schleifgeräusche, wohl aus einer Tischlerei irgendwo in der Nachbarschaft. Ich roch den Katzengeruch des Teppichbodens. Sie müssen den Stimmraum bis zu den Ohren spüren, sagte Frau Thiersohn. Den weiten, endlosen Raum.

Eine der Katzen kratzte an meinem Schuh. Sie tun nicht, was ich sage, herrschte Frau Thiersohn Sabine Seggle an. Ihr Hals ist hart. Ihre Halsmuskeln sind steif.

Frau Seggle stieß mit dem Fuß an eine Kaffeetasse, und Frau Thiersohn stellte sie ohne ein Wort wieder auf.

Es ist die Kontrolle, sagte Frau Thiersohn. Sie wollen alles kontrollieren, Ihren Atem, Ihre Muskeln, Ihre Umgebung.

Ihre graugrünen Augen ließen Frau Seggle nicht aus dem

Visier. Oder haben Sie etwa Angst, fragte sie und sah Frau Seggle in die ungewohnt beseelten Augen.

Gegen Angst gibt es nur ein Mittel, sagte sie dann. Singen. Einfach singen, verdammt.

▪ ▪ ▪

Je allmächtiger der Markt, desto größer ist die Sehnsucht seiner Objekte, sich auf seine Seite zu schlagen. Das Mitmachen fordert Gehorsam und verhüllt ihn zugleich.

Die äußere Drohkulisse, die Staat und Polizei am Stockholmer Norrmalmstorg aufbauen, verstärkt die Abhängigkeit der Geiseln von den Geiselnehmern. Je mehr Zeit vergeht, desto enger rücken Täter und Opfer zusammen. Schließlich bilden sie eine verschworene Gemeinschaft (Lang 1974).

Watson et al. (1985) beschreiben, wie ein männliches Opfer einer Flugzeugentführung eine Pistole in der Toilette findet und dem Entführer hinterherträgt: »Hey, Sie haben Ihre Waffe vergessen.« Hacker (1976) bezeichnet eine solche Verbrüderung als victim solidarization: *Die Geisel projiziert ihren eigenen Opferstatus auf den Geiselnehmer. Gesetze, die vor der Willkür des Markts schützen sollen, erscheinen auch Verlierern dieser Willkür als überflüssige Bürokratie. Das Finanzamt, das idealerweise den Reichen nimmt, um der Gemeinschaft zu geben, gilt auch Armen als Dieb.*

In Stockholm kommt es schon am ersten Tag zur offenen Solidarisierung. Die Geisel Birgitta Lundblad warnt den Geiselnehmer Jan-Erik Olsson vor dem Detektivinspektor Ingemar Warpefeldt, der plötzlich, von Olsson unbemerkt, mit gezückter Waffe auf der Treppe von der Büroetage zur Schalterhalle steht. »Nicht schießen«, ruft sie. Olsson fährt herum, feuert auf Warpefeldt und verletzt dessen Hand so schwer, dass sie lebenslang unbrauchbar wird (Lang 1974).

Instinktiv ist Lundblad klar, dass das Wohlwollen der Geiselnehmer für ihr Wohlergehen bedeutsamer ist als das der Polizei. Alles wäre gut, wenn die Polizei verschwinden würde, bedeutet der Bankräuber Olsson den Geiseln. »Ich stimmte ihm zu«, wird Birgitta Lundblad anschließend berichten. »Ja, dachte ich, denn die Polizei hält mich von meinen Kindern fern.« (Lang 1974)

Die Geisel ist so dringend auf Kooperation angewiesen, dass sie sich mangels anderer Optionen in eine Symbiose mit dem Geiselnehmer begibt. Um diese Symbiose nicht zu gefährden, ergibt sie sich so vollständig dessen Wünschen, dass sie ihre eigenen Wünsche vergisst. Auch für das Marktsubjekt sind die Anforderungen des Markts die einzigen Wünsche, die es sich noch vorstellen kann. Es sind die Wünsche des Marktes selbst, die das Subjekt zu seinen eigenen macht, um sich nicht hassen zu müssen.

Wie der moderne Kapitalismus sagt der Geiselnehmer zu seinen Geiseln: Wir sitzen alle in einem Boot. Wenn es mir gut geht, habt auch ihr es gut. Wenn es mir schlecht geht, seid ihr verloren. In dieser erzwungenen Verschmelzung wird die Unterscheidung zwischen Arbeitgeber und Arbeitnehmer obsolet. Deshalb sagt der Angestellte wir, *wenn er von der Firma spricht, der er seine Arbeitskraft verkauft.*

Die Stockholmer Polizei ist irritiert von der offenkundigen Komplizenschaft der Geiseln mit ihren Bedrängern. Die Gefangenen stehen den Beamten in feindseliger Haltung gegenüber, ihre Mienen sind düster und verschlossen. Sie richten keine Bitten an die Polizei, keine flehenden Blicke. In Gesellschaft ihrer Peiniger wirken sie dagegen entspannt, fast fröhlich. »Sie haben uns nichts getan. Im Gegenteil, sie waren sehr nett«, sagt die Geisel Kristin Ehnmark in einem Telefongespräch mit dem schwedischen Premierminister Olof Palme. »Aber weißt du, Olof, wovor ich Angst habe, ist, dass die Polizei angreift und wir sterben müssen.« (Lang 1974)

Um die lebenserhaltende Symbiose aufrechtzuerhalten, muss die Geisel jedem Versuch von außen widerstehen, sie zu befreien. Sie muss sogar die Vorstellung abwehren, dass sie überhaupt gefangen ist. Wer von außen kommt, kann nicht verstehen, was innen vorgeht. Wer von außen kommt, kann den Geiselnehmer nicht annähernd so gut kennen wie die Geisel ihn kennt.

Wenn in einer Krise der Markt seine Geiseln nicht mehr versorgen kann, muss der Staat aushelfen. Tut er es nicht, wird er zum Feind. Als die Stockholmer Polizei die Forderungen der Geiselnehmer nach Lebensmitteln, einer Kochplatte und einer Chemietoilette ablehnt, nach drei Rollen Toilettenpapier und einem Plastikeimer mit Deckel, nach Zigaretten, Whisky, Zahnpasta, Zahnbürsten, sechs Paar Wollsocken und sechs Trainingsanzügen, richtet sich die unerträgliche Wut der Geiseln gegen diesen Staat. Sie werfen ihm vor, ihr Leben aufs Spiel zu setzen (vgl. Lang 1974).

Die Hoffnung der Geisel liegt im Überleben des Geiselnehmers. Mit Zuwendung, Nachsicht und Erfüllung seiner Bedürfnisse versucht die Geisel, ihm Gutes zu tun, damit er selbst kein Opfer mehr sein muss, damit er nicht mehr gezwungen ist, sie zu misshandeln. Diese Taktik verhilft ihr zu der Illusion, die Situation zu kontrollieren. Sie verhält sich wie ein Arbeitnehmer, der sich bereit erklärt, auf Gehalt zu verzichten, damit der Betrieb ihn nicht fallen lässt, oder wie ein Staat, der Steuererleichterungen verspricht, damit der Betrieb nicht ins Ausland abwandert. Weder für den Geiselnehmer noch für den Betrieb gibt es einen Grund, derartigen Erwartungen zu entsprechen.

Je energischer Kräfte von außen versuchen, die Geisel zu befreien, desto mehr beginnt die Geisel, sich für den Geiselnehmer verantwortlich zu fühlen. Auf ihn projiziert sie ihren eigenen Opferstatus. In dieser Projektion ist der Geiselnehmer selbst ein Opfer, das gerettet werden muss, ein Opfer der Umstände, das nicht anders kann. Auch jede Firma, die Menschen ausnutzt, sieht sich als Opfer des Marktes, das nicht anders kann. Sogar der Markt selbst präsentiert sich als Akteur, der nicht anders kann: Schuld an seinen Untaten ist in seiner Ideologie die menschliche Natur.

■ ■ ■

Die Nachrichten, die neuerdings aus Glimpflingen in unsere Bergeinsamkeit drangen, hellten Herrn Kleins Stimmung nicht auf. Die Leitung des *Sendmühl Endowment for the Arts* bestand darauf, die Verhandlungen nur unter staatlicher Moderation weiterzuführen, was den bürokratischen Aufwand erhöhte. Bruder Philipp wartete auf das grüne Licht der Schwester Sophie-Marie, Sophie-Marie auf das Einverständnis Philipps, und Halbbruder Moritz blieb so verschollen wie eh und je. Sendmühls Frau hatte auf keinen der Kontaktversuche reagiert und schon gar kein Angebot abgegeben. Abends, bei Schlachtplatte und Hellem im Stimpflbauern, diagnostizierte Herr Klein düster, die Frau habe womöglich gar kein Interesse.

Ich hörte solchen Hiobsbotschaften nur unkonzentriert zu. Stumpf stach ich in den Schinken, rollte ihn mechanisch auf die Gabel, rührte damit im Senf, der auf dem blauweißen Porzellan Schlieren zog. Niels Klein sprach und sprach, mitgeschleift vom schleppenden Rhythmus seiner Sätze, seinem zackigen Fuchteln, wie die Schafskopfer am Nebentisch von dem stetigen, maschinellen Hämmern, mit dem sie die Karten auf den Tisch schlugen.

Ich ließ Klein im Wirtshaus zurück, und am Ausgang sah ich noch, wie der Kundendienstchef ein weiteres Helles bestellte. Auf dem Weg zum Hotel kam ich am Friedhof vorbei, sah die schwarzen Silhouetten der Grabkreuze. Ich ging früh zu Bett und konnte nicht schlafen.

Ich musste an Frido von Sendmühl denken. Ich stellte mir vor, was er wohl gerade tat. Ich stellte mir seine meditative Nacht vor, sein achtsames Gehen. Ich stellte mir sein Stillstehen vor, den Druck der Fußsohlen, mit dem er den Kontakt zum Boden aufnahm, mit dem er im Boden Wurzeln schlug. Ich stellte mir vor, wie er in diesem Moment leicht das Gewicht nach hinten auf die Fersen verlagerte, dann nach vorn über die Zehen abrollte, schließlich in einem Halbkreis über die Außenkante der Fußsohlen, von vorn nach hinten und wieder zurück. Ich malte mir aus, wie er dabei die Schultern locker hängen und den Atem frei fließen ließ, wie er in seinen Körper hineinlauschte und nach einem Echo dieser kleinen Bewegung horchte, in Knie, Hüfte oder Rücken.

Vielleicht machte Sendmühl nun einen Schritt. Vielleicht hob er den rechten Fuß, balancierte ihn nach vorn, setzte ihn mit der Ferse wieder auf, rollte ihn ab. Vielleicht hob er dann den linken Fuß, rollte auch ihn ab und kam so ins Gehen. Ganz bewusst fühlte er vielleicht bei jedem Schritt, wie die Füße nacheinander in die Dunkelheit aufstiegen, am Boden aufsetzten und die ganze Last des Körpers aufnahmen, wie der Körper mit jedem Schritt das Gleichgewicht neu verteilte.

Ich stellte mir vor, wie schon nach wenigen Schritten wieder die ersten Gedanken durch Sendmühls Kopf trieben, die ersten Gefühle, die ersten Ängste; wie er sich Mühe gab, sich nicht darüber zu ärgern, sondern die Eindringlinge einfach durchziehen zu lassen und dann jedes Mal die Aufmerksamkeit wieder ganz bewusst auf den Ablauf des Gehens zurückzulenken. Und bevor ich staunen konnte, welche außerordentliche Gleichgewichtsleistung unser Körper mit jedem Schritt vollbringt und für wie selbstverständlich wir das im Alltag halten, war ich eingeschlafen.

▪ ▪ ▪

Frau Seggles Führungsteam verfolgte die Wandlung der Chefin mit Befremden. Die sonst so lustige Logistikchefin Frau Liebherr tuschelte mir mit unheilschwerer Stimme Frau Seggles neuen Spitznamen zu: *Sabine Siddhartha.*

Statt der unbehaglichen, aber doch anspornenden Beklemmung, die der entschlossene Schritt der Unternehmerin früher auf dem Flur hinterlassen hatte, statt ihrer gläsernen Stimme und ihrer verbindlichen Kühle, lag jetzt eine Art beständige Frage in der Luft, die ohne Antwort blieb und die Teammitglieder ratlos machte. Doch während Frau Seggles Aufmerksamkeit auf die Reise ging und von ihren Mitarbeitern forttrieb zu ihr selbst, schien ihr Führungsstil kaum verändert.

Im Vorzimmer sah mich Frau Pfau jetzt nicht mehr misstrauisch an unter ihrer Igelfrisur. Sie stellte eine komplizenhafte Besorgnis zur Schau, die mir noch unangenehmer war. Herr Zielinsky, den ich in der Kantine traf, beichtete mir bei einem Rote-Bete-Saft sein Unbehagen. Wichtige Marktrecherchen für ein neues Projekt, erzählte er, habe

Frau Seggle ihm entzogen und an die arme Frau Pfau weitergereicht, die doch schon genug zu tun habe. Dafür habe der Kinderkram, der im Ausgleich dafür ihm zugefallen sei, sich dermaßen angehäuft, dass er kaum noch wisse, wo ihm der Kopf stehe.

Ich fragte nicht nach dem neuen Projekt. Ich sagte ihm auch nicht, dass alles, was er erzählte, nach einer drohenden Kündigung klang. Ich riet ihm nur vage, das Gespräch zu suchen, als Frau Seggle die Kantine betrat und auf unseren Tisch zusteuerte.

Sie trug ein fliederfarbenes Kleid mit folkloristischer Halsborte und ignorierte Herrn Zielinsky gründlich. Sie wandte sich nur an mich: Frau Perger, sagte sie zu mir, schön, dass ich Sie hier treffe. Kommen Sie doch bitte gleich mal in mein Büro.

Als ich ihr Zimmer betrat, brütete Frau Seggle über ihrem Schreibtisch. Sie sah mich nicht an, nur den schlanken Laptop, und erst jetzt stellte ich fest, wie wenig es zu sehen gab in diesem Büro. Mir fiel auf, wie bildlos die Wand war, wie gespenstisch leer der Schreibtisch. Nur der altmodische Aktenschrank neben dem Fenster verriet, dass in diesem Büro so etwas wie Arbeit stattfand.

Frau Seggle massierte ihren Laptop und sagte kein Wort. Ich stellte fest, dass ich nicht mehr zu ihr durchdrang. In meiner Verlegenheit las ich die Etiketten auf den Aktenordnern. Sie waren mit Edding beschriftet, erschütternd in ihrer Geheimnislosigkeit: Meckel, Kowalski, Bethmann, Andersen. Es waren Labels der Langeweile, Bildlegenden der Aussichtslosigkeit, Markennamen eines Alltags, mit dem ich wohl zu Recht nie etwas hatte zu tun haben wollen.

Nur ein Name bewegte etwas in mir. Er löste ein Unbehagen aus, eine vage Erinnerung. Es war ein Name, den ich, was eigentlich nicht sein konnte, zu kennen glaubte, aus der Wissenschaftsgeschichte der Psychologie vielleicht oder aus dem Kollegium meines Ex-Manns. Der Name war Stringl.

Und kaum hatte ich den Namen abgelegt in meinem zerstreuten Gehirn, schlug Frau Seggle den Laptop zu und sagte feierlich: Frau Perger. Ich habe mich mal ein bisschen schlaugemacht. Was halten Sie von Aromatherapie.

▪ ▪ ▪

Der Tag, an dem ich Frido von Sendmühl wiedersah, strahlte in metallischem Glanz. Der Föhn war da und hatte die Bergspitzen über den Fichtenwipfeln ganz nah gerückt, sie hoben sich vom Himmel ab wie ein Relief. Nur die Kälte war geblieben, wo sie war, und Gursky hockte schon vor dem Kamin, fachte das Feuer mit Zeitungspapier an und knurrte mannhaft. Ich nickte ihm zu, legte die Hand auf die Klinke von Sendmühls Tür. Dann erst sah ich, dass jemand ein Guckloch hineingebohrt hatte, vor dem eine Klappe hing.

Ich dachte daran, Gursky zu rufen, entschied mich aber dagegen. Es konnte von Vorteil sein, wenn der Kunde wusste, dass er sichtbar war. Das konnte seinen Blick auf sich selbst schärfen, die Perspektive erweitern und zu neuen Erkenntnissen führen. Außerdem fühlte ich mich seltsam wohl mit der Idee, dass selbst ein Mann wie Gursky wusste, was er tat, auch wenn er nicht das Geringste davon verstand.

Ich hob die Klappe und sah ins Innere. Im Guckloch war alles schwarz. Ich klopfte. Herr von Sendmühl, fragte ich.

Die Antwort war ein Seufzen. Ich war nicht sicher, ob es

ein Seufzer des Jammers war oder ein Seufzer der Freude, aber ich hatte die Zuversicht, dass der Klient bereit war für den Erfolg.

Herr von Sendmühl, wiederholte ich und blieb auf meiner Seite der Tür.

Es ist so dunkel hier drin, sagte der Sammler. Es klang nicht mehr vorwurfsvoll, nur noch kleinlaut. Ich kann nichts sehen, klagte er mit einer Stimme, als hätte er Helium genascht.

Haben Sie schon mal etwas von Isolationstanks gehört, Herr von Sendmühl, fragte ich durch die Tür. Die werden gerne zum Stressmanagement eingesetzt. Zum Bekämpfen von Burn-outs. Man liegt in einer licht- und schalldichten Röhre, in hautwarmem Salzwasser, abgeschottet von allen Außenreizen. Gehirn und Nervensystem müssen praktisch keine externen Daten mehr verarbeiten. Das kann zu einer tiefen Entspannung führen, sagte ich und machte eine Pause.

Durch die Tür kam keine Antwort.

Nun, Herr von Sendmühl, fuhr ich fort. So etwas Ähnliches haben wir hier. Nur ohne das Wasser.

Ich horchte in die Dunkelheit hinter der Tür, die jetzt vollkommen war, ein schönes, glattes Objekt. Ich bildete mir ein, Sendmühls Puls zu hören, seine Peristaltik, das Neuronenfeuer in seinem Hirn. Sendmühl schwieg, und es lag eine Ergebung in diesem Schweigen, eine stille Resignation, die mich für einen Augenblick sicher und dann gleich wieder unsicher machte.

Ich hoffe, es gibt bei Ihnen keine Kontraindikationen, Herr von Sendmühl, sagte ich, nun doch ein wenig besorgt. Keine Herzmuskelerkrankungen, keine unbehandelte Epilepsie, keine Nachwirkungen psychotroper Substanzen.

Ich weiß, Sie halten mich für ein Weichei, sagte Sendmühl plötzlich und gewann im Handumdrehen an Wucht. Aber ich habe nach dem Abitur eine Reise durch die Antarktis gemacht. Mit Schlittenhunden. Im Zelt minus 32 Grad. Zähneputzen mit geschmolzenem Schnee. Nachts gefriert die Zahnpasta. Dann Fallwinde vom Polarplateau, zweihundert Ka-em-ha, Handschuhe ausziehen unmöglich. Der Windchill-Effekt reißt dir die Haut von den Knochen.

Ich war dankbar für diese unerwartete Vorlage. Sie erzählen von diesen Strapazen mit großer Begeisterung, Herr von Sendmühl, sagte ich. Könnte es nicht sein, dass Sie auch dieser Situation etwas abgewinnen können.

Sendmühl protestierte. Aber es war ein schwacher Protest. Er versuchte, seine Stimme männlicher klingen zu lassen, als sie war. Vergebens: Sie blieb hoch und zart. Sind Sie verrückt, sagte er lieblich. Ich bin hier eingesperrt. Was soll ich dem abgewinnen.

Sind Sie sicher, setzte ich nach, dass Sie da Ihre eigenen Gefühle ernst genug nehmen.

Ich hörte das Schweigen hinter der Tür. Dann ertönte ein Kratzen, schließlich der Gesang von Metallfedern. Offenbar hatte Sendmühl sich wieder auf der Pritsche ausgestreckt.

Wissen Sie, Herr von Sendmühl, sagte ich. Sie sprechen hier ein Problem an. Und es ist gut, dass Sie das tun. Aber jedes Problem ist ein Sündenbock. Und dieser Sündenbock hat nur die Funktion, dass unser inneres System bleiben darf, wie es ist.

Ich setzte auf den Nachhall, den meine Worte in meiner Abwesenheit auslösen konnten. Ich hoffte auf das Echo, das in der Dunkelheit keine Ablenkung mehr fand. Ich hatte dem Klienten Hausaufgaben gegeben, mit denen er allein fertigwerden musste.

Es gehe darum, den Klienten dort abzuholen, wo er stehe, hatte ich gelernt. Doch jetzt hatte ich entschieden, so lange zu warten, bis er dort stand, wo ich ihn abholen konnte.

Und gleichzeitig ist das Problem ein Symptom, Herr von Sendmühl, schob ich noch hinterher. Ein Symptom für eine Angst, über die wir nicht zu sprechen wagen.

■ ■ ■

Der Name Stringl ließ mir keine Ruhe. Er war so selten, dass er im Netz leicht zu finden war. Der einzige andere Stringl, der es in die Suchmaschinen geschafft hatte, war ein Agronom im Forschungszentrum für Tierproduktion an der Akademie der Landwirtschaftswissenschaften der DDR in Rostock-Dummerstorf. Erich Stringls Papier *Die Darmverlustaminosäuren bei Maisfütterung von Ratten* hatte wohl seinerzeit große Beachtung gefunden. Inzwischen musste er längst pensioniert sein.

Lucius Stringl aber, Juniorchef der bundesweit operierenden Mobiltoiletten-Mietfirma *Lokus Pokus*, war im vergangenen Sommer auf dem Weg von seiner Brendelfinger Villa zu seinem Büro in Stuttgart-Degerloch an einer fingierten Baustelle bei Hornhausen von fünf als Bauarbeiter verkleideten Männern in seinem Mercedes 560 SL gestoppt, mit vorgehaltener Waffe aus dem Wagen gezwungen und in einem gestohlenen VW Kombi in eine gemietete Box in einer Self-Storage-Facility an der B 83 verschleppt worden.

Die Entführung hatte sich für die Täter zu einem Desaster entwickelt. Bei der Anmietung der Box war ein Irrtum über die Belegungsdauer aufgetreten. Jedenfalls standen am zehnten Tag von Stringls Gefangenschaft um sieben Uhr morgens Reinigungskräfte der Vermieterfirma vor der

Tür, um die Einheit für die nächsten Nutzer bezugsfertig zu machen. Die Auseinandersetzung der noch von der Nacht benommenen Bewacher mit der energischen Putzkolonne konnte der Entführte dazu nutzen, aus dem Mietlager zu fliehen, nur mit einer Unterhose bekleidet. Anschließend war es den Organisatoren der Aktion offenbar gelungen, ihre Spuren zu verwischen. Noch immer lag ihre Identität im Dunkeln.

Für eine Woche überfiel mich eine seltsame Dumpfheit, vor der jeder Gedanke das Weite suchte. Wie Tauben lauerten die Gedanken gurrend auf den Häusern der anderen Straßenseite, auf den Dächern, den Regenrinnen, den Löchern in den Fassaden. Sie starteten mit knatterndem Flügelschlag, zogen gewaltige Bögen durch die Luft, um dann mein Fenster anzusteuern. Doch sobald sie den großen schwarzen Vogel auf meiner Balkonbrüstung sahen, drehten sie unter hektischem Flattern ab, als hätten sie sich verflogen.

Ich versuchte, mich mit Erinnerungen an verflossene Klienten zu beruhigen. Ich versuchte, an den Cashflow von Sören Bestensees Promitec GmbH zu denken, der so undurchsichtig war wie Bestensees Gesicht, doch sofort war der Gedanke wieder fort. Ich versuchte, an Fleisch-, Waffen- und Autoindustrie zu denken, an Inkassounternehmen, an Gentechnik, an Private Equity und Hedgefonds. Es gab so viele Wirtschaftszweige, die in der Kritik standen. Wenn man einmal anfing, darüber nachzudenken, konnte man sich gleich bei der Arbeitsagentur anmelden.

Ich dachte an das Minigolfspiel mit meinem alten Kommilitonen Mads Zastrow in Tübingen, auf dem heruntergekommenen Platz am Feuerhägle. Na, was macht die Wirtschaft, hatte er gefragt, so pauschal und so süffisant wie möglich.

Alles Theater, antwortete ich, versuchte, das Thema zu wechseln und zugleich dranzubleiben.

Zastrow ließ sich nicht ablenken und sagte: Und du bist die Souffleuse.

Die Souffleuse ist mächtig, antwortete ich mit aller Leichtigkeit, die ich aufbringen konnte. Was sie sagt, sprechen die anderen nach.

So lange sie sich an den Text hält, sagte Zastrow und warf mir den Ball zu, der mir über den Rand der Rampe ins Aus entwischt war.

Nicht unbedingt, sagte ich und setzte zum vierten Schlag an. Ich sage ihnen meinen eigenen Text vor. Mein Vorteil ist, dass alle *denken*, dass es der vorgeschriebene Text ist, sagte ich und jagte den Ball über das Schmetterlingsnetz in die Luft.

Zastrow wartete, bis ich selbst den Ball suchen ging und mit leeren Händen zurückkam. Dann sagte er mit an Mitleid grenzender Herablassung: Katrin. Diese Organisationen sind taub für dein Geflüster. *Was* du ihnen sagst, ist denen ganz egal. Es geht nur darum, *dass* irgendjemand etwas sagt. Dass sie der Souffleuse zuhören, bestätigt sie in ihrer Rolle. Das gibt ihnen das Recht weiterzumachen. Ihre Leute kaputtzumachen. Ihre Kunden. Und den Erdball dazu.

Ich kannte diese Sprüche. Vor zwanzig Jahren hätte ich sie selber aufsagen können. Angestrengt suchte ich weiter nach der Kugel. Ich wusste ja, dass Zastrow unrecht hatte. Ich wusste, dass er mich für eine Nutte hielt. Und spätestens das war der Beweis, dass er auch mit allem anderen unrecht hatte.

■ ■ ■

Erst vier Sitzungen später fand ich den Mut, Frau Seggle zur Rede zu stellen.

Ja, Stringl, sagte die Unternehmerin und nickte. Arglos sah sie mich an, als sprächen wir über einen gemeinsamen, auf Abwege geratenen Freund. Der Supergau, sagte sie. Ein Premiumkunde. Leider hat er bei uns nicht den Service bekommen, auf den er Anspruch hat.

Offenbar machte sie sich keine Mühe mehr, irgendein Geheimnis zu vertuschen. Womöglich war sie sicher, mich in der Hand zu haben. Mir wurde heiß bei dem Gedanken, und ich konnte nicht entscheiden, ob ich diese Hitze bedrückend fand oder angenehm. Ich rettete mich in meine Professionalität, meine gelernten Sätze: Jede Trennung ist ein Trauma, fing ich an.

Und so ging es immer weiter, ohne dass ich noch bremsen wollte oder konnte. Wir fühlen uns hilflos, fuhr ich fort, unser ganzer Selbstwert steht infrage. Erst reagieren wir mit Verleugnung, dann hadern wir, und wenn es gut geht, reflektieren wir schließlich unsere eigene Rolle in dem Geschehen. Dann sind wir reif für den Neuanfang.

Frau Seggle sah mich ungläubig an. Sie schien erstaunt darüber, was ihre Worte ausgelöst hatten. Aber ich konnte schon längst nicht mehr zurück.

Im Grunde, sagte ich mit ungebrochener Redseligkeit, können Sie dankbar sein.

Jetzt endlich gab Frau Seggle mir das Kontra, auf das ich gewartet hatte. Dankbar, wiederholte sie, und ihr Lächeln zeigte Unverständnis. Dankbar, dass diesen ungelernten Halbaffen der beste Kunde des Jahrzehnts durch die Lappen gegangen ist. Dankbar, dass diese übertariflich bezahlten Kretins nicht mal in der Lage waren, das Kleingedruckte zu lesen.

Dann begann sie zu erzählen. Sie erzählte, und ich wollte es nicht hören, aber ich spürte, dass ich schon keine Wahl mehr hatte. Sie erzählte von der Logistikabteilung, die das *Store-and-More*-Abteil nur zum *Schnuppertarif* für zehn Tage gemietet und wie selbstverständlich auf die automatische Verlängerung der Mietzeit gesetzt habe. Sie erzählte von den Leihkräften, die in der Nachbarbox an den Babyfonen gesessen hätten, um Stringls Bewegungen zu überwachen, aber stattdessen ihre ganze Aufmerksamkeit an ihre Online-Dungeon-Games verschwendet hätten.

Sie erzählte, wie der Facility Manager den Code der Schließanlage entsperrt hatte, um Stringls Refugium für eine neue Vermietung bereitzustellen, für irgendwelche Kartons, ungenutzten Möbelstücke, Geheimakten, die zum Schreddern zu wertvoll waren. Wie dann schon die Reinigungskräfte mit ihren Desinfektionsmitteln angerückt und die Servicekräfte erst aufgewacht seien aus ihrer Fantasywelt, als auch in ihrer Box die Putzkolonne zur Endreinigung erschien.

Da, sagte Frau Seggle, und sie hatte jetzt einen verzweifelt munteren Knick in der Stimme, war Stringl natürlich schon über alle Berge.

Unwillkürlich stellte ich mir Stringls Gefangenschaft vor. Ich stellte mir das Campingbett vor, das Chemieklo. Ich stellte mir den halbnackten WC-König beim Zähneputzen am Wassereimer vor, in türkis gestreifter, wochenlang nicht mehr gewaschener Unterhose, ein Kettchen aus Echtgold um den Hals. Ich stellte mir vor, wie dann das schweigende und bestürzte Hygienekommando die Box betrat und zögernd näher kam, Männer mit Handschuhen, Mundmasken, Eimern und Rollwagen, bepackt mit Scheuerseife und Bakteriziden. Der WC-König konnte nicht wissen, dass diese Männer keine Feinde waren, keine Angestellten der Firma, mit der er in eine derart undurchschaubare Geschäftsbeziehung verstrickt war. Dass sie genauso verblüfft waren wie er.

Es musste Stringls Erkenntnis gewesen sein, dass die Besucher unbewaffnet waren, die ihm den Mut gab. Es musste ein lange verschütteter Instinkt gewesen sein, dass er den wahrscheinlich halb kahlen Schädel senkte und wie ein Stier durch die Phalanx brach, Schaum vor dem Mund und die nackten Füße klatschend auf dem Industrielinoleum. Ich stellte mir vor, wie die Reinigungskräfte auseinandersprangen, wie schließlich einer von ihnen vor die Tür trat und mit zitterndem Mobiltelefon die Zentrale verständigte.

Ich sah Frau Seggle an.

Ihr Gesicht sah nicht aus wie das einer skrupellosen Frau. Sie wirkte nur verärgert, zurückgefallen in der Zeit. Zurückgeworfen in das Trauma, die Demütigung, den ohnmächtigen Protest. Sie sah so schön aus und stolz und zugleich so verloren in diesem Moment, dass jedes harte Gefühl in mir verflog und meiner alten Angst Platz machte, der Sache nicht gewachsen zu sein.

Sie sprachen eben von einem Neuanfang, sagte sie und sah mir dabei unmittelbar in die Augen. Nun, sagte sie, klang jetzt allerdings unangenehm spitz, wir hätten da schon ein Projekt.

▪ ▪ ▪

Nichts macht einen Menschen so willfährig wie ein Job. Professionalität heißt, Erfolg zu haben, ohne nach dem Sinn zu fragen. Ein Marketing-Fachmann, der 1985 in die Entführung des TWA-

Flugs 847 durch libanesische Schiiten geriet, bot den Hijackern seine Expertise zur Kommunikation ihres Anliegens an die Öffentlichkeit an (Hill/Friend 1986): Seine Kompetenz war zu schade, um nicht genutzt zu werden, für welchen Zweck auch immer.

Die Geisel des Arbeitsmarkts behauptet, ihr Glück in der Arbeit zu finden. Denn wer trotz aller Willkür dieses Markts immer noch Arbeit hat, hat Glück. Die Geisel ist stolz auf ihren Job, weil sie ihn aushält. Die Entlassung, die ständig zu drohen scheint und dann doch um Haaresbreite die Nebenfrau oder den Nebenmann trifft, macht den Angestellten auch die würdeloseste Anstellung begehrens- und verteidigenswert. Die Definition der Geisel von Glück lautet, dass es immer noch schlimmer kommen könnte.

Bei einer Geiselnahme in einer US-amerikanischen Strafanstalt im Jahr 1983 entwickelte nur eins von sieben Opfern das Stockholm-Syndrom: Es war diejenige Geisel, die der Täter während des Überfalls für sich arbeiten ließ. Er nannte diese Frau »meine Sekretärin« (Wesselius/DeSarno 1983).

Um ihren Job angemessen erfüllen zu können, flüchtete sich die »Sekretärin« in eine kontrafaktische Idealisierung des Geiselnehmers. Während die anderen Geiseln ihn als schmutzig, übelriechend und schlampig gekleidet beschrieben, bezeichnete sie ihn als »sauber, attraktiv und gut angezogen«. Seine Tötung bei der Befreiung durch die Polizeikräfte empfand sie als »furchtbar« (Wesselius/DeSarno 1983).

Auch die Stockholmer Geiseln flüchten vor der Unberechenbarkeit der Geiselnehmer in die Arbeit. Sie erfinden sinnlose Routinen, das, was im späten Kapitalismus als bullshit jobs *bezeichnet wird. Sie sammeln Abfall auf, ohne ihn entsorgen zu können, rücken willkür-*

lich Möbel durch den Raum (Lang 1974). Es sind Tätigkeiten, denen kein praktischer Nutzen entspricht, die aber soziale Funktionen in der Hierarchie erfüllen. Die Geiseln sehen sich erfüllt von einem ziellosen Fleiß, der keinen anderen Zweck verfolgt als den, ihren Geiselnehmern zu gefallen.

Die Geisel des Kapitalismus sucht ihre Rettung in der Motorik. Solange sie in Bewegung bleibt, braucht sie ihre Lage nicht zu überdenken. Der entführte Reemtsma unternimmt sinnlose Gänge durch sein Gefängnis (»Es stellte vor allem Gedanken und Gefühle still.«), zählt buchhalterisch die Schritte, verzeiht sich keinen Fehler. »Masochistisch, vielleicht aber auch nur umsichtig, begann er, wenn er sich verzählte, beim angefangenen Hundert neu«, berichtet er von sich. »Er lernte, wie viele Schritte in einen Tag gehen. 3000, schätzte er, könnten etwas weniger als eine Stunde sein, 4000 mehr. Am ersten Tag lief er wenig, vielleicht 5000 Schritte. Am nächsten Tag dann 15 000, dann 18 500. Am nächsten Tag wieder 15 000. Das blieb sein Pensum.« (Reemtsma 1997)

Irgendwann kommt der Punkt, wo aus der sinnlosesten Beschäftigung der Zwang erwächst, sich mit ihr zu identifizieren. Sportlicher Ehrgeiz adelt auch überflüssigste Tätigkeiten. »Die Socken wurden bald fadenscheinig«, berichtet Reemtsma. »Er ging barfuß. Stellte sich die Strecke vor: soundso viele Kilometer. Begann sich alberne Rekorde auszumalen. Dass er, wenn er herauskäme, sagen würde: Ich bin bis … gegangen.« (Reemtsma 1997)

Die einzige Chance für die Geisel, zur Normalität zurückzukehren, ist, die Geiselnahme selbst zur Normalität zu erklären. Alles, was außerhalb der Sphäre dieser Geiselnahme liegt, muss unnormal erscheinen, unecht, falsch.

Eine Beziehung, die nicht verletzt, kann in dieser Sichtweise keine wahre Liebe sein. Ein Job, der nicht auf Ausbeutung beruht, kann mit Arbeit nichts zu tun haben.

▪ ▪ ▪

Als ich Sendmühls Zimmer verließ, überfiel mich das Bedürfnis, ausnahmsweise einmal mit jemandem zu reden, von dem ich nichts wollte. Ich hatte eine geradezu körperliche Sehnsucht nach einem Gespräch, von dem nichts abhing, dessen Ausgang nichts veränderte, das keine Rolle spielte im Gefüge meiner Welt. Meine Umgebung erschien mir plötzlich zu formbar, zu weich, zu angewiesen auf meine Eingriffe, und mit einem Gefühl der Verunsicherung lehnte ich mich an das raue, sperrige Holz der Hüttenwand.

Ich fand Gursky in seiner Koje. Ich fragte ihn, ob er rauchte. Geschmeichelt bot der Kundenbetreuer mir seine Schachtel an und klopfte fachmännisch einen Strauß Zigaretten in die Luft. Ich sah den lindgrünen Plüschsaurier auf seinem Bett, und ich sah, dass die Wände über den beiden Betten mit Fotos beklebt waren, Fotos von Frauen, Kindern, zwei Katzen, einem Mops. Ein Foto zeigte Gursky neben einem riesigen Fisch, der aufrecht, auf seiner Schwanzflosse balancierend, neben ihm zu stehen schien.

Sie angeln, Herr Gursky, sagte ich.

Gursky nickte und rundete die Lippen wie ein Wels, und ich nickte mit.

In gemeinsamem Schweigen und Nicken saßen wir dann draußen auf der Bank. Wir genossen den Blick über die Wiese, die Kursverläufe der Fichtenwipfel, die Dax-Kurve der Bergwelt. Über dem Klettenstein stieg Dunst empor, dünn wie ein Rauchzeichen.

Sind Sie schon lange als Kundenbetreuer tätig, fragte ich.

Seit ich denken kann, sagte Gursky. Erst zwölf Jahre im Callcenter, bei Torefa in Bad Reckenau. Dann im Außendienst für Süllmann Landmaschinen. Bei *Reinboth* hab ich gleich gesagt: Ich mach nur Außendienst. Ich finde, *face to face* ist doch noch mal was anderes. Wenn man sieht, für wen man das alles tut.

Aber hier haben Sie ja die Maske auf bei der Arbeit, wandte ich ein.

Ach, die Maske, sagte Gursky. An die Maske denkt man nach einer Weile gar nicht mehr. Die vergisst man. Werden Sie auch noch merken, fügte er an, und ich entschied mich für ein ungewisses Lächeln.

Gursky bot mir Kartoffelsuppe aus dem Henkelmann an. Die Suppe war samtig, mit angebratenen Speckwürfeln, kleinen Ringen aus Schnittlauch und großen aus Porree. Grüße an Ihre Frau, sagte ich. Ich würde mir wünschen, mir gäbe auch mal morgens jemand so eine Suppe mit.

Ich kann die Frau ja mal fragen, ob sie morgen ein bisschen mehr macht. Sie sind nicht verheiratet, fragte Gursky nach.

Ich war, sagte ich. Aber jetzt hab ich auch so schon genug zu tun.

Ich stand auf, um vor der nächsten Sitzung noch einen Spaziergang zu machen. Ich fand einen steinbestirnten Weg, der sich durch das Gras wand wie ein Bach. Dann geriet ich auf einen verschlammten Pfad und wich auf die Grasnarbe aus. Aber auch die Grasnarbe war von Schlammadern durchzogen, die von Minute zu Minute breiter zu werden schienen. Ich überquerte einen Bach, den bemooste Stämme begleiteten und Explosionen von Huflattich, anschließend stakte ich über eine nasse Wiese. Nach wenigen Schritten steckte mein rechter Fuß tief im Matsch.

Mit großer Anstrengung hob ich den Fuß. Dafür sank ich mit dem linken Schuh umso tiefer ein. Rechts und links von mir stand jetzt Wasser in ölig schillernden Pfützen, und ich ruderte mit dem rechten Fuß durch die Luft. Ich suchte nach einem Stein, fand einen Tüpfel aus gelberem Gras, das trockener aussah, als es war. Ich rutschte ab auf seiner glitschigen Oberfläche, verlor das Gleichgewicht und musste die Arme ausfahren wie Flügel, um nicht zu stürzen. Ich machte einen trügerisch trocken erscheinenden Fleck Erde aus, der sich als Loch erwies. Schritt um Schritt patschte ich voran, sank tiefer und tiefer ein. Hinter mir gluckste hämisch der Grund.

Ich gab auf. Als ich zur Hütte zurückkam, war die untere Hälfte meiner Cargohose nass, braun und schwer. Gursky saß noch immer auf der Bank. Er war so höflich, so zu tun, als hätte er nichts gesehen.

▪ ▪ ▪

Natürlich hätte ich wohl noch in dem Moment, als Frau Seggle mir von dem neuen Projekt erzählte, aufstehen und gehen können. Aber ich war keine, die aufsteht und geht. Sogar im Kino hatte ich die erbärmlichsten Filme grundsätzlich bis zum Ende angesehen, war immer bis zum Nachspann sitzen geblieben, bis die Namen abrollten, die Namen von Gaffer und Best Boy und Hair Artist Supervisor. Und auch jetzt blieb ich sitzen, und auch noch, als Frau Seggle aus dem Büro ging, um mich in Ruhe nachdenken zu lassen.

Was ich erfahren hatte, war ein Geheimnis. Ein Geheimnis zu verraten, ist Geheimnisverrat. Solche und ähnliche

Gedanken probierte ich aus, während ich das Gespräch rekapitulierte, Frau Seggles Visionen und ihre Geschäftsprognosen, die ich immer zu überhören versucht hatte und an die ich mich plötzlich klammerte wie an ein in einem Haufen von Gleichgültigkeiten verstecktes Kompliment.

Der ist geschätzt seine zwanzig Millionen wert, hatte sie in meine Unentschiedenheit hineingerechnet. Was meinen Sie, fragte sie, doch sie machte nicht den Eindruck, als käme es ihr auf meine Einschätzung an. Sie sprach davon, die Firma mit diesen Einnahmen nachhaltig zu sanieren, von den Investoren, die *Human Solutions* mit solchen Prognosen überzeugen könnte, von der Zahlungsmoral der Käufer, die nach der Pleite mit Stringl im freien Fall und jetzt vielleicht kurz vor der Auferstehung war.

Ich nickte und war froh, dass mein Nicken Frau Seggle egal war. Sie war in das Reich der Zahlen verschwunden, in das ich ihr nicht folgen konnte. Ich hörte Wörter, die mich nichts angingen, Wörter wie Gewinnerwartung, Deckungsbetrag, Fixkosten, Break-Even-Point. Ich hörte nur noch auf ihren Klang, das Kristallhelle dieser Wörter, ihre luftige Struktur. Es war ein Reich der Poesie, an dessen Schwelle nicht nur meine Kompetenz aufhörte, sondern auch meine Unschuld.

Wenn es eine Ausrede gab, die ich nicht für mich in Stellung brachte, dann war es die, dass Frido von Sendmühl reich war. Ich hatte schon seit langer Zeit nichts mehr gegen die Reichen. Die Reichen konnten ja nichts für ihren Reichtum. Schließlich waren sie so geboren, von Geburt an mit Geld belastet wie mit einer Gaumenspalte oder dem Downsyndrom.

Reiche Kinder waren nicht weniger wert als arme, das sagte ich mir immer wieder. Oft kamen sie trotz allem gar nicht so schlecht durchs Leben. Die Reichen waren eine Minderheit, sagte ich mir, und wie jede Minderheit flößen sie manchen Leuten nun einmal Misstrauen ein, Unverständnis und den Wunsch, sie sich vom Leib zu halten.

Und dann dachte ich an meine Schulzeit am Hardenberg-Gymnasium, wo ich mich selber als Minderheit wiederfand nach vier Grundschuljahren im Eisenbahnerviertel, in denen ich Teil der Mehrheit gewesen war. Ich dachte an meine neuen, reichen Mitschüler, den Zauber ihrer Turnschuhe, die irgendeine geheime, nur Eingeweihten sichtbare Zutat von meinen Turnschuhen unterschied. Ich dachte an ihre magischen Hosen und Röcke, die fester und gleichzeitig leichter aussahen als meine Hosen und Röcke, die wunderkräftige Form ihrer Frisuren, die so angeboren schien wie ihr Teint. Ich dachte an die Partys, von denen die reichen Kinder nur untereinander sprachen, wie verfolgte Randgruppen, römische Christen in Katakomben. Erst viele Jahre später wurde mir klar, dass Kaiser Nero längst noch nicht tot war.

Auch Frau Seggle war ja nicht arm. Ich erkannte es an dem Raum, den sie einnahm, wenn sie sich zurücklehnte in ihrem schweren schwarzen Chefsessel, an ihrem Kopf, der wie an einem Faden aufgehängt schien, an der Wucht, mit der ihr Hals aus dem Kragen stieg. Und ich erkannte es an meinem unverwüstlichen Wunsch, ihr zu gefallen.

Inzwischen war mir bewusst, dass es für mich um nicht weniger ging als einen Ausweg. Hoffnungsvoll machte ich mir klar, dass ich zu wenig wusste, dass ich nichts von Zahlen verstand, und dass mir dieses Nichtwissen noch als Weigerungsgrund erschien, zeigte, wie Frau Seggle mich schon im Sack hatte.

Bevor Sie weitersprechen, Frau Seggle, sagte ich. Leider

verstehe ich so überhaupt nichts von Wirtschaft. Ich kann nicht mal meine eigene Steuererklärung ausfüllen.

Das glaube ich Ihnen gerne, sagte Sabine Seggle. Sie sah mich lange an mit einem ihrer typischen Blicke, in denen Besorgnis und Stolz nicht leicht zu unterscheiden waren.

Vielleicht verstehen Sie nichts von Wirtschaft, sagte sie dann. Aber Sie verstehen etwas von Schuld und Gnade. Von der Macht kleiner Freundlichkeiten in Situationen der Ohnmacht. Und Sie verstehen etwas von, wie nennen Sie es noch mal in Ihrem hochinteressanten kleinen Aufsatz, der Identifikation mit dem Aggressor.

Sie sah mich an mit der leicht mitleidigen Bewunderung, die man für jemanden hat, der die Zahl Pi auf dreißig Stellen nach dem Komma aufsagen kann. Und Sie verstehen etwas von Isolation, machte sie weiter. *Eine Grundvoraussetzung des Stockholm-Syndroms ist die Isolation*, zitierte sie frei aus dem Kopf. *In der Isolation verlieren die Gefangenen ihre Orientierung. Der Geiselnehmer wird zu ihrem einzigen Fixstern.*

Die plötzliche Benommenheit, die mich bei ihren Worten überfiel, fühlte sich an wie ein Hieb vor den Kopf. Da hatte es wieder zugeschlagen, das Trauma meiner Diplomarbeit. Aber ich spürte noch etwas anderes als diesen Schlag. Ich spürte eine unverschämte Dankbarkeit. Und gleichzeitig witterte ich die Gelegenheit, meine arme Theorie, die zu schön gewesen war für diese Welt und vielleicht auch für die Wahrheit, gegen einen Zugriff zu verteidigen, dem an Schönheit nichts lag.

▪ ▪ ▪

Im Netz fand ich Interviews, in denen Sendmühl über seine Kindheit sprach. Natürlich fand ich seine Erzählungen über seine Ritte auf den Knien der Genies, aber auch über seine *levers* auf der westfälischen Wasserburg, die Hosen jeden Morgen von einer Ex-Designerin von *Martigny* ausgewählt und bereitgelegt. Und ich las über die kultischen Besuche in der väterlichen Kunsthandlung in Düsseldorf, Frido festgetackert an der stählernen Hand des Vaters: Anfassen verboten!

Sendmühl, wurde mir klar, war ein Kind, das von Geburt an zur Tatenlosigkeit verdammt war. Es konnte anstellen, was es wollte, doch die Wirkung war null. Vielleicht war es sogar noch schlimmer: Die Wirkung war ein Lächeln, das noch weniger bedeutete als null. Vielleicht schlug Frido nach der Gouvernante, aber die lächelte so schmerzlich wie zuvor. Vielleicht malte er seinem Vater eine Giraffe, doch der legte das Bild lächelnd beiseite und blätterte durch die Grafikmappe von Nino Zanussi. Vielleicht schlug er sich die neunte Klasse der *International School* mit Dope und Koks um die Ohren. Aber der Direktor lächelte nur, während er die Spende des Vaters für den neuen IT-Raum in Empfang nahm.

Irgendwann musste er die Frauen entdeckt haben. In jedem Interview behauptete er, dass er die Frauen liebte. Wenn ich die Frauen nicht so sehr lieben würde, sagte er einer Reporterin, dann würde ich Ihnen jetzt eine reinhauen. Natürlich, sagte er einer anderen auf die Frage, ob sie ihm eine Frage stellen dürfe. Sie wissen doch, ich liebe die Frauen.

Ein Griff an den Hintern der Kunstlehrerin, so seine Legende, habe ihm dann in der Zehnten doch endlich den Schulverweis eingebracht, nach dem er an das Internat am Lac de Neuchâtel wechseln konnte. Vielleicht hatte er da für einen kurzen Augenblick die Erfahrung gemacht, dass seine Handlungen doch Wirkung zeigten. Jedenfalls muss es sich im Nachhinein für Frido von Sendmühl so angefühlt haben, als hätte er in der Gestalt der Kunstlehrerin der Kunst persönlich an den Hintern gefasst.

Seitdem hatte Sendmühl, wie ich den Clippings entnehmen konnte, keine Gelegenheit ausgelassen, mit seinen Handgreiflichkeiten zu renommieren. Manchmal war es nicht leicht zu entscheiden, ob er einem Bild zu nahe getreten war oder einer Frau; ich konnte nicht widerstehen, sagte er, und wenn Sendmühl nicht widerstehen konnte, war jeder Widerstand gegen ihn zwecklos. Er betastete die Galerieassistentin von Kiesbaddel Fine Arts mit der gleichen demonstrativen Gier wie den Farbauftrag der großformatigen Seitleins, die bei Kiesbaddel zur Saisonrentrée aushingen. Er hüllte die Bildhauerin Larissa Stepanovic so lückenlos in seine Rasierwasserwolke wie ihre Skulptur *What we know now*. Sie wissen ja, mit Männern hab ichs nicht so, sagte Stepanovic, als müsste sie sich entschuldigen.

Sie können einem auch alles versauen, hatte Sendmühl geschmollt, wie er der *Westdeutschen* verriet. Aber eins müssen Sie mir versichern, liebe Larissa. *Wenn* Sie auf Männer stehen würden, dann würden Sie total auf *mich* stehen, stimmts.

Denken Sie an die Fledermaus, sagte ich eines Nachmittags zu Frau Seggle. Denken Sie an ihr Brüllen in der Nacht. Für Menschen nicht zu hören, aber in Wirklichkeit laut wie ein startender Düsenjet. Sie spitzt die riesigen Ohren, horcht auf ihr eigenes Echo. Von den Wänden prallt es zurück, von den Gegenständen, von der Beute. Das Echo sagt ihr, wie sie fliegen muss. Indem sie laut in die Nacht hinaus schreit, schafft sie sich ihre Welt.

Jetzt stellen Sie sich diese Fledermaus in einer Umgebung ohne Hindernisse vor, Frau Seggle, sagte ich. Irgendjemand, meinetwegen ihre Eltern, hat ihr alles aus dem Weg geräumt. Sie schreit und schreit, Frau Seggle, aber es sind keine Wände da. Nichts ist da, was zurückkommt. Diese Fledermaus, sagte ich, wird zwangsläufig verrückt.

Ich machte eine Pause. Jetzt, Frau Seggle, stellen Sie sich einen Menschen vor. Von klein auf werden ihm alle Hindernisse aus dem Weg geräumt. Jeder Erfolg, den dieser Fledermausmensch erreicht, ist aus Glas, einem Material, das die Schreie der Fledermaus nicht reflektiert, und er ist schon im selben Moment wertlos, in dem der Mensch ihn sich verschafft. Jeder Chef, der ihn einstellt, stellt in Wirklichkeit seine Eltern ein. Jeder Mensch, der nett zu ihm ist, Frau Seggle, ist in Wirklichkeit nett zu seinem Geld.

Die einzige Währung, die diesem Fledermausmenschen noch bleibt, sagte ich zu Frau Seggle, sind die Frauen. Frauen sind die Währung, mit denen man nicht nur den Respekt der anderen bezahlt, sondern auch den vor sich selbst. Frauen kann der Fledermausmensch sich verschaffen, um seinem Vater zu gefallen, und sei es der Vater, der immer noch in ihm steckt.

Jede neue Frau, jede Affäre, jede schnelle Nummer im Separee, sogar ein Besuch im Bordell, sagte ich, ist eine Rate, Frau Seggle. Eine Rate auf die Schulden, die der Fledermausmensch bei seinem Vater angesammelt hat und niemals ganz zurückzahlen kann. Jede neue Frau ist der Beweis: Er ist etwas wert, denn sie hat ihn an sich herangelassen. Dass er es nicht nötig gehabt hat, die Frauen überhaupt erst zu fragen, spielt für das Ergebnis keine Rolle.

Und manchmal ist Papa, sagte ich, und das gilt auch für den Papa in seinem Kopf, Frau Seggle, sogar doppelt stolz auf einen Sohn, der nicht erst lange fragt.

Frau Seggle wurde ungeduldig. Sie tippte den Füller nicht mehr einfach auf den Tisch, sondern würgte ihn fast. Gut und schön, Frau Perger, sagte sie mit gezähmtem Unwillen, grau in grau ist alle Theorie. Wir sind aber ein Unternehmen. Und ein Unternehmen heißt Unternehmen, weil man damit etwas unternimmt.

Ich sah sie an. Ich wusste, sie würde von selbst auf die Lösung kommen.

Sie dachte nach. Wenn der Mann so scharf auf Frauen ist, sagte sie und warf ihre Haarwelle aus der Stirn, dann geben wir ihm doch eine. Dann sehen wir ja, was da von seinem Verstand noch übrig bleibt.

Einen Lockvogel, übersetzte ich und legte den Kopf schräg, als müsste ich überlegen.

Ganz genau, sagte Frau Seggle mit wachsender Begeisterung über ihren Einfall. Die Frau nimmt Kontakt mit dem Kunden auf. Sie lockt ihn in ihr Hotel. Oder noch besser: zu einer freizügigen Privatparty irgendwo im Nichts.

Durch die offene Bürotür sah sie auf die Assistentin, die sich grimassierend den Lippenstift nachzog. Vielleicht, sagte sie dann, wäre das ja eine Aufgabe für Frau Pfau. Da könnte sie mal zeigen, wozu sie wirklich geboren ist.

▪ ▪ ▪

Als ich zur Hütte zurückkehrte, roch ich von Weitem schon den Holzrauch, der aus dem Kamin stieg.

Der Himmel hatte sich schlagartig zugezogen. Violette Wolken krochen über die Bergkette, und kaum stand ich im Eingangsraum, brach draußen das Unwetter los. Ich setzte die Maske auf, und die Dämmerung, in die meine getönten Gläser die Welt tauchten, machte es mir leichter, mich schon im Vorfeld in die Finsternis des Klienten hineinzuversetzen. Doch die Finsternis war dann noch finsterer, als ich in Sendmühls Zimmer stand.

Wie erleben Sie denn inzwischen Ihren Körper, Herr von Sendmühl, begann ich. Wenn Sie mal in Ihre Schultern reinspüren. Fühlt sich die Situation leichter an oder schwerer als am Anfang unserer Arbeit. Oder hat sich gar nichts verändert.

Sendmühl schwieg. Aber in der Dunkelheit konnte ich spüren, wie er weich wurde und dankbar. Ich konnte das feine Knistern hören, mit dem sich sein Panzer auflöste, mit dem er sich meiner aufmerksamen, konzentrierten Gegenwart zu öffnen begann. Ich war mir dieser Gegenwart bewusst, denn es war nicht meine eigene Gegenwart, der ich nicht traute, sondern eine, die ich angelegt hatte wie eine Rüstung. Ich war eine Jeanne d'Arc im Kampf für menschliches und professionelles Wachstum, das immer das Wachstum der anderen war. Und das war der Grund, warum mir so oft der Sieg gelang.

Sendmühl war nur noch Erwartung und Nacht. Ich wusste, dass er nur noch einen kleinen Anstoß brauchte, einen kleinen Stupser vor dem Sprung in ein Becken, das umfassend war und warm. Ihre Frau will nicht zahlen, sagte ich mit größtmöglicher Nüchternheit. Sie lehnt sogar jeden Kontakt mit der Firma ab.

Ich ließ die Information in seinen Körper sinken. Ich horchte, ob ich ihn schlucken hörte, auf irgendeinen Protest des Schlunds, des Gaumensegels, des Zungengrunds. Ich horchte auf seine Zehennägel, seine Fingernägel, die unablässig wuchsen in dieser Dunkelheit. Doch der Sammler hatte sich offenbar im Griff.

Ich will keine voreiligen Schlüsse ziehen, fuhr ich fort.

Aber man könnte die Hypothese aufstellen, dass Sie ihr nichts wert sind. Nicht zwanzig Millionen, nicht zehn, nein, nicht mal einen einzigen Cent.

Ich machte eine Pause. Wie geht es Ihnen, fragte ich mit gedämpfter Stimme, wenn Sie das hören.

Ich triumphierte innerlich, als Sendmühl jetzt begann, sich über seine Frau zu beschweren. Diese Frau sei einzig und allein die Idee seines Vaters gewesen. Womöglich habe der Vater sie sogar erfunden. Vielleicht sei sie ausgedacht wie die kunstgeschichtlichen Expertisen, die er seinen bestallten Kunsthistorikern diktierte. Von Anfang an sei diese Frau ein Phantom gewesen, ein Mensch nach seinem, des Vaters, Bild. Sogar die Nase des Vaters habe sie gehabt, sagte Frido von Sendmühl, und er merkte offenbar nicht, dass er im Perfekt sprach.

Mit meiner ganzen Professionalität hörte ich zu. Sendmühl konnte mich nicht sehen, aber ich hörte zu für den Prozess. Unsichtbar unter meiner Maske, zeigte ich Interesse. Ich schaute in Augen, die mich nicht sahen, nickte und legte die Stirn in teilnehmende Falten. Ich ließ Sendmühl ausreden, stellte Verständnisfragen, triggerte Emotionen, fasste das Gehörte zusammen: Wenn ich Sie richtig verstehe, leiden Sie also unter der Machtfülle Ihres Vaters. Sie wünschen sich, Ihr Vater hätte Ihnen auch mal was zugetraut.

Aber in der Dunkelheit, ohne sichtbares Gegenüber, sprach ich vor allem zu mir selbst. Ich warb um mein eigenes Verständnis, achtete auf den Nebensinn meiner eigenen Worte. Ich beobachtete mich, belauschte mein heimlich Gemeintes, meine Körpersprache, meine eigenen Zwischentöne und Emotionen. Und bald war mir, als behandelte ich hier mein eigenes Problem.

Als der Sammler zu weinen begann, wurde ich still. Ich konnte geradezu spüren, wie der Aristokrat sich sofort zur Ordnung rief, wie er sein Weinen zu einem Schluchzen dämpfte und dann zu schimpfen begann. Er schimpfte auf den Vater, seine Frau, die Hütte, die Mitarbeiter des Kundendiensts. Schließlich schimpfte er sogar auf mich.

Sie sind ein Dreck, sagte er. Ein ganz kleiner Dreck.

Ich wusste, dass es darum ging, die Gefühle des Klienten willkommen zu heißen. Wenn sie anstürmen, hatte ich mir immer wieder gesagt, reiß die Tür auf wie im Trickfilm, lass das Monster rein und sieh zu, wie die Beine durchdrehen und es die Puste verliert. Es galt, die Gefühle nicht zu banalisieren, zu beschwichtigen oder zu bewerten. Es war wichtig, nicht die Verantwortung für sie zu übernehmen.

Geh einfach mit, hatte ich mir immer wieder gesagt, schau sie an, die Gefühle, mit stummem Mitgefühl, lass sie kommen, lass sie gehen. Jedes Signal konnte ein Signal zu viel sein. Jedes Signal konnte die Achtsamkeit des Klienten ablenken, von ihm selbst zu mir und also weg von dem Gefühl.

Aber ich wusste auch, dass ich Respektlosigkeiten nicht durchgehen lassen durfte. Respekt war die Grundlage fruchtbarer Arbeit.

Ich stand auf und ging mit unüberhörbar festem Schritt zur Tür. Und als ich draußen war, drehte ich den Schlüssel ausnahmsweise zweimal herum.

▪ ▪ ▪

Anders als der Hochkapitalismus der industriellen Revolution, der die körperliche Vernichtung seiner Teilnehmer in Kauf nahm, begnügt sich der Spätkapitalismus mit der psychischen Traumatisierung seiner Geiseln. So gewinnt er einen Attraktivitätsüberschuss.

Er entspricht dem Schönen des Engels in Rilkes »Erster Duineser Elegie«: »Denn das Schöne ist nichts / als des Schrecklichen Anfang, den wir noch gerade ertragen, / und wir bewundern es so, weil es gelassen verschmäht, / uns zu zerstören.« (Rilke 1923)

In der verkapselten Welt der Geiselnahme ist die Macht der Geiselnehmer so absolut, dass jedes Zugeständnis als unverdiente Wohltat empfunden wird. Die Geisel Elisabeth Oldgren, die Symptome von Klaustrophobie zeigt, darf mit einem rund zehn Meter langen Strick um den Hals im Bankgebäude auf- und ablaufen. Später erinnert sie sich: »Ich konnte nicht weit gehen, und ich war angeleint, aber ich fühlte mich frei.«

Die Geisel Birgitta Lundblad, die vergebens versucht hat, Mann und Mutter anzurufen, empfindet es als unbegreifliche Gnade, dass der Geiselnehmer Olsson ihr über die Wange streicht und sie tröstet: »Versuch es später noch mal.« Ihre Kollegin Elisabeth Oldgren vergisst Freiheitsberaubung, Todesdrohungen und Gewalt, wenn Olsson ihr nachts im kalten Tresorraum seine Jacke um die Schultern legt. »Wenn er uns gut behandelte, hielten wir ihn für eine Art Gott«, erinnert sich die Geisel Sven Säfström (Lang 1974).

Je mächtiger der Markt, desto sehnsüchtiger lechzt seine Geisel nach der kleinsten Annehmlichkeit, die er verteilt. Jedes neue iPhone, jeden neuen Turnschuh und jede neue Netflix-Serie nimmt sie mit einem Abglanz von Glück entgegen. Inbrünstig sucht sie den Markt nach solchen Zeichen seiner Barmherzigkeit ab, forscht überall nach Beweisen seiner Gunst. Sie selbst rationalisiert dieses Verhalten als Shopping.

Schon eine ausgebliebene Strafe genießt das Opfer schließlich wie eine Zärtlichkeit, und jede Zärtlichkeit schmeckt doppelt süß, wenn sie an die Stelle einer Brutalität tritt. Jede dieser Freundlichkeiten wertet sie als Zeichen dafür, dass sich die Beziehung zum Geiselnehmer verbessert (Graham 1994). Dass die Geisel noch die unterlassenen Grausamkeiten des Geiselnehmers als Güte und Zuwendung interpretiert, hilft ihr, die Angst und die Wut zu verleugnen, die ihre Lage in ihr erzeugt. Ihre Dankbarkeit wächst mit der Allmacht des Geiselnehmers.

Gleich am ersten Tag der Stockholmer Geiselnahme konfrontiert der Bankräuber Jan-Erik Olsson die Geisel Sven Säfström mit deren Exekution. Um seinen Forderungen Nachdruck zu verleihen, habe er ursprünglich vorgehabt, Säfström zu töten. Nach einiger Überlegung wolle er sich jedoch damit begnügen, ihm lediglich ins Bein zu schießen.

Olsson bedeutet Säfström, auf sein Zeichen hin einen Fluchtversuch vorzutäuschen, den der Geiselnehmer dann unter Beobachtung von Polizei und Öffentlichkeit »vereiteln« könne. Er verspricht, sorgfältig zu zielen. Zur Entschädigung und Beruhigung der Nerven stellt er seinem Gefangenen eine Extraration Bier in Aussicht.

»Ich weiß nicht, warum das Signal niemals kam«, erklärt Säfström anschließend. »Alles, woran ich mich erinnere, ist, wie nett ich es von ihm fand, dass er mich nur ins Bein schießen würde.« (Lang 1974)

Das Leben unter Marktbedingungen verlangt zu jeder Zeit Lächeln, gute Laune, positives Denken. Wut ist ein Luxus für Verlierer. Eine Geisel ist vierundzwanzig Stunden am Tag damit beschäftigt, ihre Wut zu verleugnen. Würde der Geiselnehmer ihre Wut bemerken, wäre ihr Leben in Gefahr. Um sich diese Verdrängungsarbeit erträglich zu machen, muss sie aus ihrem Bewusstsein jegliches Anzei-

chen dafür verbannen, dass sie jemals wütend war (vgl. Graham 1994).

Der Geiselnehmer ist ein guter Mensch, weil er der Geisel zu essen gibt, sie bei ihrem Namen nennt oder sogar an der Leine ein paar Meter auf dem Flur auf- und abgehen lässt. Eine derart fundamentale Erleichterung könnte der Geisel ein Mitmensch unter den Bedingungen der Freiheit niemals bieten. Der Unterschied zwischen absoluter und relativer Erniedrigung fühlt sich größer an als der zwischen Indifferenz und Glück.

Um ihr Überleben zu sichern, beginnt die Geisel, den Geiselnehmer in eine positive und eine negative Seite aufzuspalten. Mit der positiven Seite kann sie nur dann eine Beziehung herstellen, wenn sie die negative ignoriert. Für die Geisel wird der Geiselnehmer zu good cop *und* bad cop *in einer Person. Sie fokussiert sich auf die Menschlichkeit des Geiselnehmers und blendet dessen Gewalt aus. So hat auch die Wirtschaftsmethode, die iPhones, Turnschuhe und Netflix-Serien erzeugt, in der illusionären Sicht des Marktsubjekts nichts gemeinsam mit der, die in kongolesischen Lithiumminen Kinder tötet.*

Denn wie der Markt in der großen Welt ist in dem winzigen Kosmos der Geisel der Geiselnehmer Herr über Leben und Tod, Nehmer und Geber von Nahrung und körperlicher Unversehrtheit. Diese Allmacht, die jeden Widerstand zwecklos macht, lässt die Unterwerfung der Geisel endlich plausibel erscheinen. Sie versorgt die Geisel mit Sinn und entschuldigt ihre sie selbst empörende Tatenlosigkeit.

■ ■ ■

Dass Frau Seggle ausgerechnet an einem Pfingstmontag verschwand, hätte mir zu denken geben müssen. Auch am Dienstag gab sie kein Lebenszeichen, auch am Mittwoch nicht und auch nicht den Rest der Woche. Ihr Telefon warf sofort die Mailbox an, und in ihrem Vorzimmer wässerte Frau Pfau mit gesenktem Kopf den Drachenbaum. Dann schnürte sie auf dem Flur an mir vorbei, einen rührend altmodischen Aktenstapel unter dem Arm, und nur ihr vorwurfsvoller Blick, der mir die Mitschuld an Frau Seggles Verschwinden zu geben schien, ließ mich erkennen, dass etwas vorgefallen war.

Auf den zweiten Blick schien niemand Frau Seggle zu vermissen. Der Vertriebschef saß vor dem Monitor wie vor einem Pokergegner, entwarf Angebote und Portfolios für die Käufer. Die Logistikerin recherchierte Lindauer Hotels und die VIP-Events der *Art Alpin*. Herr Schnelling, der Personalchef, empfing zwei Vertreter der Zeitarbeitsfirma *Men at Work*, die an *Human Solutions* die Kundenbetreuer für den WC-König Stringl vermittelt hatte. Jetzt wollten sie die abgerissene Geschäftsbeziehung wieder aufnehmen. Majestätisch saß Herr Schnelling in seinem Polohemd am Tisch, die nackten Unterarme, dick wie Karpfen, auf der Platte verschränkt, und hörte sich die Unterwerfungsreden der Besucher an.

Wir wechseln nicht leichtfertig die Verleihfirma, sagte Herr Schnelling ernst. Aber jetzt haben wir uns nach zehn Jahren für *Reinboth Professionals* entschieden. Das kann sich auch wieder ändern. Wir wollen die Tür nicht zuschlagen. Aber vorläufig habe ich keine positiven Argumente für mich selber. Manchmal muss man auch was Neues probieren. Und er beendete die Rede mit ernster Miene, aber einem Grinsen in den Augen, das nur eins heißen konnte: Basta.

Erst auf den dritten Blick wurde mir klar, dass die Weigerung des Teams, sich mit Frau Seggles Verschwinden zu befassen, keine Gleichgültigkeit war. Diese Weigerung antwortete auf ein Tabu. Es war ein starkes Tabu wie das des Todes, mit dem Unterschied, dass dieser Tod, wie jeder hoffte, nur ein vorübergehender war.

■ ■ ■

Das Unwetter tobte die ganze Nacht. Die *Reinboth*-Männer rieten davon ab, die überschwemmten Pfade mit dem Jeep zu befahren. Ein falscher Ruck am Lenkrad, und du wirst zur Lawine, sagte Gursky zu mir. Bleibens heroben. Bei uns kanns auch ganz lustig sein.

Wie aus dem Nichts zauberten die Servicekräfte eine üppige Brotzeit auf den Tisch. Es gab Graubrot und Brezeln, Emmentaler und Almdammer, Presssack und kalten Schweinebraten, Obazda, Rettich und Essiggurken. Auf dem Campingkocher brieten sie Eier. Kauend beschwerten sie sich dann über Sendmühl, so wie zur gleichen Zeit Millionen von Dienstleistern auf der Welt sich über ihre Kunden beschwerten.

Der hält sich für was Besseres, sagte Bachmayr mit dem Nachdruck, den man einer Erkenntnis gibt, die man sich hart erarbeitet hat.

So würde ich das nicht ausdrücken, sagte ich und dachte nach. Ich stellte mir die Kämpfe vor, die Sendmühl mit sich austragen musste, die nächtelangen Blättereien in Kunstbänden und Auktionskatalogen, die ermüdenden Abende in der *Bar de Rome*, wo er die Künstler wenigstens beim Trinken übertreffen musste, beim Trinken der vielen Gläser, die er anschließend bezahlte, die verzweifelten Tänze auf den gestärkten Tischdecken, bis er sich wenigstens so gut fühlen konnte wie all die anderen, die arbeiten mussten für ihr Geld. Natürlich, der Sammler war den Künstlern überlegen wie der Gourmet dem Huhn, das die Eier für sein Omelette legt, und doch ...

Als die Kundenbetreuer ihr Schachbrett aufstellten und Gursky mit plötzlich fanatischer Miene, die im Schein der Petroleumlampe diabolisch wirkte, ein Bosnisches Gambit begann, hörte ich nur noch den Regen. Er krachte auf das Dach, schlug auf das Gras, das Heidekraut, trommelte auf die Mülltonne. Schweigend verlor Bachmayr nach kurzer Zeit einen Turm und einen Läufer, schweigend überließ er Gursky sogar seine Dame, und als sein König, ein Springer und zwei hilflose Bauern eingekreist waren, gab er schweigend auf und zog sich zu seiner Schlafschicht zurück. Gursky blieb mit seinem Angelmagazin unter der Petroleumlampe sitzen und hielt das Blatt nah ans Gesicht, um lesen zu können. Schließlich sah er sich nur noch die Bilder an, Mensch mit Fisch, Fisch mit Mensch, aber immer neu, immer einzigartig.

Der Regen war so laut, dass es unmöglich war zu hören, was in Sendmühls Zimmer geschah. Ich war dankbar dafür. Ich machte es mir auf der Eckbank bequem, die bordeauxrote Funktionsjacke über die Schultern gelegt, und fiel in einen porösen, langwierigen Schlaf.

Mit dem Sonnenaufgang musste der Regen aufgehört haben. Die Stille weckte mich, und benommen blinzelte ich ins fahle Licht. Gursky saß noch immer auf dem Stuhl unter der Petroleumlampe, reglos, wie gebannt vom Anblick majestätischer Welse. Ich hörte die schwache Stimme Sendmühls, die nach mir rief, ob wach oder im Schlaf, konnte ich nicht sagen.

Es musste die letzte Sitzung sein, die noch in ihm arbeitete. Es musste diese letzte Sitzung sein, die sich zusammenklumpte in seinen Träumen. Und zweifellos *trieb sein Körper dem Nichts entgegen, und er war dem Verstehen nahe.*

▪ ▪ ▪

Natürlich versuchte ich gleich nach Frau Seggles Verschwinden auf sämtlichen Kanälen, sie zu erreichen. Ich versuchte es nachts um elf und morgens um sechs. Ich stalkte sie sogar auf WhatsApp. Doch Frau Seggles Nachricht aus dem Ursulinerinnenkloster Sankt Priska in Bertenbrunn, in das sie sich vorläufig zurückgezogen habe, ging nicht an mich, sondern an Barbara Pfau. Frau Pfau schickte die Mail im Projektteam herum und setzte mich nicht einmal in cc. Ich beschloss, gleich am nächsten Tag nach Bertenbrunn aufzubrechen.

Das Kloster enttäuschte mich. Ich hatte mir ein mittelalterliches oder barockes Paradies mit Goldschmuck und hallenden Gewölben erhofft, mit Sandalenschritten auf riesigen, vom Abrieb glänzenden Steinquadern. Ich hatte an eisenbeschlagene Türen gedacht und an ernst, aber grazil einherschreitende Kreuzgänge mit filigranen, floralen Bögen um einen Klostergarten mit Salbei, Frauenmantel und Stöcken alter Rosensorten. Wenn es eine Armut geben konnte, die Frau Seggle schätzte, dann war es die der Armen im Geiste, die selig sind.

Sankt Priska aber hatte die Aura eines Ferienlagers der DDR-Gewerkschaft. Das Kloster bestand aus zwei Betonquadern aus den 1960er Jahren, von denen einer auf dem Dach einen kümmerlich dimensionierten Glockenturm trug. Die einzige Entschädigung war, dass keine Touristen das Kloster besuchten. So fühlte auch ich mich nicht allzu fehl am Platz.

Ich parkte den Wagen, durchschritt ein Tor und stand auf einer Rasenfläche zwischen Beeten. Steckschilder verrieten mir, dass dies der Klostergarten war. Ich fand einen weiteren Durchgang und gelangte in einen Flur, wo ich auf ein Messingschild mit dem Wort VERWALTUNG stieß. Ich klopfte an, drückte die Klinke, aber die Tür war verschlossen.

Die unpassend lebhafte Nonne, die plötzlich neben mir stand, das weiche Kinn wie nach einem Kieferbruch an den Kopf geschnürt, ließ die Tür offen und fuhr im Büro den Computer hoch. Blinzelnd starrte sie auf den Bildschirm und tippte in die Tastatur. Seggle, murmelte die Nonne. Mit zwei G, oder. Da haben wir sie ja.

Abwartend stand ich vor ihr, wartete auf eine Wegbeschreibung, eine Zellennummer, einen Befehl. Besuchen können Sie sie natürlich nicht, sagte die Nonne. Wer hier einkehrt, sucht Ruhe und Frieden.

Ich wartete weiter.

Zum Abendessen, sagte die Nonne. Da kommt sie sicher aus ihrer Zelle. Für sieben Euro bekommen Sie bei mir eine Essensmarke.

Das Refektorium war ein kahler Saal. Das gelbe Licht schien von nirgendher zu kommen. Hier war es unmöglich, Frau Seggle zu übersehen. Sie trug ein pistaziengrünes Kostüm und ihre Perlenkette, die in zwei Runden um den tapferen Hals lief. Und als sie mich erkannte und die Hand hob, ohne sich im Geringsten verwundert zu zeigen, mich zu sehen, schämte ich mich beinahe, dass ich sie vermisst hatte.

Am Tresen nahm ich für die Marke eine Schale mit Gemüsemus in Empfang. Es war in durchgehend fleischfarbenem Farbton gehalten; ich tippte auf ein Rezept Hildegard von Bingens. Ich füllte mein Glas am Wasserspender, balancierte die Mahlzeit auf dem Tablett durch den Saal und schritt auf Frau Seggle zu. Erst als die Unternehmerin mein *Guten Abend, Frau Seggle* nicht erwiderte, fiel mir auf, dass im ganzen Saal niemand sprach.

Ich hatte kein Problem mit nonverbalen Botschaften. Den Ruck, mit dem sich Frau Seggle im Stuhl zurücklehnte, deutete ich als Einladung, sich zu ihr zu setzen. Frau Seggle aß schweigend, aber Löffel für Löffel mit wachsender Autorität. Dieses Essen ließ sich nicht mehr unterbrechen.

Nach zehn Minuten wagte ich, etwas zu sagen. Wissen Sie schon, wie lange Sie noch hier bleiben wollen, flüsterte ich. Das Projekt geht ja jetzt in die heiße Phase. Da könnten wir ein bisschen Führung gut gebrauchen, flüsterte ich und machte mir im selben Moment klar, dass ich von *Human Solutions* schon in der ersten Person Plural sprach.

Frau Seggle neigte nachsichtig den Kopf. So heiß kann die Phase nicht sein, wollte sie vielleicht sagen, wenn Sie Zeit haben, hier zu mir rauszukommen. Aber natürlich schwieg sie. Dann legte sie den Zeigefinger auf die Lippen.

Ich konnte jetzt keine Rücksicht auf religiöse Konventionen nehmen. Herr Klein und Herr Zielinsky sind schon auf dem Sprung, flüsterte ich weiter. Die Männer von *Reinboth Professionals* scharren mit den Hufen. Und nächste, spätestens übernächste Woche erwarten wir den Erstkontakt mit dem Kunden.

Frau Seggle sah mich mit leisem Lächeln an. Dann drehte sie sich um und zog aus der Belucci-Tasche, die über der Stuhllehne hing, eine saffianrote Bibel. Sie öffnete sie an einer Stelle, die mit einem rosa Post-it-Zettel markiert war, und schob mir die aufgeschlagenen Seiten hin.

Sorget nun nicht auf den morgenden Tag, denn der morgende Tag wird für das Seine sorgen, las ich. Es ist genug, dass ein jeglicher Tag seine eigene Plage habe.

Das war keine Absage. Aber erst recht keine Zusage. Es fehlte das klare unternehmerische Wort. In meiner Verwirrung begann ich, den grotesken Gemüseschlamm zu löffeln, der in meiner Schale stockte. Ich löffelte, als ginge es darum, einen Vorsprung aufzuholen, Augenhöhe zurückzugewinnen, und die entspannte Haltung, in der Frau Seggle vor mir saß, steigerte noch meinen Eifer.

Nachsichtig sah sie zu, wie ich die Schale leerte. Dann stand sie auf, hob das Tablett vom Tisch und lächelte mir zu. Offenbar wollte sie, dass ich sie begleitete. Würdevoll schritt sie über den Kachelboden, schob ihr Tablett auf den Hordenwagen, und auch ich nahm mein Tablett und folgte ihrem Beispiel.

Frau Seggle zog ihren Mantel vom Garderobenhaken, und wir drehten ein paar Runden im Klostergarten. Wir waren allein mit den Schildern in den Beeten, die Fleißiges Würgkraut anzeigten, Brustblättrigen Zwinker und Tausendfistel. Sobald ich versuchte, das Wort zu ergreifen, bückte sich Frau Seggle und las stumm den Namen einer der unsichtbaren, unterirdischen Pflanzen, Stauchwurz, Billbrotz oder Silbentreu. Und wenn ich mich ungeduldig umsah oder nervös die Fäuste ballte, las sie auch noch deren lateinische Entsprechung.

Schließlich waren wir zum fünften Mal am Durchgang zum Parkplatz angekommen. Als hätte sie etwas vergessen, zog Frau Seggle noch einmal ihre saffianrote Bibel aus der Tasche. Sie fand einen lindgrünen Post-it-Zettel und fingerte das Buch an der markierten Stelle auf. Dann zeigte sie auf einen Vers, Johannes 14, 18.

Und ich las: Ich werde euch nicht als Waisen zurücklassen, sondern ich komme wieder zu euch.

▪ ▪ ▪

Als ich von der Hütte ins Tal zurückkam, war ich zu aufgeregt, um Schlaf nachzuholen. Ich saß auf dem Balkon meines Zimmers, rauchte und trank Bier, alkoholfreies Weißbier, das nicht betrunken machte, sondern das Hirn nur leicht touchierte, mit einem gleichmäßigen Kitzeln, das mehr ein Streicheln war. Die Luft war im Grunde schon zu kalt, um draußen zu sitzen, also ging ich zurück ins Zimmer und zappelte mich in die bordeauxrote Funktionsjacke hinein. Auf dem Tisch lag die Zeitung, ein Gratisangebot für die Gäste, aber ich hütete mich, sie zu lesen, und ging wieder auf den Balkon.

Ich nippte an meinem Bier. Ich tauchte die Nase in den Schaum und dachte an den Anruf aus der Firma, an dem leicht bewölkten Brückentag zwischen Fronleichnam und Wochenende. Es war eine Überraschung gewesen, und erst recht, dass es der stille Rolf Schnelling war, der am Telefon war. Ich hörte sein Schlucken, bevor er zu sprechen begann, und dann klang es, als wollte er es rasch hinter sich bringen.

Haben Sie Kontakt zu Frau Seggle, fragte der Personalchef. Hörbar hielt er die Luft an, als hätte er Angst vor der Antwort.

Sie kommt bald zurück, sagte ich. Woher haben Sie meine Privatnummer.

Herr Schnelling ignorierte meine Frage. Kommen Sie

auch wieder zurück, fragte er, und ich spürte den Nachdruck, die bange Energie. Ich spürte auch einen leichten Widerwillen, einen Hauch von Sodbrennen, einen Überdruss wie nach einer Überdosis Pralinen mit Cremefüllung.

Die *Art Alpin* beginnt in zehn Tagen, fuhr Herr Schnelling sachlich fort. Sonntag ist der letzte Messetag. Danach zerstreut sich die Kunstwelt in alle Winde. Der Kundenkontakt ist für Donnerstag avisiert, nach dem Sammlerdinner im *Seeschlösschen*.

Ich schwieg und ließ ihn kommen.

Wir könnten Sie dort oben gut gebrauchen, sagte er. Frau Seggle hat von Ihrer Expertise erzählt.

Ich bekomme ein Erfolgshonorar, wie Sie wissen, stellte ich klar. Also tue ich alles, was dem Erfolg dient. Wenn das Projekt in seine entscheidende Phase tritt, bin ich selbstverständlich dabei.

Dann kommen Sie doch bitte möglichst bald wieder zu uns ins Büro, sagte Herr Schnelling. Wenn jetzt nichts passiert, sagte er, weiß ich nicht, ob es überhaupt noch eine Phase gibt.

Ich schaute über den Rasen vor dem Hotel. Hinter dem Rasen lag das Dorf, und über dem Dorf standen die Berge. Sie waren jetzt von einem rauchigen Blau, und über ihnen loderten Wolken im Sonnenuntergang, flammende Fetzen aus Luft. Auf einem dieser Berge musste Sendmühls Hütte stehen, einsam und trotzig in einer Natur, die allmählich abfärbte auf den Mann, die ihm ihren Kreislauf einschrieb und ihre gnadenlose Geduld.

Ich nahm die Zigarette aus dem Mund und sah sie verwundert an. Für einen Augenblick musste ich überlegen, was das überhaupt für ein Gegenstand war. Ich hatte einen

Einfall. Dann warf ich das Ding, kaum angeraucht, über die Balkonbrüstung ins Gras.

■ ■ ■

Als ich am nächsten Morgen Frido von Sendmühls Zimmer betrat, hatte ich eine Taschenlampe in der Hand. Nach Ewigkeiten der Finsternis begrüßte der Sammler das Licht mit einem Schnaufen der Freude. In seinem milden Schein gewann er Contenance, wandte sich mir zu, hörte, was ich ihm sagte. Aufrecht blinzelte er in die Augengläser meiner Schweißermaske. Im Schein der Taschenlampe schien er ein anderer Mensch.

Mit nachdenklichem Zögern antwortete er auf meine Fragen. Er suchte nach Wörtern, kramte verschüttete Bewusstseinsinhalte ans funzelige, aber warme Licht. Und wenn ich dann nickte, lächelte er beflissen.

Nicht nur sein Bart war gewachsen, auch er selbst schien noch weiter zugenommen zu haben. Beinahe füllte er schon seinen Strampelanzug aus. Wo gehen Sie hin, fragte er mit kaum hörbarem Zittern in der Stimme, als ich die Lampe ausknipste und das Zimmer verließ. Und ich sagte zu ihm, wie man es zu einem Kind sagt: Zur Arbeit.

Erzählen Sie mir doch bitte von Ihrer Arbeit, bat der Adlige. Bittebitte. Und ich lächelte, wie man einem Kind zulächelt, das von Arbeit noch nichts versteht.

Von nun an brachte ich jedes Mal, wenn ich ihn aufsuchte, die Taschenlampe mit. Manchmal genügte ihr Schein, um ihn zum Nicken zu bringen. Er schien jetzt ständig zu nicken, langsam, als arbeitete er sich in ein Einverständnis hinein, und ich begriff, dass nur das Einverstandensein ihm Halt verlieh.

Wenn ich ihm von der Welt erzählte, von den Berichten des Vertriebschefs, von dem phänomenalen Erfolg der *Art Alpin*, von der Stiftung, die ungerührt weiterarbeite ohne ihn, von seiner Frau, die sich verleugnen lasse, von den Zeitungen, die sein Verschwinden ignoriert hätten, blinzelte er kurzsichtig, die Augen verengt wie vor Schmerz oder Glück, in den Lichtkegel meiner Lampe. Dann nickte er wieder, geradezu methodisch, so wie man eine Strichliste führt.

Die Welt im Tal, so musste es ihm vorkommen, die Welt außerhalb der Hütte, die Welt hinter der nächsten Bergkette, die Welt in den Ebenen der Kunstmessen, Stiftungen und Frauen hatte ihn vergessen. Und vielleicht war für ihn die einzig würdige Antwort auf dieses Vergessen, sie allesamt gleichfalls zu vergessen. Und wenn ich ihm zuhörte – seinen Berichten von Sendmühl senior, der ihm auf der Wasserburg den riesigen Rittersaal als Kinderzimmer zuteilte *zum Hineinwachsen*; von der Geburtstagsfeier im Burghof, zu der er die Lehrerin aus der Waldorfschule einladen durfte, die dann nicht zu kommen wagte; von seinen Malversuchen im Stil Salvador Dalís, die ihm sein Onkel Georg, Inhaber der S + S Privatbank, mit den Worten *Die Sendmühls malen nicht, sie lassen malen* ausredete –, dann blinzelte auch ich, dass die Wimpern an der Maske kratzten. Ich kroch in mein Blinzeln hinein, und es fühlte sich an wie Solidarität.

So gingen die Tage. Ich gewöhnte mir an, dreimal kurz an Sendmühls Tür zu klopfen, bevor ich das Zimmer aufschloss. Sendmühl hatte sich offenbar in den langen Stunden seiner endlosen Nacht vorbereitet auf dieses Klopfen, denn sobald ich saß, in dem famosen Winkel von 90 Grad, begann er zu erzählen, flüssig und fiebrig und mit einer Hoffnung in der Stimme, als könnten ihm diese Geschichten irgendwann einmal einen Vorteil verschaffen.

Manchmal, erzählte Sendmühl, bei seinen Morgenbahnen in irgendeinem 45-Meter-Pool, habe er sich in vergangene Jahrhunderte zurückgewünscht, als Erben eine angesehene Tätigkeit gewesen sei, ein Werk der Lebenskunst. Erben sei damals ein Vierundzwanzig-Stunden-Job gewesen, eine Arbeit, die jeder anderen Arbeit überlegen war. Eine Arbeit, die köstliche Produkte hervorbrachte, Paläste, Privatarmeen und Orientreisen auf dem Rücken weißer Kamele. Erben hätten die Welt geschmückt, mit nie gesehenen Kreuzungen nachtaktiver exotischer Blumen, mit Handschriften von Ketzern oder Kirchenvätern, in Giraffenleder gebunden, mit diamantenbesetzten Schildkröten. Heute, murrte Sendmühl, sei Erben zur Sünde geworden, zum Zeichen eines Mangels, zum Beweis für die Unfähigkeit, etwas Anständiges mit seinem Leben anzufangen.

Im weichen, körperwarmen Schein der Taschenlampe erzählte der Sammler von seinem Schlossinternat, 40 000 Euro im Jahr, von seinen erzwungenen Studien, Jura und Wirtschaftswissenschaften, von seinen Abstechern in die Erotikfotografie, vom Sponsoring für Taucherglocken in der Biskaya, wo ein 1944 gesunkener Schoner mit 59 Kisten Champagner für den portugiesischen König auf dem Meeresgrund lag, und für die Versuche eines dänischen Chiropraktikers, aus den Pheromonen von Handballern einen Duft zu destillieren, der Frauen willenlos machte.

Er erzählte von seinen Ridgeback-Welpen, von geheimen Versuchen mit Drogen und Depressionen, von den Mundwinkeln des Vaters, als Frido zu Onkel Meinhards Silberhochzeit auf Gut Rispenborn mit einer Lehrerin aus Michelstadt erschien. Er erzählte, wie er eigens den Fahnenmast seiner Jacht *Dorian Gray* abbrach, nur um ihn reparieren zu können, mit eigenen Händen.

Im Schein der Taschenlampe konnte ich sehen, wie er jetzt mit jedem Satz auf meine Reaktion spekulierte. Ich konnte spüren, wie er meinen Ekel hervorlocken wollte, meine Bewunderung oder mein Mitleid. Und ich war sparsam mit Kommentaren, warf ihm nur hier und da, wie zur Belohnung, einzelne Worthäppchen zu.

Ganz still wurde er, wenn ich sprach. Denn ich lieferte ihm das einzige Echo, das ihm noch geblieben war.

▪ ▪ ▪

Das Damoklesschwert der Schuld, das die Geisel subjektiv an die Geiselnehmer fesselt, ist für den Kapitalismus konstitutiv. Ohne Schuldverhältnisse, ohne Kredite, Hypotheken und Zinsen, kann Kapitalismus nicht funktionieren. Weil in ihm nichts umsonst ist, werden seine Geiseln auch in unbezahlten Momenten ein vages Gefühl der Schuld niemals los. Gleichzeitig überhöhen sie die Macht, die sie beherrscht, um sich nicht mehr allzu schuldig fühlen zu müssen. Indem sie die Abhängigkeit übergroß aufblähen, bleiben sie der Illusion ihres eigenen Willens treu.

»Mangels äußerer Anhaltspunkte dafür, warum ausgerechnet ich zum Opfer geworden war, begann ich in meinem Verlies, die Schuld bei mir zu suchen«, schreibt Natascha Kampusch. »Heute weiß ich, dass es ein weitverbreiteter Mechanismus ist, dass Opfer sich selbst die Schuld an dem Verbrechen geben, das ihnen angetan wurde. Damals war es ein Strudel, der mich mitriss und dem ich nichts entgegenzusetzen hatte.« (Kampusch 2010)

Die Geisel beginnt zu glauben, dass sie die Gewalt des Geiselnehmers verdient hat. Sie beginnt, sich für die Gewalt zu schämen, die er ihr antut. Weil nichts ohne zureichenden Grund geschieht

(Leibniz 1720), muss ihr Verhalten, ihre Unzulänglichkeit, ihre Schuld die Ursache dafür sein, dass er sie schlägt, dass sie arbeitslos ist, dass sie keinen Ferrari besitzt und keine Villa in Cap d'Antibes. Sie beginnt, sich für diese Schuld zu hassen. Nur in dieser Schuld gewinnt der unerklärliche Gang ihres Lebens eine Sinnhaftigkeit.

In manchen Momenten wird den Geiseln des Markts wie Réages »O« klar, dass sie, wenn sie die Gefangenschaft schlecht ertragen, »es auch schlecht ertragen würden, daraus entlassen zu werden, weil sie sich schuldig fühlten« (Réage 1969). Weil jeder Mensch sich insgeheim schuldig fühlt, nimmt er die Arbeit, auch wenn er sie hasst, entgegen wie eine Strafe.

Dass Arbeit als Strafe für eine unbekannte Schuld empfunden wird, macht sie wertvoll. Wenn die Arbeit nicht wehtut, ist den Geiseln, als hätten sie überhaupt nicht gearbeitet. Denn heimlich sind die Geiseln des Kapitalismus überzeugt, dass sich hinter jeder Zumutung im Grunde Zuneigung verbirgt. Sie vertrauen dem Grundsatz, dass Babys nur den nass machen, den sie lieben. Sie sind glücklich, dem Kapitalismus so viel zu bedeuten, dass es ihm Freude macht, sie zu kränken. Wenn der Markt seine Geiseln streichelt, erwidern diese, dass sie ihn lieben, und sie spüren »mit Schrecken, dass das wahr ist« (Réage 1967).

■ ■ ■

Eines Tages hatte Herr Klein Neuigkeiten aus der Zentrale zu berichten. Am Arventisch im Goldenen Keiler breitete er sie vor mir aus wie Beweisstücke eines Verbrechens, das nicht einmal der Verbrecher kannte.

Stand heute seien die Grenzen der Preispolitik ausgereizt, habe der Vertriebschef gesagt. Herr Zielinsky vermute sogar, dass man es bei den Käufern mit Betrügern zu tun habe. Vertrauen sei offenbar inzwischen ein No-Go geworden, verallgemeinerte Herr Klein, was ich übertrieben fand. Er beharrte: Der Ehrliche sei heute der Dumme.

Ich wartete längst darauf, dass er den Satz wiederholte, und tatsächlich schob er auch dieses Mal nach: Er ist der Dumme.

Ich kannte die ewigen Klagen der Führungskräfte. Ich konnte das Gejammer über die Mitarbeiter nicht mehr hören, die Stakeholder, das Geschäftsklima, die Konjunktur, die Welt. Müde sah ich Herrn Kleins hellblaues Hemd an, seine flackernden Augen, die zwanghaft geschnittenen Fingernägel. Erst als er von Kaufanreizen sprach, die verstärkt werden müssten, wurde ich wach. Und an dem ernsten Blick, den er mir zuwarf, verstand ich, dass das Projekt gerade in eine neue Phase überging.

Sendmühls Brief, so Zielinskys Beschwerde, habe keine Resultate erbracht. Auch die Polaroids von Sendmühl mit dem aktuellen *Economical Mirror,* die Sprachbotschaften mit Sendmühls Vortrag der Bundesligaergebnisse hätten die Käufer nicht überzeugt. Das Marketing verlange stärkere Verkaufsargumente, Alleinstellungsmerkmale fürs Herz, Gänsehauteffekte, Emotion pur.

Sagt Ihnen der Name van Gogh etwas, fragte Herr Klein, und wie zur Provokation hielt er die Arme still.

Beleidigt schwieg ich und legte die gefalteten Hände auf den Tisch.

Woran denken Sie zuerst, wenn Sie den Namen hören, fragte Herr Klein. Er streute eine Prise List in seine Stimme, und mit Mühe hinderte er seine Arme daran, eigenmächtig zu fuchteln.

Ich verweigerte die Aussage und kratzte mich am Ohr.

Sehen Sie, triumphierte Herr Klein. Das mit dem Ohr ist alles, was von dem Mann im Gedächtnis bleibt.

▪ ▪ ▪

Ich suchte Sendmühl in seiner Finsternis auf. Dieses Mal hatte ich bewusst auf die Taschenlampe verzichtet; ich wollte keine Ablenkung, keine Brechung der Konzentration.

Sehnsucht lag in der Stimme des Sammlers. Ich habe Sie schon von Weitem gehört, sagte er. Sie haben einen Stein in der Sohle. Hatten Sie gestern schon. Das klackt so komisch. Aber auch schön.

Herr von Sendmühl, sagte ich, und ich hörte Sendmühls Atem. Er klang angespannt, als erwarte er Lob.

Sie klingen so hart, sagte er dann mit einer leisen Sorge im Ton. Sie wollen mir doch nicht irgendwas Böses.

Ich hatte auf die Maske verzichtet. Sendmühl konnte ohnehin nichts sehen im Dunkeln. Dafür konnte er umso besser hören, wenn kein Stoff mehr zwischen uns war.

Was ich will, Herr von Sendmühl, spielt hier keine Rolle, sagte ich. Das wissen Sie. Ich bin hier nur auf Honorarbasis. Ich arbeite projektorientiert. Nach dem Projekt bin ich wieder weg. Die Frage ist: Was wollen *Sie*.

Das ist ja wohl klar, sagte Sendmühl im Klageton. Im selben Moment riss er sich zusammen und verstummte. Dann fuhr er halblaut fort: Ich will hier raus.

Sehr gut, Herr von Sendmühl, sagte ich. Sie haben also eine klare Zielvorstellung. Manchmal hilft es, eine solche Zielvorstellung für sich selbst zu visualisieren. Ich lade Sie ein, sich Ihr Ziel vor Ihr geistiges Auge zu holen. Stellen Sie sich gerne vor, Sie hätten Ihr Ziel schon erreicht. Was sehen Sie.

Sendmühl schwieg wieder. Schließen Sie die Augen, flüsterte ich. Es war zwar stockduster, aber es ging um die Geste; es ging darum, dass er mitspielte. Was sehen Sie.

Sendmühl überlegte. Meine Frau, sagte er dann, und ich wusste, dass er log.

Ihre Frau, griff ich seine Lüge auf. Sie sehen sich also mit Ihrer Frau in Ihrem Wohnzimmer. Oder in einer Ihrer Hotelsuiten, mit Panoramablick auf den Canal Grande oder auf den Grand Canyon. Mit Ihrer Frau, die findet, Sie seien nicht so viel wert, wie Sie denken. Keine zwanzig Millionen, aber auch keine zwanzigtausend. Vielleicht noch nicht mal zwanzig, Herr von Sendmühl, vielleicht noch nicht mal so einen läppischen blauen Schein mit einer Brücke drauf. Einer Brücke.

Sendmühl atmete. Spiralförmig stieg das Geräusch seines Atems auf und sank nieder wie Staub.

Sie sitzen da mit Ihrer Frau und trinken ein schönes Glas Châteauneuf-du-Pâpe, fuhr ich fort und spürte den Schweiß auf meiner Stirn.

Im Hintergrund läuft gepflegte Hip-Hop-Musik, sagte ich, mit subtilen Binnenreimen und delikaten Beats. Und dann klingelt das Telefon Ihrer Frau, und sie geht ran. Und da fallen Ihnen all die Versuche der Firma ein, für die ich, wie ich betone, nur auf Honorarbasis tätig bin, mit ihr Kontakt aufzunehmen. All die Male, die sie *nicht* rangegangen ist. All die Angebote, die sie ausgeschlagen hat, all die Gespräche, die sie verweigert hat, Gespräche über Ihr Leben, Ihren Wert. Frido von Sendmühl interessiert mich nicht, hätte sie genauso gut sagen können, aber noch nicht einmal das hat sie gesagt. Und dann telefoniert sie lächelnd weiter, während der Zimmerservice Kaminholz nachlegt, telefoniert mit irgendeiner hergelaufenen Freundin, irgendeinem hergelaufenen Liebhaber. Dann legt sie auf, mit leicht abwesendem Lächeln, und Sie stehen auf und sagen: Ich habe dich vermisst. Und sie sagt: Interessiert mich nicht.

Das würde meine Frau nie sagen, warf Sendmühl trotzig ein. Aber in diesem Trotz lag seine ganze Angst. Ich spürte sie, denn ich kannte diese Angst. So vertraut war mir diese Angst, dass ich mit ihr spielen konnte, ohne dass sie mich biss.

Und dann schmeckt Ihnen der Châteauneuf-du-Pâpe nicht mehr, flüsterte ich weiter. Und der gepflegte Hip-Hop klingt nach Blech. Und Sie gehen still ins Obergeschoss, ins Schlafzimmer mit Blick auf den Canyon Grande, und legen sich schon mal schlafen, weil Sie am nächsten Tag frisch in der Stiftung erscheinen wollen. Oder in der Sammlung. Oder in einem anderen Ihrer Hobbykeller, die es nur gibt, weil Sie nicht wussten, wohin mit dem Geld.

Ich hörte den Sammler schnauben. Dann kam nur noch Gegrummel.

Und dann stehen Sie in Ihrer Sammlung, fuhr ich in einem Ton fort, als spräche ich direkt in Sendmühls Ohr. Und erleichtert begrüßen Sie den matten Rosario, den lückenhaften Dickinson und die explodierende Anita Sönderström. Und es kommt Ihnen für einen Moment so vor, als würden sich auch die Bilder freuen, Sie zu sehen. Aber dann drehen sich die Mitarbeiter so misstrauisch nach Ihnen um. Als hätten Sie gerade noch gefehlt. Als wäre die ruhige Zeit ohne Sie leider schon wieder vorbei. Und der Direktor der Sammlung läuft auf Sie zu, um Ihnen die Hand zu schütteln. Aber seine Hand ist feucht. Denn er weiß, dass er schuldig ist.

Ich sprach jetzt so leise, dass es nur noch meine Stimme gab in diesem Zimmer, und dass diese Stimme mehr Raum einnahm als unsere beiden Körper, die hier in Sendmühls Finsternis saßen.

Denn auch der Direktor hat alle Angebote ausgeschlagen. Auch die maßgeschneiderten Lösungen, die der Vertrieb der Firma, für die ich, wie gesagt, nur auf Honorarbasis tätig bin, ausgetüftelt hat, auch die persönliche Ansprache, auch das auf individuelle Bedürfnisse abgestimmte Leistungspaket. Hätte ich etwa einen Rosario verkaufen sollen, verteidigt er sich still vor sich selbst, oder sogar einen Dickinson, von der Anita Sönderström ganz zu schweigen. Und er weiß, dass sein Plan, die Stiftung in eigener Verantwortung zu übernehmen, gescheitert ist, außer Reichweite für lange, vielleicht ewige Zeit. Und er sieht Sie an mit seinem öligen Blick, und Sie sehen in diesem Blick, dass er denkt: Bei der nächsten Gelegenheit lass ich mir die Butter nicht noch mal vom Brot nehmen.

Meine Stimme war jetzt auch für mich kaum noch zu hören. Tief atmete ich ein. Aber dann war ich gleich wieder auf Zimmerlautstärke.

Diesen Menschen bedeuten Sie nichts, Herr von Sendmühl, sagte ich. Diese Menschen sind moralisch verschorft. Wenn es nach denen ginge, könnten Sie hier bleiben, bis Sie verrotten.

Ich hörte wieder das Schnauben. Dann folgte ein körniger Seufzer.

Das ist der Markt, Herr von Sendmühl, sagte ich und setzte ein temperiertes Seufzen ein. Und wissen Sie was, Herr von Sendmühl. Ich habe diesen Markt nicht gemacht.

Ich stand auf und begann, auf und ab zu gehen, wie Sendmühl es wohl selber getan haben musste, Nacht für Nacht.

Verstehen Sie mich nicht falsch, Herr von Sendmühl. Wenn es nach mir ginge, könnten wir unsere anregende Unterhaltung noch monatelang fortsetzen. Aber wir suchen schließlich nach einer Lösung, die Ihrer Zielvorstellung entspricht. Und Sie wollen nun mal, das haben wir ja mittlerweile geklärt, raus.

Aus dem Durchgangszimmer hörte ich das Klicken der Schachfiguren, zögernd, tastend und überlegt.

Lassen Sie uns mal die Alternativen ansehen, Herr von Sendmühl, fuhr ich fort. Gestern hatte ich ein interessantes Gespräch mit dem Marketingchef, flunkerte ich. Die Leute sind übersättigt, hat er gesagt. Wohlstandsverwahrlost. Spiel, Spaß, Spannung ziehen nicht mehr. Nicht mal mit Freiheit kann man die Leute noch hinter dem Ofen vorlocken. Heute zählt nur noch das existenzielle Kaufargument, sagte er. Leben und Tod. Darunter geht nichts.

Ich horchte ins Dunkel. Durch die vernagelte Fensterluke hörte ich das Mittagskollern einer Taube. In der Stille des Zimmers, in der nichts ihr antwortete, klang es wie ein Alarmsignal, wie ein elektrisches Gerät, das einen Defekt anzeigte.

Nun ja, Ihre Zielvorstellung würde so eine existenzielle Lösung natürlich auch erfüllen, sagte ich in nachdenklichem Ton. Aber ich bin überzeugt, Sie stellen sich das im Detail doch etwas anders vor.

Erst jetzt schien sich die Alternative in Sendmühls gelähmter Vorstellungskraft zusammenzusetzen. Ich konnte spüren, wie er zusammenfiel, in eine reglose Resignation, und ich beschloss, diese Resignation zu nutzen. Ich witterte in den Raum und hätte gern sein Gesicht gesehen. Ich stellte mir einen stummen Schrei vor, stellte mir Sendmühls dünne Lippen vor, in längliche Amöbenform verzerrt, und vielleicht verhinderte nur seine Lähmung, dass er die Hände an die Schläfen presste.

Natürlich habe ich meine Bedenken vorgebracht, sagte ich endlich. Es ist nicht immer hilfreich, in Extremen zu denken, habe ich gesagt. Nicht immer Entweder/Oder. Manchmal gibt es auch noch etwas dazwischen, das noch radikaler ist als das Extrem.

Ich konnte Sendmühls Aufmerksamkeit jetzt förmlich spüren. Ich spürte, wie er zuhörte, wie er sich zusammenriss, um kein Wort zu verpassen. Und ich wusste, dass er bereit war für das Licht, das Verstehen, die Transparenz.

Sehen Sie, Herr von Sendmühl, sagte ich in einem Ton, der ihn spürbar erschreckte, der Maler van Gogh ist Ihnen als Sammler ja sicherlich ein Begriff.

Jetzt wartete ich. Ich dachte an Sendmühls Ohren, wie ich sie in Erinnerung hatte, harte Ohren, scharf umrissen, aber von weicher Konsistenz. Es waren Ohren, die keinen Inhalt zu haben schienen, kein Relief, keine innere Landschaft. Es waren Ohren, die aussahen wie der gemalte Schrei jenes Norwegers, den er bestimmt gern in seiner Sammlung gehabt hätte.

Mein Herz klopfte. Aber ich machte mir klar, dass ich einfach nur zu warten brauchte. Jenseits der Tür, irgendwo in der Hütte, hantierten Gursky und Bachmayr. Offenbar spielten sie nicht mehr Schach, denn ihre Schritte polterten donnernd auf den Bohlen. Vielleicht trugen sie einen schweren Gegenstand, vielleicht eine Badewanne aus Blech. Tatsächlich glaubte ich, ein hohles, hallendes Scheppern zu hören. Vielleicht wollten Gursky und Bachmayr sich nach der schweren Arbeit auch mal mit einem Bad erfrischen, dachte ich, einzeln oder zu zweit in dem kalten, leicht rostigen Wasser aus der Pumpe vor der Hütte.

Ich wartete weiter. Sendmühls Atemzüge verloren ihren Rhythmus. Zischend riss er Luft in die Lungen, langsam atmete er sie wieder aus, und es klang, als müsste er sich dazu zwingen. Auch ich begann, mich auf den Atem zu konzentrieren, aber nicht auf meinen, sondern auf den des Adligen. Ich zählte dreiundsechzig Atemzüge. Dann hörte ich seine Stimme.

Danke, stammelte der Kunstsammler Frido von Sendmühl. Danke.

▪ ▪ ▪

Der Markt unterscheidet nicht zwischen Gut und Böse.

Da ihr sämtliche autonomen Perspektiven verbaut sind, nimmt die Geisel die Perspektive des Geiselnehmers ein. Sie wüsste auch gar nicht, was eine eigene Perspektive sein könnte. Sie sieht die Welt mit seinen Augen, den einzigen Augen, denen sie noch trauen zu können glaubt. Denn der Blick des Geiselnehmers ist der eines Siegers. Ihr eigener aber hat sich durch ihre Niederlage als schlecht erwiesen, als böser Blick, böse zu sich selbst. So orientiert, spätestens seit dem Ende der Großen Erzählungen, auch das Marktsubjekt sich am Markt, weil ihm alternative Kriterien fehlen, das Gute und Schlechte einer Idee, eines Produkts, eines Verhaltens zu unterscheiden.

Die Geisel dissoziiert sich von ihrem Körper. Sie ist bestrebt, das Leid, das ihr der Geiselnehmer zufügt, nicht zu spüren (Graham 1994). Wenn sie Angebote prüft, Tabellen erstellt, eine Bildunterschrift verfasst, weil der Chef es verlangt, verlässt sie ihr Fleisch, ihre Muskeln, ihr limbisches System. Auch wenn sie abnimmt, sich die Haare wachsen lässt und blond färbt, weil der Markt es ver-

langt, lässt sie ihren natürlichen Leib zurück wie während einer Nahtoderfahrung, in der sie aus großer Höhe ihren leblosen Körper unter sich liegen sieht.

Kampusch schreibt: »Ich verließ meinen Körper, wenn der Täter ihn traktierte, und sah von weitem zu, wie das zwölfjährige Mädchen am Boden lag und mit Tritten bearbeitet wurde.« (Kampusch 2010) In der sogenannten inneren Kündigung schaltet die erwachsene Geisel des Kapitalismus ähnliche Sicherungen zwischen Befehl, Körper und Psyche. Alternativ kann sie sich selbst den Befehl geben und sich so die Illusion erhalten, die Kontrolle zu haben. Sie zwingt ihren Vorgesetzten, aufmerksam hinzusehen. Er soll sehen, wie er sie behandelt. Er soll die Befehle, die sie bislang aushalten musste, selbst aushalten, am eigenen Leib.

Bei der Dissoziation zerfallen zusammengehörige Denk-, Handlungs- oder Verhaltensabläufe in getrennte Teile und Einzelerscheinungen. Betroffen sind Wahrnehmung, Bewusstsein, Gedächtnis, Identität und Motorik, aber auch Empfindungen wie Schmerz und Hunger. Die kapitalistische Arbeitsteilung, die jede Zuständigkeit an immer mehr Spezialisten verteilt, bis schließlich jeder Experte für nichts ist, liefert das gesellschaftliche Modell dieser Dissoziation.

Die Geisel traut niemandem mehr. Alle haben sie verlassen, sie verraten und verkauft, sonst wäre sie jetzt schließlich nicht hier. Weil aber ohne Vertrauen kein Leben möglich ist, muss die Geisel dem Geiselnehmer vertrauen. Wenn die Frau fremdgeht, die Tochter Drogen nimmt und der beste Freund für solche Probleme nur Spott übrig hat, wartet immer noch der Arbeitsplatz.

■ ■ ■

Als ich am nächsten Tag mit Gursky zur Hütte kam, stieß ich auf ein paar Details, die mich irritierten. Ich hatte gelernt, unklare Gedanken zu verscheuchen, aber das Kaugummipapier auf der gestampften Erde vor dem Eingang ließ mich stutzen. Bachmayr war nirgends zu sehen. Ich sah Gursky an und zögerte, bevor ich an Sendmühls Zimmertür klopfte.

Von drinnen kam nur Stille. Dann hörte ich ein Kratzen, ein Rascheln, schließlich einen Babyschrei. Ich zog die Tür auf und stand vor der verlassenen Pritsche, die plötzlich geradezu museal wirkte. Das einzige Anzeichen von Leben war die Katze, die sich an mir vorbei durch den Türspalt ins Freie wand.

Ich kehrte um und trat vor die Hütte. Für eine Weile starrte ich nur die Landschaft an. Die Töne der Berge, der Wind, der Bussard, sogar die Gräser waren unscharf geworden. Ich hatte keine Zigaretten mehr, und so atmete ich, als würde ich rauchen, gierig und saugend; ich paffte, hustete Alpenluft. Über mir zog ein Flugzeug durchs Grau, stieß in einen Wolkenhaufen und verschwand darin. Und ich beneidete Piloten und Passagiere um die Zweidimensionalität, auf die sich die Welt unter ihren Maschinen verkürzte und die so leicht zu handhaben war.

Ich riss mich los und ging um die Hütte. Oben am Hang, in einem Knick der Fichtensilhouette, sah ich zwei Figuren, gefolgt von einer dritten. Als sie näher kamen, erkannte ich Sendmühls Trainingsanzug. Die beiden anderen trugen die vorgeschriebenen Masken; gefangen in ihrem Dreieck, schienen sie mich nicht zu sehen.

Die Figur neben Sendmühl untermalte ihre Worte mit eleganten, aber entschlossenen Gesten. Dann nickte sie wie nachdenklich und blickte dabei ins Gras. Schließlich brach sie in das vertraute, leicht krähende Lachen aus, an dem ich endgültig Frau Seggle erkannte.

Ich wartete, bis die Unternehmerin mit Sendmühl auf Reichweite vor mir stand und auch Bachmayr stehen blieb. Guten Morgen, sagte ich und versuchte, meine Gereiztheit zu dämpfen. Frau Seggle zögerte, als müsste sie überlegen, wer ich war. Ach, sagte sie nur. Gehts gut.

Ich starrte auf Sendmühls Füße. Die Eisenkette war verschwunden. In den billigen Turnschuhen, in denen der Sammler vor mir stand und die mir nie zuvor aufgefallen waren, wirkten die Füße jetzt doppelt nackt.

Ich glaube, ich mach mich mal wieder auf den Weg, sagte Frau Seggle dann. Sie gab Sendmühl die Hand, gab ihm jenen nachdrücklichen, zugleich prüfenden und streichelnden Handschlag, von dem ich angenommen hatte, er wäre mein Privileg. Zu mir sagte sie nur: Trinken Sie doch nachher mit mir einen Kaffee.

Dann winkte sie Bachmayr, und der Servicemann fuhr sie hinunter ins Dorf.

In der Konditorei Theuerkauf, gegenüber dem Tempo-Markt, konnte Frau Seggle es nicht erwarten, von ihrem Klostererlebnis zu schwärmen. Ich bin Ihnen dankbar, Frau Perger, sagte sie in ihrem sachlichen Ton, der zu dem Pathos der Worte nicht passte. Freunden Sie sich mit sich selbst an, haben Sie gesagt. Wer sich selbst nicht zum Blühen bringt, kann auch seine Firma nicht zum Blühen bringen.

Betreten hieb ich in meinen Rhabarberkuchen, während die Unternehmerin von den kalten, frischen Morgen in Bertenbrunn erzählte, von Pater Ulf, der zum Wecken mit seiner Klarinette durch die Flure zog, von der nachtschlafenen Frühmesse in der Klosterkirche und den Vorträgen Pater

Wolfgangs in der Sakristei, über die Gelassenheit Taulers, die Gotteskindschaft und den heiligen Johannes vom Kreuz. Und dann wieder die Einkehr, in der Zelle oder beim Waldspaziergang, ohne Handy, sogar ohne weltliche Bücher, allein mit der Bibel und der eigenen Seele.

Der Taxifahrer, der sie am Ende ihrer Exerzitien im Kloster von Bertenbrunn abgeholt hatte, habe ihr die ganze Zeit Fragen gestellt. Sie aber habe die ganzen 70 Kilometer über kein Wort herausgebracht. Nach drei Wochen Schweigen sei es ihr zutiefst überflüssig vorgekommen, überhaupt jemals wieder etwas zu sagen. Das Ziel habe sie dem Fahrer auf Google Maps gezeigt, und nicht einmal eine Quittung habe sie sich von ihm geben lassen, weil sie die Worte dafür nicht fand. Ihr Mund sei ihr wie ein tiefgefrorener Fisch vorgekommen, der schonend wieder aufgetaut werden musste. Und das Tollste, Frau Perger, sagte Frau Seggle: Es kam mir nicht wie eine Schwäche vor, sondern wie eine Stärke.

Warum sind Sie hier, Frau Seggle, fragte ich schließlich und schob die Trümmer des zerstörten Rhabarberkuchens zu einem Häufchen zusammen, einem steilen Häufchen mit flacher Kuppe. Die Unternehmerin sah mich an mit einem belustigten Blick, als gäbe es hier etwas zu lachen.

Warum ich hier bin, wiederholte sie. Nun ja. Ich kümmere mich um meine Firma.

Sie bestellte einen Cognac, und als sie stattdessen einen Weinbrand bekam, nickte sie nur freundlich und bestellte auch noch einen für mich.

Loslassen, haben Sie immer gesagt, sagte sie dann, und ihr Gesicht sah so penetrant nachdenklich aus, wie ich es noch nie an ihr gesehen hatte. Mehr delegieren, mehr abgeben, haben Sie gesagt. Und ich glaube, Frau Perger, im Kloster habe ich das endlich begriffen. Wissen Sie, ich habe gelernt, dass ich nicht immer alles allein machen muss. Dass es da oben noch einen gibt, an den ich immer delegieren kann. Der auch jederzeit Überstunden macht und nicht mit der Gewerkschaft ankommt. Das ist eine große Erleichterung, kann ich Ihnen sagen.

Sie nahm einen herzhaften Schluck vom Weinbrand.

Aber an die Kleinigkeiten muss ich eben doch manchmal noch selber ran.

Störrisch klopfte ich mit dem Löffel das Rhabarberkuchenhäufchen wieder platt. Dass Sie dem Sendmühl die Kette abnehmen lassen haben, sagte ich rau, einen Kuchenkrümel im Hals, ist aber keine Kleinigkeit.

Wissen Sie, sagte Frau Seggle, ich habe immer geglaubt, dass der Kunde König ist. Inzwischen glaube ich das nicht mehr. Inzwischen glaube ich: Der Kunde ist vor allem ein Mensch.

Vielleicht überlassen Sie meine Arbeit einfach mir, Frau Seggle, sagte ich. Immerhin bezahlen Sie mich dafür.

Frau Seggle lächelte.

Herr Klein war es dann, der mir bei einem Spaziergang von dem Anzug erzählte. Herausfordernd hob er den Kopf, als müsste er sich behaupten gegen die Natur, der hier nicht zu entkommen war. Er drückte das Kreuz durch, drängte mit ausgebreiteten Armen voran, als wäre er zum Showdown verabredet. Wir marschierten über die Wiesen, über uns Lerchen und Bremsen, und der Himmel zog die Feuchtigkeit aus Gras und Boden und machte den Eindruck, dass er sie nie mehr hergeben würde.

Frau Seggle war in Herrn Kleins Hotelzimmer erschienen und hatte eine Aufstellung der kundendienstlichen Maßnahmen verlangt. Wir haben ihm auf Kulanzbasis Projektkleidung zur Verfügung gestellt, hatte Herr Klein gesagt. Wer hat das entschieden, hatte Frau Seggle gefragt. Da, sagte Herr Klein jetzt zu mir, habe er meinen Namen genannt.

Ist schon gut, sagte ich. Ich sah Niels Kleins trotzigen Blick, das Misstrauen, mit dem er mich immer noch behandelte, mich als Externe, als Fremde, die ich ja nun einmal war. Ich brauche Ihre Hilfe, sagte ich, um ihn auf meine Seite zu ziehen, und als ich die vorsichtige Entspannung in Herrn Kleins Gesicht sah, setzte ich noch einen Schlag drauf: Ich brauche Ihre Erfahrung.

Auf dem Rest des Wegs hüllte Herr Klein sich in Schweigen. Er sah stolz dabei aus, wie im Widerstand oder unter Folter. Mit bitterem Heldenblick lehnte er sogar den Energydrink ab, den ich ihm anbot. Die Augen zu Schlitzen gekniffen, schritt er vor mir über die Alm, und als eine dutzendköpfige Rinderherde uns den Weg versperrte und eins der Rinder den Kopf hochriss und seinen Oboenton ausstieß, trat er einen Schritt zurück und starrte bösartig auf die klopfenden Hufe.

Ich war es gewohnt, dass es an mir war, die Situation zu klären. Vorsichtig tappte ich auf das Tier zu. Demonstrativ friedfertig, die Handflächen nach vorn gekehrt, ließ ich die Arme hängen. Das Rind tat einen verschreckten Ausfallschritt zur Seite, schleuderte dann den Kopf und machte ein, zwei überstürzte Trampelschritte nach hinten. Ich marschierte vorwärts, stampfte mit dem Wanderschuh fest auf. Die Herde floh, und jetzt schloss auch Herr Klein zu mir auf. Mit erhobenem Haupt passierte er die Tiere, die wir nur noch von hinten sahen, und da war auch schon der Wald.

So habe er sich den Beruf nicht vorgestellt, sagte Herr Klein und drückte sich eng an den Stämmen entlang. Seine

Stärke sei der Umgang mit Menschen, das Erraten ihrer Bedürfnisse, ihrer Stärken und Schwächen, ihrer weichen Punkte. Mit solchen Bestien habe er nichts am Hut, sagte er: Mit solchen Bestien habe ich nichts am Hut.

Er erzählte von den verflixten Jahren im Dienst eines bayerischen Gartengeräte-Versands. Dort habe er seine Professionalität erworben. Doch nach Niels Kleins Ideen habe dort keiner gefragt. Manchmal habe er sich gefühlt wie ein Automat. Bei *Human Solutions* habe er erstmals das Gefühl gehabt, sich ganz einbringen zu können; seinen Sachverstand, seine Kompetenzen, seine Persönlichkeit. Aber mit einem Mal, seit Frau Seggles Rückkehr, habe er den Eindruck, dass Know-how gar nichts mehr zähle.

Vorsorglich nickte ich. Ich hatte plötzlich die Ahnung, der Tag könnte kommen, an dem ich die Unterstützung des Servicemanagers noch brauchen würde. Ich sah, wie er durch den Wald schritt, seinen einsamen Stolz, seinen militärischen, ausgreifenden Gang und seinen tapferen Versuch, Boden zu gewinnen.

Als wir die Wiese vor der Hütte erreichten, entschuldigte Herr Klein sich für einen Augenblick. Er blieb zwischen den Bäumen zurück, und ich lief hastig voraus und war peinlich berührt, noch über diese große Distanz das Plätschern zu hören.

Ich blieb stehen und hängte meinen Blick an den ewigen Bergen fest. Als das Geräusch aufhörte, fern im Wald und doch zu nah an meinem Ohr, horchte ich weiter hinter mich, wartete darauf, Herrn Kleins Schritte im Gras zu hören. Doch ich hörte nur das Summen einer späten Hummel, das sich torkelnd entfernte. Endlich drehte ich mich um und sah Herrn Klein am Waldrand stehen, sah ihn pumpen, seine tiefen Atemzüge. Es sah aus, als verschlänge er die Waldluft, die er selbst gewürzt hatte. Dann legte er den Kopf in den Nacken und hielt das Gesicht Richtung Himmel, ließ den Sonnenschein darauf fallen und die Arme hängen, und obwohl ich sein Gesicht nicht sah, erschien er mir zum ersten Mal seit langer Zeit völlig entspannt.

In der Hütte hatte Herr Klein wieder zu alter Autorität zurückgefunden. Er patrouillierte durch den Eingangsraum, schnüffelte in die Ecken, kontrollierte den Kamin. Er pickte einen Zeitungsschnipsel aus der Asche und versuchte, die Schrift zu entziffern. Haben Sie nichts zu tun, herrschte er Bachmayr und Gursky an, die sich unter der Petroleumlampe in das endlose Finale eines Förstergambits verzettelt hatten.

In diesem Moment trat aus Sendmühls Zimmer Frau Seggle wie ein strahlendes Gespenst. In hochprofessioneller Wanderkluft, in RealRoc-Stiefeln, in Kniebundhosen und Karohemd von Schladerer stand sie im Türrahmen, die Maske wie eine nicht ganz ernst gemeinte Verkleidung vor dem Gesicht. Schreien Sie hier nicht rum, Niels, sagte sie mild durch das Leder. Schauen Sie lieber in meinem Rucksack nach. Da habe ich was für uns.

Gehorsam öffnete Herr Klein den Rucksack von Alpini, der auf der Bank im Herrgottswinkel stand. Als Erstes förderte er eine Thermoskanne aus matt schimmerndem Aluminium hervor. Dann erschien eine blau-weiße, prall ausgebeulte Tüte mit aufgedrucktem Fünfziger-Jahre-Schriftzug: *Esst mehr Brot.* Dienstbar holten die Kundenbetreuer Teller und Becher aus buntem, pastellfarbenem Plastik aus dem Hängeschrank und deckten den Tisch unter dem Kruzifix. Nehmen Sie Platz, sagte Frau Seggle zu den Leihkräften. Das Management kann auch mal stehen. Herr von Sendmühl, flötete sie dann fast wie ein Mädchen, aber in mütterlicher Lautstärke, Richtung Durchgangszimmer. Kaffee ist fertig.

Als der Sammler in den Eingangsraum trat, musste ich staunen. Sendmühl tanzte geradezu über die Bohlen, den flusigen Schädel erhoben, den Blick der Reihe nach in die Augen der Anwesenden gesenkt. Sein Anzug, erstklassig geplättet, saß akkurat wie nie über dem *Limbic-Front*-T-Shirt: die leicht fallende Naht, die Schulterpartie eine gerade Linie, das Revers zwar noch eingerissen, aber vorbildlich flach auf der Brust. Die Bügelfalte stand messerscharf auf der Schnürleiste der auf Hochglanz polierten Lackschuhe. Sogar die Patek Philippe, die Herr Klein ihm abgenommen hatte, damit er einmal so richtig den Alltag vergessen konnte, blitzte wieder an seinem Handgelenk.

Während Frau Seggle die Tüte nahm und die Krapfen verteilte, starrte ich ungeniert auf Sendmühls Erscheinung. Der Sammler wirkte, als wäre er um eine Handbreit gewachsen, als hätte sich das Luftvolumen in seinen Lungen verdoppelt. Und als Sabine Seggle den brenzlig riechenden Kaffee in die Becher goss und mir die offene Kanne anbot, war ich noch so erstaunt, dass ich zuzugreifen vergaß. Trinken Sie ruhig, sagte die Unternehmerin, die mein Zögern missverstand. Ich vertrage keinen Kaffee.

Nach dem Kaffee gelang es mir, die Chefin zum Lagegespräch vor die Hütte zu bewegen. Frau Seggle nahm die Maske ab und erklärte stolz, wie sie den Anzug in der Truhe gefunden und zur Reinigung gebracht hatte. *John Birkham of Westminster*, sagte sie mit einer Inbrunst, die auf unheimliche Art zu ihrer neuen Erscheinung passte. Maßgeschneidert. Ich habe das Etikett gesehen, fügte sie an mit der Ehrfurcht von Menschen, die an Etiketten glauben.

Ich ließ mich nicht beirren. Ich finde, wir sollten uns über die Zielvereinbarungen abstimmen, beharrte ich. Ich habe mit dem Kunden weitgehende Einigung über unsere Zusammenarbeit erzielt. Ich gebe zu bedenken, sagte ich nach kurzem Durchatmen, dass Ihre Interventionen Ihre Verhandlungsposition schwächen könnten.

Frau Seggle sah mir forschend ins Gesicht. Ihr Blick war nicht auftrumpfend, sondern nachdenklich, fast verträumt. Es war der Blick einer Mutter, deren Kind ein schmutziges Wort gesagt hat, das so unpassend für sein Alter war, dass es eher rührend als schockierend klang.

Unser Produkt ist der Wert des Menschen, sagte Sabine Seggle. Dieser Wert wird beschädigt, wenn man ihn in Clownsklamotten steckt.

Dann schob sich ihr Blick über den Waldrand, wo die Berge im Mittagslicht strahlend ihren Berggeschäften nachgingen. Wissen Sie, wie die heißen, fragte Frau Seggle. Ich hab mich mal schlaugemacht. Ich glaube, der dort rechts ist der Beinbleckner. Und der mit der Bäckermütze müsste das Grumpenhorn sein.

Vielleicht muss ich Ihnen da was erklären, versuchte ich einzuwenden. Meine Arbeit mit dem Kunden ist kein Pi mal Daumen. Sie ist ein komplexes Gebäude aus Push- und Pull-Triggern. Wenn Sie an einer Stelle was wegnehmen, besteht die Gefahr, dass der ganze Bau zusammenkracht.

Soso, sagte Frau Seggle und faltete lächelnd die Hände. Und was soll das für ein Bau sein, den Sie nicht mal neu tapezieren können, ohne dass er einstürzt.

Hinter mir, in der Hütte, hörte ich die Bauernschritte der Kundenbetreuer. Ununterbrochen dröhnten sie auf den Arvenbohlen. Ich fragte mich, ob sie noch dem Kommando Herrn Kleins gehorchten oder ob sie, Söldner, die sie waren, schon zu den stärkeren Bataillonen übergelaufen waren, die Frau Seggle zu Gebote standen.

Hinter der Hütte erklang jetzt ein Knarren und Krachen von trockenem Holz. Sehr gut, kommentierte Frau Seggle. *Licht ist die Wahrheit und das Leben*, zitierte sie leicht verkürzt. Und das Leben unserer Kunden ist schließlich das Produkt, mit dem wir unser Geld verdienen.

Ob Sie mit diesem Kunden noch Geld verdienen, ist doch sehr fraglich, wollte ich sagen. Und erst recht ist es fraglich, wie lange Sie diesen Kunden überhaupt noch haben, wenn Sie so weitermachen. Aber dann sah ich Frau Seggle nur an, ich war wie gelähmt von ihrer neuen Milde, ihrer Gelassenheit, die kein Projekt mehr zu kennen schien, keinen Prozess und kein Ziel. Da bin ich bei Ihnen, sagte ich schlapp.

Ich hatte Frau Seggles Satz mit dem Licht zuerst für eine Metapher gehalten. Ich hatte geglaubt, er sei nur ein weiteres Beispiel für ihren neuen Hang zu Gleichnissen. Aber als ich wieder in die Hütte kam, um die Arbeit mit Sendmühl fortzusetzen, stach mir das Licht förmlich in die Augen. Sendmühls Zimmer stand offen, und durch die wieder freigelegte Fensterluke leuchtete die Bergsonne. Der Sammler saß am Tisch unter dem Kruzifix und blätterte in einer von Gurskys Angelzeitschriften. Er versenkte sich in den Anblick einer tückisch glotzenden Muräne, die mich zutiefst abstieß.

Frau Seggle nahm neben ihm Platz. Ich hoffe, Sie fühlen sich wohl bei uns, nuschelte sie durch die Maske. Die Zufriedenheit unserer Kunden liegt uns natürlich am Herzen.

Der Sammler sah schmaläugig auf. Sein Lächeln verkantete sich, und es sah aus, als läge schon wieder die alte Verachtung darin. Er taxierte Frau Seggle von oben bis unten, ihre Wanderkluft mit der Schweißermaske, die ihrer Erscheinung die Eleganz nahm, die ich von ihr gewohnt war. Mit böser Lässigkeit erhob sich der Sammler von der Bank. Entschuldigen Sie mich jetzt, Herrschaften, sagte er in die Runde. Ich bräuchte mal etwas Zeit für mich. Mal ein bisschen die Seele baumeln lassen.

Er nahm die Zeitschrift, verschwand in seinem Zimmer und zog die Tür hinter sich zu. Der Sonnenteppich auf den Bodenbohlen löste sich auf. Gursky schloss hinter Frido von Sendmühl ab, doch es sah aus, als sperrte er nicht den Kunden ein, sondern alle anderen aus, und damit auch mich.

Spielt hier jemand Skat, fragte Frau Seggle leutselig in die Runde. Ergeben näherten sich die Kundenbetreuer, die mir jetzt selbst wie Betreute vorkamen. Ich hielt es nicht mehr aus in der Hütte; ich musste wieder vor die Tür. Ich sah Wolken aus den Tälern quellen, kaum merklich wandernd, Lokomotiven, die sich unerträglich langsam hinter den Bergkuppen vorwärtsquälten. Ich horchte ins Innere, hörte Stühlerücken, Räuspern und Stille, dann Gurskys Stimme – achtzehn, zwanzig –, dann Frau Seggles Ansagen, mit denen sie ihren Grand ohne zwei durchpeitschte.

Auch Frau Seggle war im *Hotel Forsthaus* abgestiegen. Unter ihrer Leitung entwickelte sich das Frühstück am Ecktisch im Speisesaal nun zur täglichen Morgenkonferenz. Zum Auftakt schlug sie ihr Ei auf, und wenn sie es köpfte, erst höflich anklopfend, doch dann mit einem einzigen Hieb, köpfte auch Herr Klein, handstreichhaft, unentschlossen oder subversiv sägend. Und auch ich köpfte mit, aus Professionalität, und auch weil ich in der Konferenz nichts zu sagen hatte.

Der Vertrieb sieht Probleme beim Absatz, brachte Niels Klein mannhaft vor.

Erzählen Sie mir was Neues, antwortete Frau Seggle. Der Vertrieb sieht immer Probleme.

Ich gebe nur weiter, Frau Seggle, sagte Herr Klein. Der Vertrieb wünscht sich ein neues Verkaufsargument. Ich habe übrigens gerade Herrn Zielinsky in der Warteschleife. Wenn es Ihnen recht ist, hole ich ihn dazu.

Frau Seggle nickte jovial. Ich fragte mich, wann sie anfinge, über das Versagen des Marketings zu sprechen, über die fundamentale Fehleinschätzung von Sendmühls familiärer und geschäftlicher Situation. Über die Schwächen der Verkaufsabteilung, die den Wert der Ware auf groteske Art falsch kalkuliert hatte. Aber Frau Seggle dachte gar nicht daran, jemandem die Schuld zu geben.

Auf dem Display von Kleins Telefon erschien Zielinskys Kopf. Ich sah seinen furchtsam gestutzten Schnurrbart, seine Augen, die flackerten und flehten. Sein Gesicht war eine einzige Entschuldigung, als hätte er Angst zu stören.

Ich möchte unsere klassischen Verkaufsstrategien nicht abwerten, sagte er mit bittendem Ernst. Aber wir vergessen bei aller Fantasie oft, dass die Zielgruppe nicht nur aus *digital natives* besteht. Viele können mit virtuellen Produkten nichts anfangen. Sie brauchen etwas, das man sich nicht erst vorstellen muss. Etwas Analoges. Etwas zum Anfassen.

Was könnte das sein, fragte Frau Seggle in einem sanften Ton, den ich nur als gespielte Naivität verstehen konnte. Sie beugte sich vor. Herr Zielinsky fasste den Ton offenbar als Drohung auf, denn die Antwort war kaum zu verstehen. Ich verstand sie, weil ich sie schon kannte.

Und ich übersetzte: Ein Ohr.

Ein Ohr, bestätigte Herr Zielinsky kleinlaut. Und wiederholte, als er Frau Seggles Gesicht sah, das angestrengt und stirnrunzelnd lauschte: Ein Ohr.

Dann wartete Herr Zielinsky. Vielleicht hoffte er, dass sich Frau Seggle von selbst an die Geschichte des italienischen Branchenriesen erinnerte, der mit dem Ohr eines amerikanischen Milliardenerben einen Jahrhunderterlös erzielt hatte. Vielleicht wollte er sie nicht selbst auf die Tatsache stoßen, dass seine Idee ein Plagiat war. Aber schließlich tat er es doch.

Ich weiß, das mit dem Ohr ist nicht neu, entschuldigte er sich. Aber die Vorteile von *Me-too*-Produkten liegen auf der Hand. Sie sind bei den Käufern schon durchgesetzt. Das heißt: Einsparung von Marketing- und Markterschließungskosten, die Gefahr des Scheiterns ist minimal. Ein Ohr braucht man niemandem mehr zu erklären, fasste Herr Zielinsky, allmählich sicherer geworden, zusammen.

Frau Seggle hatte längst verstanden. Mit ihrem Kaffeelöffel kratzte sie nachdenklich im leeren Ei. Wir sind kein Konzern, Herr Zielinsky, gab sie dann mit ungewohnter Geduld zurück. Wir sind nicht international aufgestellt. Wir sind ein mittelständisches Unternehmen aus Glimpflingen. Unsere Stärke ist die Bodenhaftung. Wir arbeiten diskret, nicht mit Theaterdonner und Zirkusmusik. Unsere Käufer wollen kein Spektakel. Unsere Käufer wollen anständige, ehrliche Ware.

Gespannt starrte ich auf das Display. Tatsächlich rang Herr Zielinsky sich ein Nicken ab. Es war ein zögerndes Nicken, doch es endete heftig, als wollte der Vertriebschef mit purer Kraft sein anfängliches Zögern überspielen. Ich sah auf die rechte Tischseite zu Herrn Klein, der sichtlich mehr Mühe hatte, seine Gefühle zu kontrollieren. Die Kaffeetasse zitterte in seiner Hand, und als er sie sicher wieder auf der Tischdecke abgesetzt hatte, sprach er mit mühsam bezähmtem Groll.

Mit den technischen Problemen, sagte er, hat sich schon die Frau Liebherr beschäftigt. Kurzer Eingriff, minimal invasiv, dafür maximal angst-, stress- und schmerzfrei.

Hoffnungsvoll sah er Frau Seggle an.

Vielleicht sogar mit Musik, setzte er hinzu. Herr Gursky, einer unserer beiden Kundenbetreuer von *Reinboth Professionals*, spielt Akkordeon.

Von einem Moment zum anderen schien Frau Seggles Geduld am Ende. Herr Zielinsky, knurrte sie, und es klang wie kurz vor dem Bellen. Herr Klein. Ja, und auch Sie, Frau Perger, Sie geht das auch etwas an. Ich erzähle Ihnen mal eine Geschichte.

Ich dachte bang an all die Geschichten, die mir Frau Seggle schon erzählt hatte, von den dornigen Jahren des Anfangs, den Rückschlägen, dem Spott. Niemand hatte dem Unternehmen eine Chance gegeben. Und mittlerweile war *Human Solutions* ein *hidden champion* der Branche, und alle Unkenrufe waren verstummt. Ich kannte diese Geschichten nur zu gut, und jetzt hatte ich Angst vor der Fortsetzung.

Doch Frau Seggle lehnte sich zurück in ihrem Stuhl. Sie wartete, dass die Kellnerin ihre Tasse mitnahm und den Teller, auf dem der Eierbecher mit der zerstörten Schale stand. Und siehe, sagte sie dann mit dringlicher Stimme und legte dabei die Finger locker auf die Tischdecke, einer von denen, die bei Jesus waren, streckte die Hand aus und zog sein Schwert und schlug nach dem Knecht des Hohenpriesters und hieb ihm ein Ohr ab, gell.

Sie blickte in Herrn Zielinskys Gesicht, das sich auf dem Display nicht zu rühren wagte, blickte ihm eindringlich in die Augen.

Da sprach Jesus zu ihm, fuhr sie fort, und sie sprach fast beiläufig, als hätte sie den Vorfall erst gestern erlebt, und ihre schwäbischen Nachsilben, die sie sonst stets vermied, gaben dem Text eine unpassende Frische. Stecke dein Schwert an seinen Ort. Denn wer das Schwert nimmt, der wird durchs Schwert umkommen, gell.

Sie machte eine Pause und sah nun auch abwechselnd Herrn Klein und mich an. Fast triumphierend blickte sie sich um, als erwartete sie, dass auch die anderen Frühstücksgäste, die Kellnerinnen und der Hotelmanager, der von Tisch zu Tisch ging und sich nach dem Befinden der Gäste erkundigte, neugierig würden, was jetzt noch käme.

Oder meinst du, zitierte sie mit leisem Tremolo, und es war nicht sicher, ob es wirklich nur ein Zitat sein sollte, ich könnte meinen Vater nicht bitten, und er würde mir sogleich mehr als zwölf Legionen Engel schicken, ha.

Ich sah Herrn Klein an. Herr Klein sah mich an, und wir beide schauten auf Herrn Kleins Handy, auf dessen Display Sebastian Zielinsky die Lider niedergeschlagen hatte und sie erst im letzten Moment wieder aufriss, um seinen Gehorsam zu signalisieren.

Sodele, meine Herrschaften, sagte Frau Seggle und lächelte mit ihrer ganzen neuen Sonnigkeit. Und jetzt frisch ans Werk.

Sebastian Zielinsky hatte genug gehört, um gleich am nächsten Tag im firmeneigenen BMW anzureisen. Um nicht vorzeitig die Pferde scheu zu machen, stieg er nicht im *Forsthaus* ab, sondern im *Alpenhof*. Und um vor Frau Seggles unerwarteter Einmischung sicher zu sein, traf er sich mit mir und Niels Klein in der Kneippanlage an der Trutzach.

Das Wasser, durch das wir wateten, war grün und sämig.

Wahrscheinlich war es reich an Nährstoffen, Ballaststoffen und Bazillen. Das gleichmäßige Stapfen der Füße beschäftigte abwechselnd linke und rechte Hirnhälfte, beruhigte uns, klärte unser Denken. Unsere Gesichter blieben besorgt.

Ich habe einen Verdacht, sagte ausgerechnet Herr Zielinsky, das stets artige, stets fügsame Kind. Ich fürchte, wir haben es hier nicht mit Führungsschwäche zu tun. Das sind auch keine unternehmerischen Fehlentscheidungen mehr. Ich fürchte, das ist schon ein Fall von Sabotage.

Für einen Moment fragte ich mich, was aus seiner erprobten Loyalität geworden war. Dann begriff ich, dass diese Loyalität nur die nächste Ebene erreicht hatte. Dass sie nicht mehr Frau Seggle galt, sondern dem Markt, dem Übervater, der alles regelte und für alles sorgte. Dem Markt, der das Geld nach Hause brachte, dabei noch Eis spendierte, Späße machte und lustige Grimassen, wenn die Sabine Seggles dieser Welt schon mit ihrem Latein am Ende waren.

Wahrscheinlich meint sie es nicht böse, wandte ausgerechnet Herr Klein ein, der Frechdachs, der ungeratene Spross. Vielleicht ist sie gerade einfach überfordert. Frisch aus dem Urlaub und dann gleich direkt an die Front. Da müsste ich mich auch erst mal akklimatisieren. Ich ahnte, dass aus dem Verständnis, das er zur Schau stellte, in Wahrheit das schlechte Gewissen sprach, das sich auch für die eigenen Fehler eine Milde erhoffte, die er jetzt für Sabine Seggle einforderte.

Es geht nicht mehr nur um das Projekt, beharrte Herr Zielinsky. Inzwischen geht es um die ganze Firma.

Vielleicht können wir noch mal versuchen, mit ihr zu reden, sagte Niels Klein. Vielleicht sollten sogar Sie das tun, Frau Perger. Ich habe den Eindruck, auf Sie könnte sie hören.

Vielen Dank für Ihr Vertrauen, murmelte ich unbestimmt.

Ich musste zugeben, dass ich gerührt war. Ausgerechnet von Herrn Klein, dem Scheusal, dem Frauenfeind, kam der Wunsch, sich ausgerechnet von mir, der Externen, der Verachteten, retten zu lassen. Ich musste zugeben, dass ich ein bisschen stolz war. Aber während noch unsere Füße durch das knöchelhohe Wasser patschten, rief ich mir die Konferenz im Frühstücksraum ins Gedächtnis, Frau Seggles heiligen Ernst, die Glut in ihren Augen. Oder meinst du, zitierte ich in meinem Kopf, ich könnte meinen Vater nicht bitten, und er würde mir sogleich mehr als zwölf Legionen Engel schicken, ha.

Ich sah die Blicke Herrn Zielinskys und Herrn Kleins. Ich glaubte, eine Zutraulichkeit darin zu erkennen, die Treue gutartiger Haustiere. Und mir wurde klar, dass auch mein Schicksal längst an dem der Firma hing, die vielleicht nicht weiterleben würde, die womöglich Konkurs anmelden, Stellen abbauen und logischerweise auch die Zusammenarbeit mit mir, Katrin Perger, aufgeben würde, wenn Frau Seggle Gelegenheit bekäme, das Projekt zu zerstören. Die Vorstellung, jemals für eine andere Firma zu arbeiten, war mir schon so fremd geworden, dass sie mir völlig unmöglich erschien. Und ich gestand mir ein, dass der Sieg des Projekts gleichbedeutend mit der Niederlage Sabine Seggles war.

Ich fürchte, wir haben es hier mit unbewussten Antrieben zu tun, sagte ich vorsichtig. In meiner Praxis habe ich die Erfahrung gemacht, dass es unmöglich ist, gegen das Unbewusste des Klienten zu arbeiten. Wer sich mit dem Unbewussten anlegt, zieht den Kürzeren.

Ich musste nachdenken. Mitten im Wassertreten blieb ich stehen. Ich stoppte so plötzlich, dass Herr Klein mir fast in die Fersen gelaufen wäre, dass Herr Zielinsky stolperte und sich an Herrn Kleins Schultern festhalten musste. So standen wir für einen Moment da, aneinandergedrängt wie die Soldaten im Iwo-Jima-Denkmal in Arlington, bevor wir uns voneinander lösten und mit leichter Verwirrung ins Wasser starrten.

Schließlich nahm ich den Faden wieder auf. Die einzige Lösung, sagte ich, ist die, in der dieses Unbewusste keine Rolle mehr spielt.

Ich sagte es so leise, als hätte ich Angst, Sabine Seggle könnte uns auch hier noch belauschen.

▪ ▪ ▪

Durch Teamarbeit, Corporate Identity und gemeinsame Konkurrenz bauen die Geiseln des Kapitalismus eine Gruppenidentität auf. Die Gruppenidentität macht es ihnen leichter zu überleben, aber schwerer, einen Standpunkt außerhalb der Gruppe einzunehmen. Lieber gehen sie mit der Gruppe unter, als gegen die Gruppe eine Integrität zu behaupten, die ohne die Gruppe nichts wert wäre.

Die Stockholmer Geisel Birgitta Lundblad, die auf dem Weg zur Toilette Polizisten hinter der Treppe bemerkt, muss feststellen, dass es ihr unmöglich ist, in den Schutz der Beamten zu flüchten. »Ich wandte mich von der Polizei ab«, wird sie später berichten. »Ich war Teil einer Gruppe – offenbar konnte ich nichts dagegen tun.« (Lang 1974)

»In der Stahlkammer hörte ich nichts als das Atmen der anderen«, wird sich die Geisel Kristin Ehnmark erinnern. »Manchmal, für eine oder zwei Minuten, atmeten sie im gleichen Takt. Schnell passte ich meine Atmung dem Atem der anderen an. Das war unsere Welt. Wir waren in der Stahlkammer, um gemeinsam zu atmen, um zu überleben. Wer auch immer diese Welt bedrohte, war unser Feind.« (Lang 1974)

Im Kontext moderner Arbeitsorganisation nennt sich diese Disposition Teamfähigkeit. Doch je enger sich die Gruppe zusammenschweißt, desto einsamer fühlen sich ihre einzelnen Mitglieder. »Jeder von uns war sehr allein«, berichtet Sven Säfström. Gleichzeitig erzeugt aber das geteilte Leid von Geisel und Geiselnehmer eine Täter-Opfer-Solidarität, eine gestärkte Verbindung, die so tief wird, dass Geisel und Geiselnehmer sich schließlich an den Händen fassen. »Es gab mir ein enormes Gefühl von Sicherheit«, wird Kristin Ehnmark später sagen. »Das war es, was ich brauchte.« (Lang 1974)

▪ ▪ ▪

Wie Herr Zielinsky uns mitteilte, hatte Frau Yildiz eine außerordentliche Betriebsversammlung nach Paragraf 43 Absatz 3 des Betriebsverfassungsgesetzes beantragt. Da es den Betriebsrat, den sie seit Jahren forderte, noch immer nicht gab und der Wunsch des Arbeitgebers in diesem Fall keine Rolle spielen durfte, musste mindestens ein Viertel der wahlberechtigten Arbeitnehmer die außerordentliche Betriebsversammlung beschließen. Weil die Zeit drängte, berief sich Frau Yildiz auf die Regeln der repräsentativen Demokratie. Wenn es nicht anders ging, war ein Viertel der leitenden Angestellten so repräsentativ wie ein Viertel der Belegschaft. Und das Führungsteam hatte der Versammlung einstimmig zugestimmt.

Ich stand mit Herrn Zielinsky an der Rezeption des *Alpenhofs*, um die Delegation in Empfang zu nehmen. Der Vertriebschef versorgte Frau Liebherr, Herrn Schnelling und Frau Yildiz, die mit finsterem Schwung aus dem firmeneigenen Mercedes stiegen, mit der hausgemachten Quittenlimonade, für die der *Alpenhof* berühmt war. Frau Liebherr prostete uns energisch zu und verschwand wortlos im Fitnessraum. Frau Yildiz, die als Fahrerin eingesprungen war, borgte sich vom Rezeptionisten einen Tacker, um die Tankrechnungen zusammenzuheften.

Gleich am nächsten Morgen eröffnete die Finanzchefin die Versammlung im Jägersaal des *Alpenhofs*. Mich hatte die Belegschaft, dem Anspruch des Gesetzes gemäß, als *vornehmlich für den Betrieb arbeitende Heimarbeiterin* eingestuft, um mich nicht als Externe ausschließen zu müssen. Der Kaffee, den die Serviererin in die schon bereitstehenden Tassen goss, war dünn, aber brühheiß, und der einzige Tagesordnungspunkt schnell geklärt.

Die Führungskräfte von *Human Solutions* verloren keine Zeit. Während sich im Jeep gespanntes Schweigen ausbreitete, musste ich an Frau Seggle denken. Was Frau Seggle jetzt war, was ihr jetzt zum Verhängnis werden sollte, wäre sie ohne mich nie geworden. Es kam mir nicht mehr vermessen vor, Frau Seggle als mein Produkt zu begreifen. Aber sie war ein Produkt, das der Markt verschlungen und ausgespuckt hatte, eine misslungene Kostprobe meines Könnens, ein Resultat sinnvoller Skills, eingesetzt zur falschen Zeit und am falschen Ort.

Mir war, als wäre dieser Aufbruch zur Hütte Teil einer verzweifelten Rückrufaktion. Mir war, als ginge es darum, mit viel Liebe entwickelte, aber fehlerhafte Ware aus dem Verkehr zu ziehen, melaminverseuchtes Hundefutter, defekte Lithiumionen-Akkus, Kohlrouladen mit Salmonellenfüllung, bleihaltig bemaltes Kinderspielzeug. Ich wusste, dass der Sinn eines Verhaltens vom Kontext abhing. Aber ich wusste auch, dass ich auf irgendwelche Kontexte von nun an keinen Einfluss mehr hatte.

Der dritte Jeep, der unter Frau Seggles Kommando stand, parkte schon vor der Hütte. Um kein Risiko einzugehen, setzte Herr Zielinsky ihm seinen Wagen eng vor den Kühler. Den anderen parkte Herr Klein vor das Heck. Und schweigend, wie beschwert von der Last einer traurigen Pflicht, marschierten wir dem Showdown entgegen, die Masken schon auf den Köpfen.

Frau Seggle und Frido von Sendmühl saßen auf der Bank vor der Hütte. Ihr Gespräch sah dicht aus, komplex, konzentriert. Es war ein Setting, das sich nicht grundsätzlich von dem unterschied, in das ich mich selbst mit Sendmühl begeben hatte. Doch im Gegensatz zu mir war Frau Seggle eine Amateurin, die nichts vom Handwerk verstand, nichts von offenen und geschlossenen, von zirkulären und ressourcenorientierten Fragen, nichts von Selbststeuerungskompetenz, von Schuld, Scham und Schwindel.

Das strahlende Föhnlicht machte den blauen Himmel zum Leuchtkasten. Die näher gerückten Schneefelder verdoppelten noch den Glanz. Die Konzentration, die ich in meinen Sitzungen mühsam aufgebaut hatte, musste in diesem Licht verblassen. Die Selbstreflexion, die der Klient in der Enge seines Raums gewonnen hatte, musste zersplittern in seiner plötzlich grenzenlosen Welt. Wenn er wollte, konnte Sendmühl, der ja nicht einmal mehr seine Ketten trug, jederzeit aufstehen und in die Illusion aufbrechen, die er für Freiheit hielt.

Die Kundendienstler Gursky und Bachmayr waren weder zu sehen noch zu hören. Sogar die sonst unermüdliche Axt Gurskys schwieg und ließ Raum für den Angstton der Lerche. Ich sah die saffianrote Bibel in Frau Seggles Hand. Frido von Sendmühl wirkte erschöpft, sein Gesicht sah nackt aus zwischen unseren Masken, wie ein qualgezüchtetes Tier.

Wir würden gerne mit Ihnen die anstehenden Strategien besprechen, begann Frau Yildiz und deutete mit einer Kopfbewegung Richtung Sendmühl an, dass Betriebsfremde bei diesem Gespräch womöglich stören könnten.

Herr Klein rief nach Bachmayr und Gursky. Bockig, wie im Bewusstsein einer ungewissen Schuld, tauchten jetzt auch die Servicekräfte auf. Niemand hatte ihm einen Vorwurf gemacht, aber mit vorauseilender Hast beteuerte Bachmayr, Frau Seggle hätte ihnen erlaubt, am Waldrand eine Partie Federball zu spielen. In den modernen jungen Unternehmen der Großstädte, trumpfte Gursky auf, sei dieser Sport längst als vollwertiger Teil der Arbeitszeit anerkannt.

Herr Klein gab ihnen den Auftrag, den Kunden wieder in sein Quartier zu bringen. Ich glaubte, in Sendmühls Zügen eine Art Erleichterung zu erkennen, ein endlich erfülltes Bedürfnis nach Besinnung. Als er sich in der Tür seines Zimmers noch einmal umdrehte, machte er ein Gesicht, als hätte der weitere Verlauf des Geschehens mit ihm nun nichts mehr zu tun.

Japsend zogen wir die Masken von den Köpfen. Das Team verteilte sich im Eingangsraum der Hütte. Nur Herr Klein trat mit seinen Leihkräften noch einmal für ein längeres Gespräch, offenbar mit disziplinarischem Inhalt, vor die Tür; ich hörte sein dringliches Flüstern. Immer wieder unterbrach er es mit einem dämpfenden Zischen. Dann kam er mit sichtbarer Nervosität, aber ohne seine Untergebenen, wieder ins Vorzimmer zurück.

Frau Seggle setzte sich auf den Stuhl neben dem Kamin. So majestätisch thronte sie dort, dass dieser hässliche Stuhl, dieses lackierte Folkloremöbel aus Massenproduktion, plötzlich fast authentisch aussah. Sie wartete, sah dabei mit leisem Lächeln reihum in die Gesichter ihrer Führungskräfte.

Herr Zielinsky war als Vertriebschef der Erste, der das Wort ergriff. Ich brauche Ihnen nicht zu sagen, Frau Seggle, brachte er vor, dass unsere Verkaufsstrategie auf dem Einzigartigen beruht. Auf einer nie dagewesenen Erfahrung. Auf dem besonderen Erlebnis, das der Käufer auf andere Weise nicht kriegen kann.

Er machte eine Pause, als müssten diese Worte im Grunde schon genügen, die Chefin zu überzeugen. Frau Seggle aber trug weiter ihr offenes, aufmerksames Gesicht, als wartete sie, dass Herr Zielinsky endlich wirklich anfinge zu reden.

Muss ich wirklich noch deutlicher werden, fragte Herr Zielinskys irritierter Blick. Endlich mischte Grete Yildiz sich ein, die Tribunin. Die Kollegen haben den Eindruck, erläuterte sie, dass die Maßnahmen des Marketings nicht mehr den Rückhalt der Unternehmensleitung finden. Bitte korrigieren Sie mich.

Dass die Finanzchefin sich in Vertriebsfragen einmischte, musste Frau Seggle den Ernst der Lage vor Augen führen. Sie legte ihre joviale Offenheit ab und beugte sich vor. Wenn Sie auf das Ohr anspielen, Grete, sagte sie ruhig, das können Sie vergessen.

Es ist ja nicht nur das Ohr, brach es jetzt aus Niels Klein hervor. Seit ein paar Tagen muss ich feststellen, dass mir an allen Ecken und Enden die Arbeit unmöglich gemacht wird. Eine intensive Betreuung, auf die jeder Kunde Anspruch hat, ist unter diesen Umständen ein Witz. Der Kunde kann ja nicht mal mehr in Ruhe auf seinem Zimmer bleiben. Ständig zerrt jemand an ihm rum. Alles nimmt man ihm weg, sogar die Projektkleidung und die Ketten. Solinger Stahl. Und seitdem die Sichtblende vom Fenster entfernt wurde, knallt schon um sechs Uhr morgens die Sonne rein. Das offene Fenster macht jede Fokussierung kaputt.

Wer sagt das, fragte Frau Seggle, offenbar hellhörig geworden.

Frau Perger, sagte Herr Klein mit der kleinlauten Stimme der Petze.

Der Blick, den Frau Seggle mir zuwarf, war nicht ärgerlich, sondern traurig. Es war eine Traurigkeit, die mir eine Gänsehaut über den Rücken legte. Nie hatte ich mich geniert, Menschen vor den Kopf zu stoßen, sie mit unbequemen Wahrheiten zu konfrontieren. Nur davor, sie zu enttäuschen, hatte ich von Kind auf eine scheußliche Angst. Und meine Scham wurde nicht kleiner, als Frau Seggle nicht weiter auf mich einging, sondern sich an die ganze Runde wandte.

Vielleicht erinnern Sie sich mal an die Compliance-Regeln, die Sie mit Ihrem Arbeitsvertrag unterschrieben haben, sagte sie fest, und nach bewährter Manier verschränkte sie die Arme. Paragraf 9. *Alle Mitarbeiter respektieren die persönliche Würde, die Privatsphäre und die Persönlichkeitsrechte ihrer Kollegen, Lieferanten und Kunden*. Und wenn da Kunden steht, dann *heißt* das auch Kunden.

Da ist aber auch noch Paragraf 11, warf Paula Liebherr ein. *Human Solutions entwickelt und produziert sichere Produkte und Dienstleistungen für seine Kunden*. Von Sicherheit kann aber unter den neuen Bedingungen, die in den letzten Tagen von der Unternehmensleitung durchgedrückt worden sind, ja wohl kaum noch die Rede sein.

Ich fragte mich, ob Frido von Sendmühl mithören konnte bei dem Gespräch, das ich noch immer nicht als *unser Gespräch* verstand, sondern als eins, bei dem ich Zaungast war, wie ich immer Zaungast gewesen war, angewiesen auf die

Zaungastfreundschaft der Welt. Es war nie gut, wenn ein Klient zu viele widersprüchliche Informationen erhielt. Es war nie gut, wenn der Kompass, auf den er sich im Laufe des Prozesses eingenordet hatte, im Gewirr zu vieler Magnetströme ins Trudeln kam.

Frau Seggle, meldete sich jetzt Herr Schnelling zu Wort. Sie sind alleinstehend, so viel ich weiß. Wenn die Firma pleitegeht, machen Sie einfach eine neue auf. Es gibt aber auch Leute wie mich. Ich habe eine nicht ganz kleine Familie. Zwei Jungs, zwei Mädchen. Wenn die Frau nicht auch arbeiten würde, kämen wir nicht über die Runden. Und mein Ältester steht kurz vor dem Abitur.

Ich kann Sie beruhigen, Rolf, sagte Frau Seggle. *Human Solutions* ist auf dieses Projekt nicht angewiesen.

Wahrscheinlich hätte ich mich in meiner Zaungastrolle eingegraben. Wahrscheinlich hätte ich weiter geschwiegen, hätte ich nicht in diesem Moment wieder diese Blicke gespürt. Es waren die gleichen Blicke, wie sie sich bei der Geburtstagsfeier von *Human Solutions* auf mir versammelt hatten, die sich jetzt einer nach dem anderen festsaugten auf meiner Haut. Ich spürte das trügerische Phlegma von Rolf Schnellings Braunbärenblick, den milden, aber fordernden Madonnenblick der Finanzchefin Grete Yildiz, den wachsamen Blick Paula Liebherrs. Ich sah das nervöse Flehen im Blick Sebastian Zielinskys und das Wetterleuchten in den Blicken Niels Kleins. Und ich sah die Ratlosigkeit in den Blicken Gurskys und Bachmayrs, die erst jetzt wieder zur Tür hereingetappt kamen und sich offenbar ausgerechnet von mir eine Erklärung erhofften.

Ich hielt mich an Sabine Seggle. Frau Seggle war die Einzige, die mich nicht anstarrte. Ich sah ihr ins Gesicht, und mir war, als säßen wir beide allein im Raum. Es war ja richtig, dass Frau Seggle ohne mich nicht die gewesen wäre, die sie in diesem Moment war, aber es war genauso richtig, dass Frido von Sendmühl ohne mich vielleicht längst verschwunden wäre, ein *abgesprungener Kunde* wie der WC-König Lucius Stringl. Hinter jedem Konflikt stand ein unbefriedigtes Bedürfnis, das hatte ich mir wieder und wieder eingeschärft, und jetzt war es an der Zeit, mir einzugestehen, dass auch ich meine Bedürfnisse hatte.

Herr von Sendmühl, sagte ich in gespielt beiläufigem Ton, ist mit der Ohroperation einverstanden.

Die Runde starrte mich an. Ich aber fixierte nur Frau Seggle. Ich bemühte mich, jeden Anklang von Triumph zu vermeiden, den ich doch bitter verdient hatte.

Im Prinzip bin ich ganz bei Ihnen, Frau Seggle, sagte ich. Ich verstehe Ihr Bestreben, den Erfolg des Unternehmens mit ethischen Standards in Einklang zu bringen. Aber was gibt es Ethischeres, als den Wünschen aller Beteiligten Rechnung zu tragen.

Frau Seggle sah mich an. Sie grinste erstaunt, als wäre das nur wieder eine unserer Sitzungen. Eins unserer kleinen sportlichen Sparrings, aus denen beide erschöpft, aber bereichert hervorgingen. Sie nickte, sie hatte meinen linken Haken tapfer eingesteckt, und jetzt war es an ihr, die rechte Gerade zu landen.

Das Gute ist keine Frage der Mehrheit, sagte Frau Seggle mild. Es ist auch nichts, was eine Betriebsversammlung regeln kann. Wer trägt denn hier schließlich das unternehmerische Risiko. Wer hält denn hier den Kopf hin. Na bitte. Ich, sagte sie überflüssigerweise, und ich glaubte, ich hatte noch nie jemanden mit so viel Selbstverleugnung das Wort *ich* aussprechen gehört.

Ich erinnerte mich, wie sie mich einmal nachts um elf Uhr angerufen hatte. Ich fürchte, ich verliere die Leidenschaft für meinen Beruf, hatte sie ohne Einleitung gesagt, und ich hatte gespürt, wie sie sich bemühte, den Satz so sachlich wie möglich klingen zu lassen. Früher habe ich in jeder Minute an die Firma gedacht.

Stabile Beziehungen, hatte ich geantwortet, beruhen nicht auf Leidenschaft, sondern auf Nähe und Vertrautheit. In der ersten Phase sind wir fixiert auf unseren Partner, wollen jeden Moment mit ihm teilen, wollen, dass er uns jedes Bedürfnis erfüllt. Aber auf Dauer wird so einem Anspruch niemand gerecht. Meist endet dieser Rausch nach eineinhalb Jahren. Und dann wird es Zeit, Frau Seggle, sich auf die alte Unabhängigkeit zu besinnen.

Unabhängigkeit, antwortete Sabine Seggle. Was soll das. Die Firma kann ohne mich nicht existieren. Und wenn ich ehrlich bin, ich auch nicht ohne sie.

Das soll ja auch so bleiben, Frau Seggle, sagte ich. Aber der Taumel des Kennenlernens ist vorbei. Sie kennen einander jetzt, Sie und die Firma. Jeder kennt den anderen und seine Fehler. Jetzt geht es darum, einander als verlässliche Gefährten wahrzunehmen, die einander helfen, aber auch ehrlich kritisieren können. Jetzt haben Sie die Chance zur Freundschaft, zur Nähe, zur wertschätzenden Beziehung, die wichtiger ist als alle Schmetter …

Papperlapapp, sagte Frau Seggle, und ich hatte das Gefühl, als schaute sie dabei aus dem Fenster. Ich vermisse einfach die Leidenschaft, sagte sie dann ruhiger. Es muss doch einen Weg geben, sie zu retten.

Jetzt unterbrach Grete Yildiz unsere Diskussion. Sie stellte den Antrag, die Versammlung zur internen Beratung zu unterbrechen. Augenblicke später standen Management, Kundendienst und ich vor der Hütte, in einer Bergluft, die so klar war, dass sie Entscheidungen geradezu erzwang.

Paula Liebherr steckte sich eine Zigarette an. Sie rauchte wie ein Kind, ungeschickt und stolz, schnippte die Asche ab, als wäre sie eine Verantwortung, die ihr zu viel wurde. Sie reichte die Schachtel herum; alle anderen lehnten kopfschüttelnd und mit heldenhaften Mienen ab. Niemand sprach, nur Herr Klein versuchte, mit kurzen, abgehackten Rufen eine Steinkrähe zu locken. Der Vogel hüpfte davon, flatterte schließlich steil in die Luft, und dann hörten wir nur noch den Wind, das Zittern ferner Kuhglocken und das Summen einer Fliege. Sie steuerte das Ohr Rolf Schnellings an, der abwesend die Hand hob, als winkte er einem Gespenst.

Die Sonne stand jetzt fast im Zenit. Gierig wie lange nicht mehr atmete ich die Gerüche ein, den Duft von Arnika, den Duft von Bibernellen, der mich an Kräuterseife erinnerte, ein schwaches Aroma von Heu, einen homöopathischen Hauch von fernem Kuhdung. Ein Wölkchen stäubte eine flirrende Prise Schatten über das Gras. Dann glänzte die Wiese wieder giftgrün im ungetrübten Mittag, und Herr Klein gab den Kundenbetreuern ein Zeichen.

Die Zeitkräfte sahen einander kurz an. Dann begann Bachmayr, die Schlösser der Hüttentür abzuschließen. Während der Himmel sich eintrübte, wenn auch vorerst nur zart, hörte ich die vertrauten Hammerschläge von der Rückseite der Hütte. Ich sah auf die Uhr, und mir wurde klar, dass für Frido von Sendmühl nun, um 14 Uhr 37, wieder die Nacht begann.

▪ ▪ ▪

Die Herrschaft des Markts ruht auf der Kontingenz seiner Macht. Die Ausschläge der Konjunktur müssen seinen Geiseln als Willkür erscheinen. Der Geisel des Markts wie des Entführers bleibt nichts übrig, als den Geiselnehmer nie aus den Augen zu lassen, seine Äußerungen ohne Pause zu verfolgen, um im entscheidenden Moment handlungsfähig zu sein. So beherrscht eine unberechenbare Macht seine Gefühls- und Gedankenwelt.

Im wirtschaftlichen Umfeld heißt die Erkundung des Marktwillens Marktforschung. Sie ist nicht nur für Unternehmen unerlässlich, sondern auch für jedes Individuum, das unter der Herrschaft des Markts überleben will.

Die Geisel erkennt bald, dass sie auf Schutz und Fürsorge durch den Geiselnehmer angewiesen ist (Graham 1995). Es ist für sie somit lebenswichtig, seine Bedürfnisse zu erforschen, seine Reaktionen vorauszuahnen, jede Laune zu registrieren. Natascha Kampusch (2010) schreibt: »Indem ich Stimmungsschwankungen rechtzeitig erspürte, entging ich vielleicht einer Misshandlung.« Die Geisel kriecht gleichsam in den Kopf des Geiselnehmers und versucht zu denken, wie er denkt. Allmählich übernimmt sie seine Weltsicht und schließlich auch seine Sicht auf die Geisel. So wird das Fremdbild für die Geisel unretuschiert zum Selbstbild.

Wachsam verfolgen auch die Marktteilnehmer jede Bewegung der Konjunktur. Je ausschließlicher sie die Bedürfnisse des Markts im Auge haben, desto gründlicher vergessen sie die eigenen. Sie stellen ihre Intuition auf den Markt ein, so wie man sich den seltsamen Sitten der Menschen in einem anderen Land anpasst.

Im einen Moment scheint der Markt seinen Geiseln den Aufenthalt angenehm machen zu wollen. Im nächsten behandelt er sie wie einen Feind. Ständig haben sie Angst, dass der Markt es sich anders überlegt und seine Zusagen revidiert. So werden sie immer besser darin, den Markt zu beobachten. Schließlich erkennen sie seine Absichten, bevor er selbst sie kennt.

Die Unmenge an Daten, die der Kapitalismus über seine Geiseln sammelt, dienen nicht nur der Marktforschung, sondern kommen auch dem narzisstischen Wunsch des Kunden nach Sichtbarkeit entgegen. Jessica Benjamin (1990) schreibt über die gequälte Protagonistin der »Geschichte der O«: »Os große Sehnsucht ist, erkannt zu werden – und darin gleicht sie allen Liebenden.« Mit zunehmender Entfremdung der Marktteilnehmer durch deren Unterwerfung unter den Markt stößt das Verfahren jedoch an seine Grenzen: »Diesem Erkennen wird aber eine Schranke gesetzt, weil es von der O – als Subjekt – immer weniger zu erkennen gibt.« (Benjamin 1990)

Der Markt profitiert davon, dass die Geiseln des Kapitalismus in jedem Moment glauben, dass er sie überwacht. »Es wundert mich heute nicht, dass ich damals, als Kind, auch glaubte, dass er mich im Verlies sehen konnte. Ich wusste ja nicht, ob er Kameras eingebaut hatte. Ich fühlte mich nun in jeder Sekunde, bis in den Schlaf hinein, beobachtet. Vielleicht hatte er ja sogar eine Wärmebildkamera installiert, damit er mich auch kontrollieren konnte, während ich in völliger Dunkelheit auf meiner Liege lag. Das Gefühl lähmte mich, ich traute mich kaum noch, mich nachts umzudrehen.« Der Markt ist immer da. »Immer. Er atmet am anderen Ende der Leitung ... Vor seiner Stimme gibt es kein Entrinnen.« (Kampusch 2010)

Um dem vermuteten Überwachungsbedürfnis des Markts zuvorzukommen und so scheinbar die Initiative zu behalten, entblößen sich seine Teilnehmer von selbst. Sie genießen die Regeln, die sie dem

Markt zuschreiben – die Knie, die sie niemals überschlagen dürfen, die Lippen, die immer halb offen stehen müssen. Auch wenn sie weder Halsband noch Lederarmreifen tragen, wenn sie allein sind, ihre eigenen Zuschauer, haben sie sich noch niemals so völlig einem fremden Willen ausgeliefert gefühlt und sind noch nie so glücklich darüber gewesen (vgl. Réage 1967).

Zur Not helfen soziale Medien.

▪ ▪ ▪

Dass Sabine Seggle nach drei Tagen Klausur gegen die Überführung der Firma in eine Genossenschaft, deren Plan Frau Yildiz ihr vorlegte, nichts mehr einzuwenden hatte, war fast eine Enttäuschung für uns. Die nachdenklichen Tage, allein mit Frido von Sendmühl, nur getrennt durch eine verschlossene Tür, waren ihr nicht anzumerken; die Exerzitien im Kloster waren offenbar eine Lehrzeit gewesen für die Chefin, die einmal geglaubt hatte, ohne die Firma nicht leben zu können.

Die fälligen Unterschriften leistete die Unternehmerin mit beinahe spöttischem Schwung. Ich dachte an Sendmühl, der hinter ihrem Rücken in seiner Unterkunft hockte und von der disruptiven Verschiebung der Firmenstrukturen, die sich im Nebenraum anbahnte, mit Sicherheit nichts ahnte.

Ich stand, auf Wunsch des alten und neuen Management-Teams, als Zeugin neben dem polierten Folkloretisch im Herrgottswinkel, an dem Sabine Seggle Unternehmensgeschichte schrieb. Ich staunte über den heiteren Gleichmut, mit dem sie Frau Yildiz nach dem Vertragsabschluss ansah. Kann ich sonst noch etwas für Sie tun, fragte sie die

Finanzchefin, die ein bisschen zu eifrig nickte, als hätte sie die Frage nicht ganz verstanden.

Bachmayr und Gursky parkten die Jeeps um. Anschließend standen wir vor der Hütte und sahen zu, wie Frau Seggle mit ihrem Geländewagen auf den Waldrand zufuhr, gelassen, als hätte sie kein Ziel. Vielleicht hatte sie wirklich kein Ziel mehr, dachte ich, wie die Lilien auf dem Felde, von denen sie seit ihrer Rückkehr aus dem Kloster ständig gesprochen hatte, wie die Spatzen am Himmel. Als das Fahrzeug zwischen den Bäumen verschwand, meldete Herr Klein sich mit einem Händeklatschen zu Wort. Dann zauberte er zwei Magnumflaschen Veuve Frissonon und eine Partypackung Plastikbecher aus dem Kofferraum, und das Schweigen, das sich im Empfangsraum der Hütte ausbreitete, war kein Schweigen des Unbehagens mehr, sondern einer jähen, wenn auch prekären Zufriedenheit.

Ich saß mit meinem Becher abseits, direkt vor dem Kamin. Ich starrte auf die verkohlten Scheite, die noch von der vergangenen Woche stammten, als alles noch anders gewesen war. Von Zeit zu Zeit blickte ich reihum in die heiter schweigende Runde, und ich dachte über Sabine Seggles Schicksal nach, die neuen Perspektiven, unkonventionellen Ansätze, erweiterten Horizonte, die ich ihr nahegebracht hatte und die ihr jetzt zur Falle geworden waren. Ich fragte mich, welchen Geschäften sie mit ihren neuen Werten noch nachgehen konnte, welche Welt einer noch offenstand, die sich anscheinend einbildete, die Welt überwunden zu haben.

Später schafften die Kundenbetreuer Gursky und Bachmayr aus ihrem Geheimlager im Holzschuppen noch sechs Flaschen Obstler heran. Ihr Säuseln war so treuherzig, dass mir der Appetit verging. Die Wirkung des Champagners ließ nach, und ohne den Schutz eines alkoholischen Immunsystems kehrten meine Gedanken zu Frau Seggle zurück. In Rekordzeit, wie Dotter aus einem Osterei, hatten die Nonnen ihr die kompletten Grundlagen wirtschaftlichen Denkens und Handelns aus dem Hirn geblasen, und vielleicht stimmte es auch gar nicht, dass man Fahrradfahren nie mehr verlernt.

Paula Liebherr war es, die *zur Feier des Tages* den Vorschlag machte, Frido von Sendmühl die Kette abzunehmen und ihn zum Mitfeiern einzuladen. Ich bewunderte ihre Risikofreude, ihr Leben im Moment, ihre Unfähigkeit zum Bedürfnisaufschub. *Work hard, play hard,* sagte sie, und wer sagt denn, dass der Kunde der Einzige ist, der sich ausruhen darf.

Ich stellte fest, dass ich den Sammler schon fast vergessen hatte; das meditative Auf und Ab in der endlosen Nacht, das er wohl längst wieder aufgenommen hatte, sein bewusstes Atmen. Die Kundenbetreuer drehten mir ihre undurchdringlichen Schutzbrillen zu, als könnte ich ihnen helfen, und schließlich gab Herr Klein ihnen, mit gönnerhaftem, aber schwerer gewordenem Nicken, grünes Licht.

Als Sendmühl aus der Tür trat, vorsichtig, als ginge er noch immer seinen achtsamen Gang durch die Nacht, riss das Team die Plastikbecher hoch. Herr Klein als oberster Kundenbetreuer ließ es sich nicht nehmen, dem Aristokraten seinen eigenen Becher in die Hand zu drücken, den er zuvor noch mit elegantem Schwung um vier Fingerbreit auffüllte. Dann führte er die Flasche unter die Maske und setzte sie am Gebiss an, dass die Zähne klirrten.

Die anderen Führungskräfte folgten seinem Beispiel. Frau Liebherr zwirbelte wie eine Jongleurin den Becher zwischen den Fingern. Frau Yildiz umfasste ihren mit beiden Händen, als wollte sie ihn wärmen, und lachte ansteckend. Herr Schnelling nahm ihn in einen spitzen Zangengriff, und Herr Zielinsky trank planvoll, in bekömmlichen Schlucken, wie ich an seinem Adamsapfel erkannte. Frido von Sendmühl sah ungläubig von einer Maske zur anderen, bis auch er zu trinken begann, stockend, dann immer zügiger. Nur Bachmayr und Gursky sahen mit hängenden Armen zu, denn sie hatten ihre Ration schon erschöpft und warteten nun, dass die nächste Flasche auf den Tisch käme.

Das bereinigte Management von *Human Solutions*, noch durch unklare Hierarchien gehemmt, kam überein, dass eine Rede fällig war. Es war Frau Liebherr, die sich schließlich aufraffte, von neuen Chancen sprach und dem Sprung ins kalte Wasser, der erst atemlos mache, aber dann herrlich erfrische. In der Wirtschaft gehe es nicht zu wie in der Politik, wo man lange diskutiere, bevor man ein Konzept auf den Weg bringe. In der Wirtschaft zähle die Tat, und zwar sofort.

Während die Logistikerin sich schon in Einzelheiten verlor, in der Notwendigkeit einer Digitalstrategie, in den Möglichkeiten und Risiken der Automatisierung, schienen die anderen Teammitglieder noch benommen von ihrem Sieg, dessen Leichtigkeit ihnen sichtlich unheimlich war. Sie führten die Becher unter die Masken und tranken, und an ihren hängenden Schultern erkannte ich die Verblüffung, die Verlegenheit von Slapstick-Figuren, nachdem sie mit vollem Anlauf gegen eine Tür gerannt sind, die dann bei der ersten Berührung aus den Angeln fällt. Sie tranken mit leicht gesenkten Masken, und es war, als wollten sie ihren Triumph vergessen, der ihnen peinlich war, und mit ihm die Rede Paula Liebherrs, die im Geist offenbar schon wieder auf ihrer Venus gelandet war. Der einzige Mensch in der Hütte, der Frau Liebherr zuhörte, war Frido von Sendmühl.

Als der Flüchtling in der Tür erschien, war es Nacht und die vierte Flasche Obstler schon leer. Herr Schnelling und Herr Klein legten einander unter tiefen Blicken durch die Schutzbrillen die Hände auf die Schultern. Herr Zielinsky hatte seine Schüchternheit überwunden und erzählte Frau Liebherr einen Dinosaurierwitz: Woran erkennen Sie, dass in Ihrem Bett ein Dinosaurier schläft.

An dem gestickten D auf dem Schlafanzug, antwortete Frau Liebherr, und Herr Zielinsky schüttelte irritiert und bewundernd den Kopf.

Frau Yildiz ließ die Maskenzipfel hängen, als hätte sie sich mehr von dem Schnaps versprochen. Frido von Sendmühl erkannte meine Stimme und gab mir ein gestammeltes, aber euphorisches Feedback, das ich nur schwer mit unserer gemeinsamen Arbeit in Verbindung bringen konnte.

In den Fenstern des Vorraums stand das Schwarz, das Sendmühl so vertraut war, und es war klar, dass keiner mehr willens, geschweige denn in der Lage war, durch dieses Schwarz hinabzustolpern zum Sägewerk.

Als der Flüchtling erschien, machte ihn die Aura, die ihm der Alkoholdunst in der Hütte verlieh, auch buchstäblich zu einer Erscheinung. Auch wir, die Gesichter maskiert bis auf die vom Schnaps geradezu verschmitzt aussehende Visage des Sammlers, waren für ihn zweifellos ein Schock, eine unerwünschte Epiphanie, denn kaum hatte er die Tür aufgerissen, warf er sie gleich wieder zu. Gursky und Bachmayr waren routiniert und geschickt genug, ihm nachzusetzen, mit fuchtelnden Armen gegen die Strömung ihres Rauschs anschwimmend, und ihn noch vor dem Waldrand in Gewahrsam zu nehmen.

Es war ein kleiner Mann mit Halbglatze und runder, vielleicht von Kiefernnadeln zerkratzter Nickelbrille, mit winzigem Mund und weichen, zusammengekniffenen Augen. Den Obstler, den der leutselige Herr Schnelling ihm reichte, sah er kurz und traurig an und wusste nicht wohin damit, bis Frau Liebherr ihn von der Last befreite und den Schnaps selbst hinunterstürzte. Zu Ehren des Gastes fachten Gursky und Bachmayr noch einmal das Kaminfeuer an, und an dem dankbaren Blick, mit dem er es betrachtete, erkannten wir, dass die Temperaturen draußen schon deutlich gefallen sein mussten.

In einem Englisch, das erheblich flüssiger war als das des Kundendienstchefs, der ihn befragte, erzählte der Mann dann von der Abschiebung, die ihm am kommenden Montag drohte. Er erzählte eine komplizierte Geschichte, in der sein jüngerer Bruder eine Rolle spielte, auch eine Zweizimmerwohnung in Rosenheim und ein Textilreinigungsunternehmen, das ihm Hoffnung auf eine Stelle gemacht hatte. Er erzählte nicht, in welches Land man ihn schicken wollte, und auch nicht, wie er den Polizeikräften entkommen war, aber bevor wir verstanden, dass sie die Suche noch nicht aufgegeben hatten und wohl in diesem Moment mit einer Hundestaffel den Wald durchkämmten, hörten wir eine Stimme, die auf Deutsch sagte: Wir müssen hier weg.

Wir sahen uns an unter unseren Masken. Ich sah Herrn Klein an, der Herrn Zielinsky ansah, der Frau Yildiz ansah, die Herrn Schnelling ansah, der Frau Liebherr ansah, die Bachmayr und Gursky ansah, aber nur kurz. Dann sahen wir alle Frido von Sendmühl an, der noch einmal ruhiger wiederholte: Wir müssen hier weg.

Die Klarheit, die in diesem Moment die Hütte erleuchtete, hatte das Gleißen eines Kugelblitzes, einer Reflektion aus dem ewigen Eis jenseits der Wälder. Niels Klein herrschte Gursky und Bachmayr an, das Kaminfeuer sofort zu löschen und dem Sammler die Kette anzulegen; Grete Yildiz war sich nicht zu schade, eigenhändig leere Flaschen und Plastikbecher in ihren Rucksack zu stopfen, und Paula Liebherr wischte mit Papiertaschentüchern aus eigenem Vorrat Tisch, Bank, Stühle und Türklinken ab.

Auch Sebastian Zielinsky wagte sich über den Tellerrand seines Ressorts. Er führte Frido von Sendmühl an der Kette über die Bohlen und hinaus in die nachtkalte Luft. Ich schloss mich dem Exodus an, wickelte die Kapuzenjacke enger um den Leib und atmete tief durch, als ich über mir die Sterne sah, ein Gefunkel unzusammenhängender Bilder, unter denen ich zu meiner Schande nur den Großen Wagen erkannte. Herr Klein stand als Nachhut in der offenen Tür, den Schlüsselbund in der Hand, als der Flüchtling aus dem Inneren der Hütte seine weiche, träumerische, jetzt leicht flehende Stimme hören ließ: *Take me with you.*

Paula Liebherr übernahm es, dem Mann die grundlegenden Maximen des Geschäftslebens zu vermitteln. *Human Solutions* war ein gewinnorientiertes Wirtschaftsunternehmen. Es bewegte sich in einem sich ständig ausdehnenden Universum, das sich Markt nannte. Dieses Universum umfasste die Gesamtheit von Raum, Zeit, Materie und Energie. Außerhalb dieses Universums gab es nichts. Wer nicht am Markt teilnahm, für den konnte es *Human Solutions* gar nicht geben, und dann gab es ihn logischerweise auch für *Human Solutions* nicht.

Bachmayr und Gursky brachten uns in den Jeeps hinunter ins Dorf. Die beiden Firmenwagen, der weiße Mercedes und der weiße BMW, standen vor dem *Alpenhof* und verrieten auf Anhieb, dass sie zusammengehörten; das Weiß, die *Corporate Identity,* die sich von selbst ergab, wenn man ein gemeinsames Ziel hatte. Ich spürte, wie die winzige Flotte eine Art Stolz der Zugehörigkeit in mir aufflammen ließ, und beinahe fühlte es sich an wie ein Phantomschmerz, zu sehen, dass Frau Seggles Audi, ebenfalls *Human-Solutions*-weiß lackiert, nicht mehr zwischen ihnen stand.

Es kam mir nicht professionell vor, dass Niels Klein erst jetzt, unten im Tal, auf der verwaisten Hauptstraße des Dorfs, die Diskussion um das Ziel anstieß, die weitere Betreuung des Kunden, den weiteren Gang der Geschäfte. Glimpflingen sei zu weit, Landstraßen und Autobahnen riskant, die Hotels kämen nicht infrage. Die Rezeptionen dort seien misstrauisch gegen Fremde und die ganze Nacht hindurch besetzt. Die erstklassige Betreuung, der 24/7-Service, den der Kunde gewohnt sei und auf den er Anspruch habe, sei auf unbekanntem Terrain nicht zu gewährleisten. Bevor eine neue Infrastruktur eingerichtet wäre, reibungslose Zufahrtswege, verlässliche Lieferketten für Food und Non-Food, ein schlüssiges Sicherheitskonzept, wäre das Projekt längst gescheitert. Gursky und Bachmayr, deren Vertrag ohnehin auslief, verstanden offenbar nicht viel, nickten aber einvernehmlich mit den immer noch maskierten Köpfen.

Rolf Schnellings Vorschlag, im nächstgelegenen Gewerbegebiet eine Box in einer Self-Storage-Facility anzumieten, traf auf erwartbar betretenes Schweigen. Ich verstand, dass unter den Masken die Erinnerungen an den Fall Stringl wach wurden, Bilder von dem fatalen Sommertag im Mietlager an der B 83, von der Box mit dem Campingbett und dem Chemieklo. Von den Servicekräften an ihren Babyfonen und Online-Dungeon-Games, von den Reinigungskräften mit ihren Desinfektionsmitteln, ihren Handschuhen und Mundmasken. Von dem halb nackten, zähneputzenden WC-König Stringl in seiner Unterhose, das Kettchen aus

Echtgold um den Hals, und von seiner Flucht. Das Schweigen dehnte sich und platzte schließlich, als Frido von Sendmühl mit rauer, gepresster, kaum hörbarer Stimme sagte: Warum fahren wir nicht zu meinem Chalet.

Es war immer einer meiner Grundsätze gewesen, dass die Lösung jedes Problems vom Klienten selbst kommen musste. Stets ging es darum, die Selbstheilungskräfte zu mobilisieren, die im Klienten gefangen lagen und nur noch keinen Weg an die Oberfläche gefunden hatten. Mit einem Siegesgefühl, das ich lange vermisst hatte, sah ich den Sammler an. Natürlich war Sendmühl nicht in der Lage, unter der Maske meinen Stolz zu erkennen, mein Feedback zu empfangen und zu verarbeiten. Doch ich glaubte, einen Glanz der Zuversicht in seinem Gesicht zu sehen, und ich hoffte, dass es nicht nur Angstschweiß war.

Die Führungskräfte von *Human Solutions* konnten meine Befriedigung ganz offensichtlich nicht teilen. Niels Klein sprach von *Falle*, Paula Liebherr von *Lose-Lose-Situation*. Rolf Schnelling wiegte den Kopf, und Sebastian Zielinsky warf, obwohl schon schwankend, die ungeklärte Abrechnungsfrage auf. Womöglich, sagte er, müssen wir dann noch bei unserem eigenen Kunden Miete zahlen.

Sie sind natürlich meine Gäste, sagte Frido von Sendmühl mit der herrischen Unterwürfigkeit, mit der er wohl sonst die Künstler behandelte, deren Bilder er kaufen wollte und deren Leben. Ich begebe mich auch wieder vollständig in Ihre Gewalt, sagte er, auch wenn er leicht zögerte vor dem letzten Wort. Und als täten wir ihm einen Gefallen, wenn wir sein Angebot annähmen, machte er sogar Reklame: Zum letzten Mal war ich vor zehn Jahren dort. Es liegt so versteckt, dass nicht mal meine Frau hinfindet.

Als keine Reaktion kam, fügte er noch hinzu: Und Handyempfang gibt es dort auch nicht.

Mir war kalt, jetzt, in dieser Nacht, auf dieser toten Hauptstraße von Bruckenschwang, und ich sehnte mich nach einer Entscheidung.

Herr von Sendmühl, sagte ich laut, ist auf unserer Seite.

Und es machte mir in diesem Moment überhaupt nichts aus, das Wort *unserer* zu benutzen.

Ich wusste, dass ich mich damit weit aus dem Fenster lehnte. Doch ich wusste auch, dass der Sammler womöglich einen Grund hatte, uns dankbar zu sein. Wir hatten *gelassen verschmäht, ihn zu zerstören*; er war am Leben, seine beiden Ohren waren unversehrt, sein Leben war entschleunigt, seine Konzentration fokussiert auf die wirklich wichtigen Dinge. Und die Menschen, denen er noch nie vertraut hatte, hatten ihm gezeigt, dass sie auch kein Vertrauen verdienten: die Frau, die Stiftung, die Sammlungen, der Staat. Wer übrig blieb auf der ganzen weiten Welt, waren ich und *Human Solutions*.

Meine Expertise machte offenbar Eindruck. Ich wusste zwar, dass Herr Klein sich nicht leicht damit tat, einen Plan umzustoßen. Jetzt aber half ihm, dass er schon keinen mehr hatte. Auch Paula Liebherr, in deren professioneller DNA es lag, Gelegenheiten zu ergreifen, wo sie sich boten, die in jeder noch so kleinen Krise eine Chance zu sehen trainiert war, ließ ihre Bedenken fallen. Rolf Schnelling besann sich auf seinen geradezu magischen Glauben an den perfekten Standort und seine Knock-out-Kriterien, an Verkehrslage, Freizeitwert und Sozialprestige der Location, die sich dann automatisch auf die Qualität der Arbeit niederschlagen müssten, und hatte keine Gegenargumente mehr.

Herr Klein lud Frido von Sendmühl ein, die Adresse des

Chalets in den Navi des Mercedes einzugeben. Schwer atmend, doch mit allen Zeichen der Erleichterung, nahm der Sammler auf dem Beifahrersitz Platz. Ein bisschen mehr Komfort, fügte er mit etwas zu fröhlicher Stimme an, können wir wohl alle ganz gut gebrauchen.

Wir schon, korrigierte Herr Klein. Dann gab er Gursky und Bachmayr ein Zeichen, und die Kundenbetreuer komplimentierten den Aristokraten in den Kofferraum. Mit einem Knall, der nach einem finalen Paukenschlag klang, warfen sie den Deckel zu, als letzte Amtshandlung, im stolzen Bewusstsein wenigstens einer erfüllten Aufgabe.

Die Rezeptionisten in *Forsthaus* und *Alpenhof*, immer auf der Jagd nach treuen Business-Gästen, waren kulant genug, uns die unverschlafene Nacht nicht in Rechnung zu stellen. Herr Schnelling, Frau Yildiz und Herr Zielinsky kamen überein, noch in der Nacht mit dem BMW nach Glimpflingen zurückzukehren, um in der Zentrale die operativen Geschäfte weiterzuführen. Die Kundenbetreuer verluden das Gepäck in die Wagen und verschwanden dann mit den beiden Jeeps in der Nacht. Ich horchte noch kurz an dem Kofferraum des Mercedes. Kein Laut war aus dem Inneren zu hören; der Klient war zurückgeworfen auf seine Selbstwahrnehmung, den Atem, das elektrische Pulsen des Bluts und das raue Gewebe der Kaffeesäcke, die den Boden des Kofferraums polsterten, das ihm die eigene Haut spürbar machte.

Endlich setzten wir uns in Bewegung. Und als der BMW mit Yildiz, Zielinsky und Schnelling in Rodelang den Zubringer zur Autobahn nahm, unser Mercedes, Paula Liebherr am Steuer, ich auf dem Beifahrersitz, Herr Klein auf der Rückbank, die schmale Landstraße nach Fratzing verließ und in die noch kleinere Richtung Michelsried einbog, war der Himmel über der asthmatischen, bleistiftgrauen Kette der Krapfenwände schon von einem lachsfarbenen Morgenrot gesäumt.

▪ ▪ ▪

Der Sammler Frido von Sendmühl kletterte aus dem Kofferraum. Er sah schwer aus, zerknickt und bleich, als entstiege er einem Kindergrab, doch sein verheultes Gesicht sah zukunftssatt aus, wie das eines Neugeborenen. Er verlor keine Zeit, uns mit den Vorzügen der Location zu imponieren. Es sah jetzt aus, als wäre er es, der Herrn Klein an der Kette zog, und Frau Liebherr und mich dazu. Klirrend führte er uns durch den offenen Wohn-, Ess- und Kochbereich mit dem Speragni-Sofa und der Doppel-Schwebeliege von Rauttiainen, den Ledercouchen und Infrarot-Liegen, dem Kamin aus Naturstein, rundum sichtbar von Wohnzimmer, Küche und Schlafzimmer, verwies auf die natürlichen Materialien. Er betrat mit uns den Masterbedroom, zeigte das Himmelbett aus Zirbenholz, führte mit gespreizten Händen die Federung vor, lenkte unsere Blicke auf die frei stehende Badewanne aus Eiche.

Im zwanzig Quadratmeter großen Badezimmer simulierte er an der kombinierten Wasserfall-, Regen- und Monostrahldusche einen kurzen Wolkenbruch, drückte den Spülknopf im separaten WC, öffnete mit geheimnisschwerem Zwinkern die gleichfalls mit Zirbenholz getäfelte Natursauna. Dann stiegen wir hinter ihm die Wendeltreppe hinauf, wo uns die offene Schlafgalerie für zwei Personen empfing. Wir standen betört vor dem großen Fenster am Fuß des aus Altholz gefertigten Doppelbetts, genossen den Blick ins Tal und auf einen mundwasserblauen Bergsee.

Wir traten auf die Rundum-Terrasse mit Outdoor-Sauna und Schwebenest, wo uns das Alpenpanorama umgab wie eine Wolke aus Kräuterduft, bestaunten die Whirlwanne auf der Südseite. Mit Farblichttherapie, ergänzte Frido von Sendmühl und deutete an, im Keller läge noch eine Batterie 1996er Mignon-Carroussec.

Die Tage im Chalet waren arbeitsam, aber komfortabel. Es gab genügend Schlafzimmer, sodass sich Niels Klein und Paula Liebherr nicht einmal auf dem Flur begegnen mussten; nur Sendmühl selbst musste mit dem Kaminzimmer vorlieb nehmen, mit dem Speragni-Sofa, an dem sich die Fußketten gut befestigen ließen. Ich genoss es als ein Zeichen der Anerkennung, dass ich den Schlafraum mit dem Panoramafenster bekam; benommen lag ich dort auf dem Bett und starrte auf den See, und minutenlang konnte ich an nichts anderes mehr denken.

Die Vorräte schaffte Herr Klein regelmäßig aus Michelsried herbei, wo es sogar, betrieben von einem Syrer, der sich als Italiener tarnte, ein Geschäft mit Spezialitäten vom Mittelmeer gab. Sendmühl bewies sich als aufmerksamer Gastgeber, kochte an seiner langen Kette, die bis in die Küche reichte, sogar mehrmals ein Steinpilzrisotto, dessen Rezept ihm, wie er nicht müde wurde zu betonen, einmal Maurizio Mitterer verraten hatte. Wenn er den Wunsch äußerte, sich in die Natursauna zurückziehen zu dürfen, blickte er in die Runde, um auf unsere Erlaubnis zu warten.

Versonnen sah ich ihn dann an. In seinem Warten, in seiner Geduld, seiner Zugewandtheit erkannte ich die Nacht wieder, seine unendliche Nacht in der Hütte. Ich erkannte sie auch in der Zärtlichkeit, die seinen Blick aufmerksam und zugleich abwesend machte. Und weil niemand sonst auf sein Warten reagierte, war ich es, die schließlich mit konstruktivem Nicken sagte: Gehen Sie ruhig, Herr von Sendmühl.

Und dann löste Herr Klein Sendmühls Kette vom Sofabein und führte den Sammler an seiner eisernen Kandare in den Wellnessbereich.

▪ ▪ ▪

Paula Liebherr fiel es zu, die Verbindung nach Glimpflingen aufrechtzuerhalten. Zweimal am Tag fuhr sie mit dem Firmenwagen ins Dorf. In der alten Feuerwehr, dem jetzigen Gemeindezentrum, loggte sie den Laptop im einzigen öffentlichen WLAN-Netz des Landkreises ein. Wenn sie zurückkam ins Chalet, brachte sie mit wachsender Resignation Nachrichten vom Vertrieb mit, von der Marktforschung, von der Finanzabteilung. Anschließend verzog sie sich in die Sauna, wo sie dann grimmige Powerballaden grölte, die Herr Klein mit gequetschter Stimme und zunehmendem Überdruss nachäffte.

Herr Zielinsky war nicht imstande gewesen, neue potenzielle Käufer zu lokalisieren. Die vorhandenen Kontakte erwiesen sich weiterhin als hartleibig. Die Stiftungen behaupteten, nicht zuständig und als Non-Profit-Unternehmen schon aus rechtlicher Sicht nicht zu persönlichen Zahlungen ermächtigt zu sein. Der Leiter der Sammlungen erklärte, über kein eigenes Geld zu verfügen und jeden Ankauf von der Stiftung absegnen zu lassen. Die Geschwister schoben einander wie gehabt gegenseitig den Schwarzen Peter zu. Die Ehefrau ließ sich noch immer verleugnen, beantwortete keine Anrufe und keine E-Mails, und auch der Papierbrief, von Zielinsky in seniorenfreundlicher Schrift bedruckt und von einem seiner Praktikanten in Mannheim für ihn in den Briefkasten geworfen, hatte bei ihr nicht die kleinste Reaktion ausgelöst. Wiederholt brachte Zielinsky das Thema Ohr zur Sprache. Aber hier, in der tröstlichen Eleganz des Chalets, war niemand mehr so recht geneigt, sich mit der fälligen Operation zu befassen.

Die Abende verdämmerten wir im Kaminzimmer. Herr Klein kümmerte sich um das Feuer, und Frido von Sendmühl, der sich an seiner Kette inzwischen geradezu anmutig bewegte wie ein Tanzbär, schenkte aus dem gläsernen Barschrank Getränke nach. Nur als er Frau Liebherr, die plötzlich auf Detox war, einen Whisky kredenzte, herrschte sie ihn an: Ihr Gift können Sie behalten.

Vielleicht galt der Ausbruch weniger dem Sammler als ihrer eigenen Enttäuschung. Vielleicht galt er dem Ergebnis von mittlerweile schon zwei Wochen Stagnation. Für eine Frau wie Paula Liebherr, die von interplanetarischen Flügen träumte, musste Stillstand sich wie eine Hölle anfühlen, deren Feuer nur durch noch mehr Feuer bekämpft werden konnte.

Sendmühl senkte den Kopf. Er zog die Schultern zusammen und starrte auf den Boden. Er starrte auf die großen, flachen Platten aus schwarzwolkigem, scharf poliertem Travertin, deren Glätte obszön glänzte, wie eine Folge von feuchten Orgien, von Exzessen, an die Sendmühl sich unter Frau Liebherrs Blick natürlich nicht mehr zu erinnern wagte. Er riss den Blick hoch, sah in ihre braungrünen Augen, deren Pupillen eng und spitzig geworden waren.

Es tut mir so leid, murmelte er. Darf ich Ihnen eine Holunderlimonade bringen.

Dann schlich er kettenklirrend in die Küche, vorsichtig wie ein alter Mann, der Sorge hat zu stürzen. Er kam mit der Limonadenflasche zurück und ließ den Whisky erst weiter kreisen, als Frau Liebherr ihr volles Glas in beiden Händen hielt wie ein Kind. Dann hob sie die Beine, die in dicken, aber eleganten flaschengrünen Wollsocken steckten, auf die Ledercouch und zog sie an die Brust.

Im weiteren Verlauf des Abends schrumpfte Sendmühl zum Zwerg. Er machte sich so klein, verschwand so restlos zwischen den Ritzen des Speragni-Sofas, dass Herr Klein und Frau Liebherr die Lage besprachen, als wäre der Sammler gar nicht mehr da. Ich selbst lag auf einer der Infrarot-Liegen aus Ahornholz, korrigierte mit der Fernbedienung meine Liegeposition, genoss die sanfte Glut der integrierten Tiefenwärmestrahler und spürte, wie meine Wirbelsäule sich entrollte. Ich spürte, wie sie sich konturlos über die ganze Lehne ausdehnte und ich zum ersten Mal keine Lust mehr hatte, mich in die sozialen Prozesse in diesem köstlichen Chalet einzumischen.

Zielinsky ist mit seinem Latein am Ende, sagte Paula Liebherr. Dem fliegt gerade seine ganze Zielgruppenanalyse um die Ohren. Seine Segmentierungsvariablen, höhnte sie. Seine problematische Einschätzung hybrider Käufer. Dabei sollte er sich mal an die eigene Nase fassen. Sein Marketingmix ist vielleicht was für die Eisdiele am Bahnhof, aber nichts für eine Firma mit internationalen Ambitionen.

Quatsch, sagte Herr Klein mit der Härte, die ich bei den Männern, die an der Kundenfront standen, so oft erlebt hatte. Der Markt ist einfach ausgeschöpft, sagte er. Da geht nichts mehr.

Am Ende des Tages ist es doch eine Frage der Kommunikation, sagte Frau Liebherr. Was habe ich davon, wenn ich das Sortiment, die Preisgestaltung und die Vertriebswege an meinen Zielgruppen ausrichte, aber die ganze Kommunikation komplett an denen vorbeiläuft.

Du kannst nur Käufer ansprechen, die sich auch ansprechen lassen, Darling, beharrte Herr Klein und räkelte sich mit abstoßender Lässigkeit in seiner Rauttiainen-Schwebeliege. Wenn sich keiner mehr ansprechen lassen will, kannst du einpacken.

Ich wüsste da noch jemanden, sagte wie aus großer Tiefe, gefühlt eine Handbreit oberhalb des Fußbodens, Frido von Sendmühl.

■ ■ ■

Dass Sendmühl auch noch eine Tochter hatte, hatte ich schon mal irgendwo gelesen. Ich wusste, dass sie seinem Angriff auf eine hoffnungsvolle Videokünstlerin aus Lima entsprungen war, den er *Affäre* nannte und den er öffentlich mit einer Detailtreue ausschmückte, die mich abstieß; der Dreh mit den Aalen im Pool auf der Dachterrasse des *King Solomon II*, Sendmühls lippenleckender, lange geübter Gnadenstoß: Vergessen Sie die Aale. Ich hätte da was Besseres für Sie.

Aber es hatte mich nicht zu interessieren. Schließlich waren die Kompetenzen klar verteilt. Die Marktforschung erforschte den Markt, der Vertrieb vertrieb, und ich, die Vertraute, baute Vertrauen auf. Ich sah Mercedes nicht als potenzielle Käuferin, sondern allenfalls als Instrument zur Prozessbeschleunigung, als Ferment, das unser Problem auffressen und verwandeln konnte wie Hefe Zucker in Alkohol.

Fast aufdringlich, so wie er es mit seinem Whisky getan hatte, servierte Sendmühl Herrn Klein jetzt die nötigen Informationen. Er lieferte Adressen, Telefonnummern und E-Mail-Koordinaten, Geburtstag und Gewohnheiten. Frau Liebherr gab die Daten bei ihrem nächsten Abstecher ins

Dorf an den Vertrieb weiter. Und so ging in Glimpflingen die Verkaufsschlacht in die entscheidende Phase, während ich im Chalet für produktives Reizklima sorgte, indem ich Wahrheit-oder-Pflicht-Spiele am Infinity-Pool organisierte, über den ein Team aus schwindelfreien Bussarden kitzlige Schatten wischte.

Allmählich kehrte die Zuversicht zurück. *Human Solutions* ist wie ein Ferrari, philosophierte Paula Liebherr am Pool und schüttelte herrisch die nasse Mähne. Auch *Human Solutions* gibt den Kunden einen Wert, den sonst keiner sieht, fuhr sie fort. Genau wie ein Ferrari. Man kauft einen Ferrari, und alle sehen, dass man mindestens eine Viertelmillion wert ist. Unser Kunde nimmt unseren Service in Anspruch, und alle sehen, dass er sogar viele Millionen wert ist. Ferrari und *Human Solutions* geben das gleiche Versprechen: die Freiheit. Nur dass bei uns der Kunde am Ende noch viel mehr Freiheit dazugewinnt, als sich der Ferrarifahrer für sein Geld jemals kaufen kann.

Die Ergebnisse, die Paula Liebherr abends von ihren Videokonferenzen in der alten Feuerwehr zurückbrachte, lösten unsere Erwartungen nicht ein. Am Kaminfeuer las sie uns eine Botschaft von Mercedes vor, die Glimpflingen für einen vollen Tag lahmgelegt hatte. Sagen Sie meinem Stiefvater, stand darin, er kann gerne dort bleiben, wo er ist. Weiter weg, als er in meiner Kindheit war, kann er auch dort nicht sein. Und wenn ich irgendwann mal jemand brauchen sollte, der mir Reizwäsche schickt, so wie er es getan hat, als ich sieben war, dann wende ich mich an meinen Lover.

Frido von Sendmühl protestierte nur schwach gegen Mercedes' Vorwurf. Die Demut, mit der er die Lider senkte, unterschied sich nicht sehr von der Fügsamkeit, die ich längst von ihm gewohnt war; von dem Geist der Ergebung, der sich nur noch um Dinge sorgte, die in seiner Macht standen. Ich hatte ihn zu dem Bewusstsein ermuntert, dass ganz und gar nichts mehr in seiner Macht stand, und das bedeutete, dass er sich auch um überhaupt nichts mehr zu sorgen brauchte.

Vielleicht versuchen Sie es mit Crowdfunding, schlug Herr Klein noch unentschlossen vor, doch Sendmühl winkte ab. Kann ich den Herrschaften noch was Gutes tun, sagte er dafür mit einem besonders dienstbaren Servicelächeln, vielleicht einen Haselnussschnaps aus dem Burgenland. Der Brenner ist ein alter Freund von mir. Übrigens auch ein toller Künstler. Und Sie wissen ja, ob ein Künstler Bilder malt oder Schnaps brennt, er tut alles mit Leidenschaft.

Der Fatalismus des Sammlers, der von Tag zu Tag tiefer im Gegebenen ruhte und daraus eine gespannte, wachsame Heiterkeit zog, färbte zunehmend auf uns ab. Paula Liebherr verbrachte die Tage am Infinity-Pool, reduzierte ihre Fahrten ins Tal, nicht zuletzt dank der dünnen Nachrichtenlage, von zweimal am Tag auf dreimal pro Woche. Es gebe nichts Neues, sagte sie achselzuckend, oder: Alles wie immer. Und natürlich war es mir egal, ob sie in der alten Feuerwehr, anstatt mit Vertrieb, Finanzabteilung und Marktforschung zu konferieren, mit Pizzaessern aus Moskau und Montevideo *Massacres of Babylon* spielte.

Niels Klein erzählte uns Geschichten. Es waren die üblichen pointenlosen Anekdoten aus seiner Zeit im Außendienst, in denen durchschwitzte Hemden, durchgelaufene Schuhe, die Genugtuung des Erfolgs, aber auch die eine oder andere Ohrfeige den Plot bestimmten. Herrn Kleins Vorrat war unerschöpflich, denn sein Gedächtnis behielt auch das kleinste Detail: die Vibrationsautomatik in einem Vertreterhotel in Bergisch-Gladbach, die sich durch Einwurf eines Markstücks aktivieren ließ; die Warze auf dem Schlüsselbein einer Kellnerin in Kiel. Sah irgendwie schon auch geil aus, sagte Herr Klein. Geil sah das aus.

Und weder Frau Liebherr noch mir fiel auf, dass eines Morgens am Frühstückstisch keine von uns mehr ihre Schweißermaske trug. Auch Herr Klein, der mit einer Viertelstunde Verspätung das Esszimmer betrat, verlor kein Wort darüber, nahm selbst die Maske ab und enthüllte sein Gesicht, auf dem in der Zwischenzeit ein grau, schwarz und braun melierter Vollbart gewachsen war.

Ich stellte fest, dass es uns allen zunehmend schwerfiel, uns die Arbeit in der Glimpflinger Zentrale vorzustellen. Ihre Produktivität, ihre Benchmarks blieben im Nebel stecken, der morgens im Tal lag, und ich fragte mich, ob es das Fehlen von Sabine Seggle war, das diese Unschärfe erzeugte und zugleich diesen Thrill über mein Zwerchfell jagte, diesen Hall des leeren Raums, der manchen Musikstücken eine geisterhafte Intensität verleiht.

Ohne noch groß meine Ziele zu definieren, arbeitete ich weiter mit dem Klienten. Wenn er mich in schwachen Momenten fragte, wann das alles ein Ende haben werde, wann er seine Sammlung wiedersehen würde oder die Künstler, die angeblich bei ihm *ein- und ausgingen*, riet ich ihm zum dutzendsten Mal mit tantenhaft erhobenem Zeigefinger vom Sprechen über Probleme ab, um sein Vermeidungssystem nicht zu stärken. Ich lade Sie ein, nicht vor allem die Mängel Ihrer Lage zu betrachten, schärfte ich ihm wieder und wieder ein, obwohl ihm schon längst nichts mehr zu fehlen schien.

Ich arbeitete weiter, auch wenn die Koordinaten meiner Arbeit immer mehr am Horizont verschwammen, im aufsteigenden Dunst, wie er in der Ferne die Zweitausender überzog und auch das Chalet nun schon fast ganztägig in einen Mantel aus weicher, zärtlicher Melancholie hüllte.

Doch je ferner uns die Welt rückte, je spärlicher die Nachrichten aus Glimpflingen eintrafen, desto enger rückten wir im Chalet zusammen. Eines Abends, Sendmühl hatte Käsefondue mit einer Literflasche Schwarzwälder Kirsch zubereitet, rutschte Herrn Klein das *Du* heraus.

Du willst uns wohl besoffen machen, Sendmühl, sagte er mit neckisch wedelndem Zeigefinger.

Sie doch nicht, Sir, sagte der Sammler, und er war dankbar für die Gelegenheit, die Geschichte von James Cristoforo zum Besten geben zu dürfen, der um eine Skizze mit ihm gewettet habe, wer nach einer Literflasche Grasovka noch Energie für die von Sendmühl organisierte Escort-Lady übrig hätte. Natürlich habe er gewonnen, aber die Skizze trotzdem bezahlt, erzählte er, woraufhin ihn Paula Liebherr zum Schämen auf sein Zimmer schickte.

Wir alle beobachteten mit Befremden, dass der Vertrieb in Glimpflingen jetzt offenbar versuchte, über die Preisgestaltung Einfluss auf den Verkaufserfolg zu nehmen. Aus den zwanzig Millionen der ursprünglichen Kalkulation waren erst achtzehn Millionen geworden, dann zehn, schließlich drei. Was nichts kostet, ist auch nichts wert, mäkelte Herr Klein in seinem Liegestuhl auf dem Naturrasen vor dem Chalet, den nur einmal im Jahr ein Gärtner nachschnitt. Wir sind keine Resterampe, sagte er. Schließlich arbeiten wir im Premiumsegment.

Ich selbst beschloss, aus dem Preissturz für meine Arbeit das Beste zu ziehen. Die Rabatte, zu denen sich Glimpflingen durchgerungen hatte, konnten auf den Klienten läuternd wirken, wie der Totenschädel oder die Sanduhr auf einem barocken Gemälde, als Mahnung, sich seiner eigenen Bedeutung nie allzu sicher zu sein. Wer heute zehn Millionen schwer war, konnte morgen nur noch drei wert sein und übermorgen gar nichts mehr. Und die Freiheit, die aus dieser Erkenntnis erwuchs, konnte kostbarer sein als alles Geld der Welt.

Frido von Sendmühl verfolgte, die Kette locker an einem der beiden Laternenpfähle vor dem Haus befestigt, den Countdown, den Fortschritt seines Kursverfalls, mit kaum bewegtem Gesicht. Ich glaubte zu sehen, wie etwas einrastete in diesem Gesicht, eine Bestätigung für einen Verdacht, den der Sammler nie gewagt hatte sich einzugestehen. Wind stieg aus dem Tal herauf, irgendwo in der Ferne kollerte ein Auerhahn, und ich nahm meinen Mut zusammen und fragte Sendmühl mit einer Sachlichkeit, zu der ich mich fast zwingen musste: Was, Herr von Sendmühl, glauben Sie, würde Ihr Vater sagen, wenn er jetzt hier bei uns sitzen könnte. Wenn er miterleben könnte, wie sein Sohn von Tag zu Tag an Wert verliert.

Sendmühl sah mich an, mit einem seltsam präzisen Blick, als trüge ich immer noch meine Maske, die er durchlöchern müsste. Er sah mich an mit einer plötzlichen Konzentration, die alles ausblendete, was sich um ihn herum auffächerte, die Berge und See verdrängte und Herrn Klein und Frau Liebherr, die sich längst über andere Sachen unterhielten, über Gartenfrüchte und Reisepläne, über Bali und Cancún. Es war ein Blick, der nur noch mir galt, ein zärtlicher und gebrochener Blick. Aber dann sagte er mit einer Festigkeit, als müsste er gegen einen unsichtbaren Strom anschwimmen: Das war mir klar, Frido, würde er sagen. Das war mir immer schon klar.

Das Wetter trübte nachhaltig ein. Und bald reiste Paula Liebherr ab. Niels Klein fuhr sie zum Bahnhof nach Wackersbrunn, und ich blieb mit meinem Klienten im Kaminzimmer zurück und begann, mich um meinen Status zu sorgen. Ich sah mein Assignment als Coach in Gefahr, das vielleicht schon kein Assignment mehr war, das an Sabine Seggle geknüpft war und jetzt auf eine ungute Art in der Schwebe lag. Ich sah es mir an wie eine Ehefrau ihre Ehe nach sieben Jahren, wenn sie sich fragt, ob ihr Mann sie überhaupt noch liebt. Doch dann schüttelt die Frau den Gedanken ab und stellt dem Mann das Bier hin, denn wenn man alles tut, um geliebt zu werden, ist es leichter, an die Liebe zu glauben.

Und so arbeitete ich weiter mit Frido von Sendmühl, und Niels Klein übernahm die Kommunikation mit der Zentrale. Der Sammler hatte längst gelernt, sich selbst zu betreuen, an seiner langen Kette in die Küche zu gehen, um sich ein Sandwich mit Garnelen und Avocado zu machen. Irgendwann bat er sogar um den Schlüssel für die Eisenkette, um sich vor und nach dem Duschen selbstständig an- und abkoppeln zu können und Herrn Klein das Bücken zu ersparen. Der Servicemanager stand dann tatenlos in der Tür zum Bad, nur noch im Bereitschaftsdienst für den Fall der Fälle, wie ein Turnlehrer, der den Salto seines Schülers beim Bockspringen begleitet, die Hände zur Hilfestellung in die Luft gereckt.

■ ■ ■

Eines Tages kam Herr Klein schwitzend aus dem Dorf zurück. Er hatte das Gesicht eines Boxers, der nach dem Fast-K. o. wieder aus seiner Ecke kommt. Seinen Antrag auf Spesenerstattung, sagte er atemlos, habe die Buchhaltung noch immer nicht bearbeitet. Es habe eine Weile und ein paar E-Mails hin und her gedauert, bis Grete Yildiz mit der Wahrheit herausgerückt sei, sagte er. Heftig atmete er ein und aus, er schnaubte sogar. Ihre letzte Mail habe er dann schon nicht mehr beantwortet. Die lassen uns hier sitzen, sagte er, wie den Hund vorm Supermarkt.

Sabine Seggle hatte sämtliche Firmenkonten leer geräumt. Frau Yildiz hatte alle Hände voll zu tun, Lieferanten zu vertrösten, Gehaltszahlungen aufzuschieben und Kurzarbeit zu beantragen, Kredite aufzunehmen, Zahlungsengpässe zu beschwören, wo schon kein Engpass mehr war, sondern ein handfester Stau.

Sebastian Zielinsky war vom Team dazu verdonnert worden, seine Verkaufstätigkeit auf das große Ganze auszudehnen. Er hatte sich auf die Suche nach *business angels* gemacht, nach kurzfristigen Investoren. Er war von Networking-Event zu Networking-Event gepilgert, vom monatlichen *Schwaben-Pitch* in Bietigheim-Bissingen über das *Manufacturers Forum* im Airport Club Frankfurt am Main bis zum Erfurter Gründermarkt.

Es war ihm sogar gelungen, sich einen Platz beim *Investors Dinner* in Lübeck zu erschwindeln. Dort hatte er mit vierzehn jungen Start-up-Rittern mit Undercut und Vollbärten um das Geld von dreißig Alten Herren gekämpft, die mit Erfahrung und Kapital winkten und sich dafür ewige Jugend versprachen. Herr Zielinsky, selbst mit weißgrauen Strähnen im Hundepelzhaar, hatte dann zwei Stunden lang neben einem scheintoten Bamberger Zahnarzt beim Labskaus gesessen, ihm aufmerksam Bordeaux nachgeschenkt und mit aller gebotenen Unschärfe das Geschäftsmodell von *Human Solutions* in das haarige, schwergängige Ohr geschrien, bis der Mediziner ihm mit seniler Begeisterung seinen Plan unterbreitete, bundesweit Angstpatienten mit eigens gezüchteten Leihmeerschweinchen zu beruhigen. Für das Projekt suche er noch Investoren.

Ich stand auf und ging treppab in die Lobby. Ich wunderte mich, wie wenig die Nachricht aus Glimpflingen mich berührte; wie wenig mich *Geld* überhaupt noch berührte. Geld war nur ein Symbol für das, was ich sowieso wollte, für den Erfolg; ein mathematischer Platzhalter, das X in der Formel, wie der Dollar für die Goldreserven von Fort Knox. Wenn kein Gold mehr da war, war auch das Geld nichts mehr wert, und genauso war es mit dem Erfolg.

Ich zog meine Bergstiefel an und trat aus der Tür. Ich umkurvte das Chalet, wo ein körniger Pfad in die Höhe führte, und stapfte bergan, auf einen vorsichtig blauen Fetzen Himmel zu, der durch die Wolkendecke lugte, wuchs und wieder schrumpfte, ein Zwinkern des Firmaments.

Erst jetzt fiel mir auf, wie lange ich nicht mehr an Frau Seggle gedacht hatte. Ich erinnerte mich an ihren Abschied von der Hütte; es war der Abschied einer Wanderheiligen, die zur nächsten Prüfung schritt, zum nächste Martyrium. Vielleicht hatte sie das Geld von *Human Solutions* einer guten Sache gespendet, der Dritten Welt oder dem Ursulinerinnenkloster Sankt Priska in Bertenbrunn.

Dann erschien sie vor meinem geistigen Auge im blauen Bentley mit den weißen Ledersitzen, den sie sich immer so gewünscht hatte.

▪ ▪ ▪

Mit dem Angebot, das Frido von Sendmühl uns beim Frühstück unterbreitete, hatte niemand gerechnet. Niels Klein nahm mich beiseite, als hätte ich irgendetwas mitzuentscheiden. Das ist eine glatte feindliche Übernahme, schimpfte er. Das ist alles die Schuld der Chefin. Sie hat *Human Solutions* zum Freiwild gemacht.

Er zog mich aus der Tür, ließ Sendmühl unbewacht zurück im Chalet, zerrte mich auf den Pfad hinter dem Haus und schritt mit langen Schritten aus. So energisch stieg er bergan, dass ich Mühe hatte, ihm zu folgen. Das kommt davon, sagte er. Wenn ein Unternehmen schlecht geführt ist, wenn es dem Wettbewerb hinterherhinkt, wenn ein potenzieller Käufer glaubt, dass er mehr aus dem Geschäft rausholen kann, mit besseren Leuten, einer besseren Strategie, dann macht es sich eben angreifbar.

Wütend kickte er einen Felsbrocken ins Tal. Ich bin seit zwanzig Jahren im Betrieb, sagte er dann mit einer plötzlichen, bitteren Ruhe, die sich fast anfühlte wie Resignation. Wenn der neue Eigentümer das Ruder übernimmt, bleibt nichts mehr beim Alten. Womöglich müssen wir uns dann alle neu bewerben.

Am Nachmittag nahm er mich mit ins Tal. Das Quietschen, mit dem er den Mercedes vor der alten Feuerwehr zum Halten brachte, zeugte noch von seiner Erregung. Aufgewühlt und ohne Paula Liebherrs IT-Skills hatte er Mühe, die Videokonferenz einzurichten, aber nach zwanzig Minuten erschienen die Gesichter des Führungsteams sauber gerahmt auf dem Bildschirm.

Die Wortmeldungen aus Glimpflingen waren unerwartet besonnen. Das Angebot zeige doch gerade, wie gut *Human Solutions* im Kern aufgestellt sei, sagte Grete Yildiz. Auch wenn Sabine Seggles Schlingerkurs das Schiff fast gegen den Eisberg gesteuert hätte. Sendmühls Angebot gebe der Firma endlich Raum zum Wachstum, pflichtete Rolf Schnelling bei, und Sebastian Zielinsky öffnete, als wäre die Schlacht längst durchgestanden, an seinem optimistisch buttergelben Hemd mit violetten Punkten den obersten Knopf.

Wachstum sei ein Fetisch, konterte Herr Klein. Was nütze Größe, wenn um einen herum die Wettbewerber immer schneller, wendiger und flexibler würden. Die Musik spiele heute eher im Kleinen, im Detail, den speziellen, auf den Kunden zugeschnittenen Anwendungen.

Wir müssen uns fragen, was wir überhaupt wollen, mischte sich Paula Liebherr ein. Wollen wir innovativ sein, wollen wir kreativ sein, wollen wir besser sein als andere. Wollen wir was bewegen, für unsere Kunden und für die Gesellschaft. Wollen wir der Seismograf dieser Gesellschaft sein. Dann dürfen wir uns ihren Trends nicht verschließen. Lieber einen möglichen Fehler akzeptieren, sag ich immer, als eine große Chance vorbeiziehen zu lassen.

Sie wurde so ernst, wie ich sie lange nicht gesehen hatte, und starrte in das winzige Auge ihrer Kamera. Wir müssen mutig sein, sagte sie dann fast ohne Ton.

Den Ausschlag gab schließlich Frau Yildiz. Ihr Blick schweifte über ihren Schreibtisch, als müsste sie etwas suchen. Sie hob die Kaffeetasse an und setzte sie wieder ab. Dann sah sie in die Kamera, als hätte sie jetzt erst gemerkt, dass sie gefilmt wurde.

Ihr tut so, sagte sie, als hätten wir eine Wahl.

▪ ▪ ▪

Die Geisel wird den Geiselnehmer niemals los. Auch nach der Geiselnahme fürchtet sie seine Rückkehr. Sie rechnet mit ihm, auch wenn er im Gefängnis sitzt, sogar, wenn er tot ist. Wie der Markt ist der Geiselnehmer eine Instanz für die Ewigkeit. Wie der Geiselnehmer, der in der Psyche der Geisel nicht auszulöschen ist, be-

hauptet der Markt, in der menschlichen DNA verankert zu sein. Wer ihn abschaffen will, verschwendet nur seine Zeit.

Noch im Ruhestand trauert die Geisel des modernen Kapitalismus ihrer Gefangenschaft hinterher. Noch im Ohrensessel des Rentners glorifiziert sie ein Regime, das ihre Arbeitskraft so gründlich aufgesogen hat, dass mit 65 Jahren nichts mehr von ihr übrig ist.

»Wir sehen uns wieder«, rufen auch die Stockholmer Geiseln nach dem Ende des Überfalls den Geiselnehmern zu. Erschöpft winken sie ihnen von den Tragen aus zu, auf denen die Sanitäter die Befreiten in die Ambulanzen verfrachten. Auch im Krankenhaus, das sie zur Untersuchung aufnimmt, lässt die Bindung der Geiseln an die Geiselnehmer nicht nach. Nach wie vor sind sie überzeugt, dass sie ihren Bedrängern ihr Leben verdanken. Trotz aller Bemühungen gelingt ihnen weder Hass noch Wut auf die Peiniger. Stattdessen werfen sie den Krankenhauspsychologen vor, ihnen per Gehirnwäsche ihre Zuneigung austreiben zu wollen.

Gleich nach ihrer Befreiung planen die Geiseln, die Täter in der Haft zu besuchen. Noch ein Jahr später hält Birgitta Lundblad, als sie zufällig mit ihrer Familie im Auto durch Norrköping fährt, den Wagen vor dem Gefängnis an, in dem der Geiselnehmer Clark Olofsson einsitzt. Eine halbe Stunde lang tauscht sie mit Olofsson Erinnerungen aus. Dann kehrt sie zur wartenden Familie ins Auto zurück.

Sie wisse nicht genau, warum sie den Besuch gemacht habe, räumt sie anschließend ein. Es sei ein mächtiger Impuls gewesen. »Er hat nicht gesagt, dass ihm irgendetwas leidtut«, stellt sie fest. »Aber das wäre auch nicht nötig gewesen.« (Lang 1974)

▪ ▪ ▪

BERGLEITEN/SCHNATTER (jua). Am 23. August, genau fünfzig Jahre nach der legendären Geiselnahme in der Stockholmer Kreditbank eröffnet die Firma Human Solutions aus dem baden-württembergischen Glimpflingen nahe der Autobahnausfahrt Bergleiten an der Schnatter den Freizeit- und Erlebnispark »Stockholm Story«.

Der Unternehmer Frido von Sendmühl, erst seit einem Jahr Inhaber und CEO von Human Solutions, hat zwanzig Millionen Euro investiert, um das Gelände einer stillgelegten Munitionsfabrik am Fuß der Schwäbischen Alb mit einem Team von Architekten, Soziologen und kriminologischen Experten in einen »Erlebnispark der besonderen Art« zu verwandeln. Die Besucher versammeln sich in dem nach dem Vorbild der Stockholmer Schalterhalle umgebauten Maschinensaal, um dann von Schauspielern zum Schein überfallen, gefangen genommen und in Kleingruppen auf unbestimmte Dauer in angrenzende »Stahlkammern« gesperrt zu werden. Die Interaktionen mit den »Entführern« sowie untereinander versprechen, so die Organisatoren, »unvergessliche gruppendynamische Prozesse«.

»Wir wollen unseren Gästen ein einmaliges Rundumerlebnis bieten«, erläutert Katrin Perger, studierte Psychologin, systemische Business-Beraterin und Chefanimateurin des Parks. »Wir wollen, dass hier keiner so herauskommt, wie er hineingegangen ist. Und wir hoffen, dass wir so auch dazu beitragen können, dass aus der Welt ein besserer Ort wird.«

Mit dem Freizeitpark habe er sich einen Traum erfüllt, erklärt von Sendmühl. Ob er in dem Projekt auch einen Weg sehe, ein eventuelles Trauma zu überwinden, ließ er offen. Von Sendmühl, neben seiner Geschäftstätigkeit weltweit bedeutender Kunstsammler und Aufsichtsratsvorsitzender des »Sendmühl Endowment for the Arts«, wurde im vergangenen Jahr selbst Opfer einer Geiselnahme: Unbekannte überwältigten ihn in Lindau nach einer Gala anlässlich der Kunstmesse Art Alpin und verschleppten ihn auf eine ungenutzte Diensthütte in den bayerischen Voralpen.

Nach eigenen Angaben entkam der Unternehmer nach fünfwöchiger Gefangenschaft seinen Peinigern, indem er bei einem Gang vor die Hütte zwei seiner Bewacher mit einem aufgehobenen Felsbrocken niederschlug und einen dritten im Liegen über die zwischen seinen Knöcheln gespannte Fußkette stolpern ließ und so außer Gefecht setzte. Zwei Tage lang sei er anschließend durch den Wald geirrt und schließlich auf einer weißen Criollo-Stute, die er aus einer auf einer Alm gelegenen Koppel entliehen habe, ins Tal zurückgekehrt. Die Polizei, die er am folgenden Morgen von seiner Flucht in Kenntnis setzte, konnte nach seiner Beschreibung die Hütte identifizieren, fand sie jedoch nur noch leer vor. Von den Entführern fehlt bis heute jede Spur.

BIBLIOGRAFIE

Benjamin, J. (1990): *Die Fesseln der Liebe. Psychoanalyse, Feminismus und das Problem der Macht*, Basel/Frankfurt a. M.

Boltanski, L., und Chiapello, È. (1999): *Le nouvel esprit du capitalisme*, Paris.

Braunschweig, D., und Fain, M. (1971): *Eros et Antéros*, Paris.

Braunschweig, D., und Fain, M. (1975): *Le nuit, le jour*, Paris.

Ferenczi, S. (1932): Sprachverwirrung zwischen den Erwachsenen und dem Kind, in: *Internationale Zeitschrift für Psychoanalyse.* Bd. 19, Leipzig/Wien.

Freud, A. (1936): *Das Ich und die Abwehrmechanismen*, Berlin.

Graham, D. L. R. (1994): *Loving to survive: sexual terror, men's violence, and women's lives*, New York.

Hacker, F. J. (1976): *Crusaders, criminals, crazies: Terror and terrorism in our time*, New York.

Hill, P., und Friend, D. (1986): The angriest hostage, in: *Life*, April 1986, New York.

Kampusch, N. (2010): *3096 Tage*, Berlin.

Kernberg, O. F. (1998): *Liebesbeziehungen. Normalität und Pathologie*, Stuttgart.

Khan, S. U. und Mufti, O. (2007): The Hot History and Cold Future of Brands, in: *Journal of Managerial Sciences*, Bd. 1 Nr. 1, Peshawar.

Klein, N. (2000): *No Logo*, Toronto.

Kohls, S. (1994): *Untersuchung zur Objektivierung des Schmerzreizes beim Heißbrand von Pferden unter Berücksichtigung ethologischer und klinischer Merkmale*, Dissertation, München.

Lang, D. (1974): The Bank Drama, in: *The New Yorker*, 25.11.1974, New York.

Leibniz, G. W. (1720): *Lehr-Sätze über die Monadologie, ingleichen von Gott und seiner Existentz, seinen Eigenschafften und von der Seele des Menschen etc. wie auch dessen letzte Vertheidigung seines Systematis Harmoniae praestabilitae wider die Einwürffe des Herrn Bayle,* Jena/Frankfurt/Leipzig.

Presley, E. (1958): *50 000 000 Elvis Fans Can't Be Wrong,* New York.

Proust, M. (1923): *La prisonnière,* Paris.

Réage, P. (1967): *Geschichte der O,* Darmstadt.

Réage, P. (1969): *Rückkehr nach Roissy,* Darmstadt.

Reemtsma, J. P. (1997): *»Einfach weg, aus der Welt«. 33 Tage Leben im Keller,* Hamburg.

Reik, T. (1941): *Masochism in Modern Man,* New York.

Rilke, R. M. (1923): *Duineser Elegien,* Leipzig.

Schachter, S. (1964): The interaction of cognitive and physiological determinants of emotional states, in: Berkowitz, L. (Hrsg.): *Advances in experimental social psychology,* New York.

Soskis, D. A., und Ochberg, F. M. (1982): Concepts of terrorist victimization, in: Ochberg, F. M., und Soskis, D. A. (Hrsg.): *Victims of terrorism,* Boulder.

Sterne, J. (2003): Sounds Like the Mall of America. Programmed Music and the Architectonics of Commercial Space, in: Lysloff, René T. A., und Gay, Leslie C. jr. (Hrsg.): *Music and Technoculture,* Middletown.

Symonds, M. (1982): Victim responses to terror. Understanding and treatment, in: Ochberg, F. M., und Soskis, D. A. (Hrsg.): *Victims of terrorism,* Boulder.

Walster, E. (1971): Passionate love, in: Murstein, B. I. (Hrsg.): *Theories of Attraction and Love,* New York.

Walster, E., und Berscheid, E. (1971): Adrenaline makes the heart grow fonder, in: *Psychology Today,* New York.

Watson, R., Nordland, R., Stanger, T., Walcott, J., Warner, M. G., Kubic, M. J. (1985): The hard road to freedom, in: *Newsweek,* 8.7.1985, New York.

Weber, M. (1920): *Die protestantische Ethik und der Geist des Kapitalismus,* Tübingen.

Wesselius, C. L., und DeSamo, J. V. (1983): The anatomy of a hostage situation, in: *Behavioral Sciences & the Law*, Hoboken.
Zillmann, D. (1978): Attribution and misattribution of excitatory reactions, in: Harvey, J. H., Ickes, W. J., und Kidd, R. F. (Hrsg.): *New directions in attribution research*, Vol. 2, Hillsdale.